「ぶっ殺す……！」
少女とは思えぬほど、苛烈極まる殺意が
紅玉《こうぎょく》の瞳《ひとみ》に宿っていた。
紅牙《こうが》のルビーウルフ

ルビーウルフが背にした木の後ろの藪《やぶ》の中から白い影が飛び出た。
フロストは敵に圧し掛かると、耳に食らいついて引き千切る。
本物の悲鳴《ひめい》が上がった——。

「我がトライアンの神具《しんぐ》はロゥヴァースの左脚《ひだりあし》、〈裁《さば》きの天秤《てんびん》〉。
その審判《しんぱん》からは誰であろうと逃げられません」
ミレリーナが言うと同時、〈裁きの天秤〉から光が放射された。

紅牙《こうが》のルビーウルフ

1149

淡路帆希

富士見ファンタジア文庫

157-1

口絵・本文イラスト　椎名　優

目次

ルビーウルフの世界

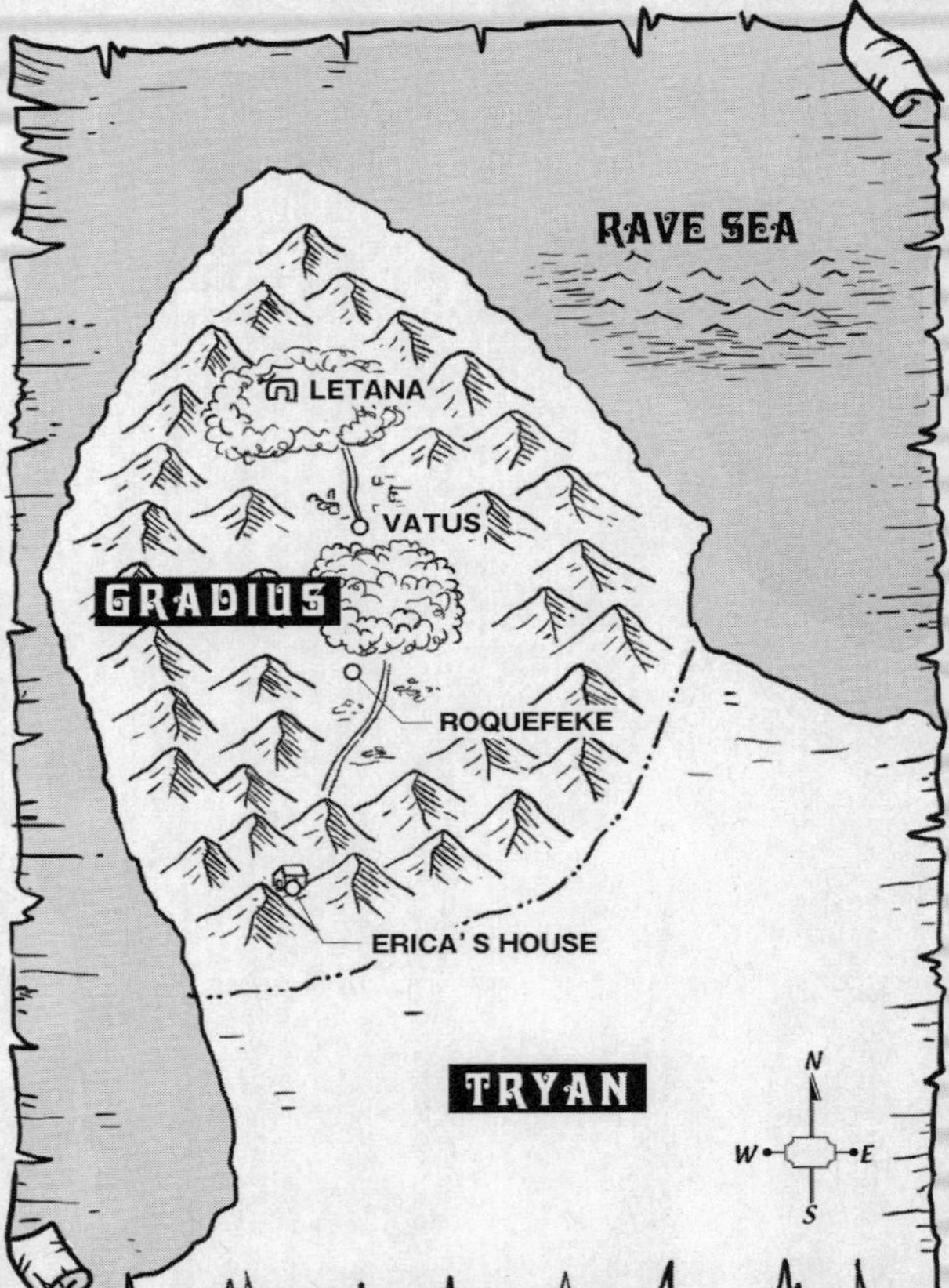
RAVE SEA
LETANA
VATUS
GRADIUS
ROQUEFEKE
ERICA' S HOUSE
TRYAN
N
W
E
S

BLOODY FANG

第1章　赤毛赤眼《せきがん》の狼娘《おおかみむすめ》

意識《いしき》が朦朧《もうろう》とする中で、彼は木の幹《みき》に肩《かた》を預《あず》けて倒《たお》れこんだ。

背《せ》に刺《さ》さった矢は抜《ぬ》かず、そのままにしている。失血を防《ふせ》ぐためだ。けれどそれは意味のないことだった。鏃《やじり》には毒が塗《ぬ》られていた。

これ以上動けそうになかった。彼は腕《うで》の中の小さな温《ぬく》もりを残った力で抱《だ》き締《し》める。

「殿下《でんか》、私の力が及《およ》ばず、このような……。どうか、お許《ゆる》しを……。両陛下《へいか》にも申し訳《わけ》なく……」

切れ切れの言葉を呟《つぶや》く。天を仰《あお》ぐと、梢《こずえ》の隙間《すきま》から碧空《へきくう》が覗《のぞ》いていた。それがぐるぐると回るような感覚に襲《おそ》われ、いよいよかと覚悟《かくご》を決める。

「どうした、旦那《だんな》。死ぬのかい？」

野太い声はすぐ正面から聞こえた。目を開けているはずなのに、その姿《すがた》はぼやけて見えない。体を蝕《むしば》む毒に視力《しりょく》を奪《うば》われ始めていた。

「何者……。マリンベルの犬か……？」

血を吐《は》くように声を絞《しぼ》り出し、腕の中にあるものをきつく抱く。渡《わた》すわけにはいかない。

「マリン……？　誰《だれ》だ、そりゃあ。知らねぇな。俺《おれ》はしがない盗賊《とうぞく》よ」

「盗賊……」

「ブラッディ・ファングのモルダ。以後お見知りおきを……って、死ぬ奴《やつ》に名乗ったって意味ないわな」

呵々《かか》、と低く笑うのが聞こえた。声はずいぶん高いところからする。大柄《おおがら》な男なのだろうなと彼はぼんやり考えた。

たしかに、今この状況《じようきよう》で嘘《うそ》をつくなど無意味なことだ。本物の追っ手であれば、ただ黙《だま》って彼の死を待っているはずだろうから。

「では、盗賊殿《どの》……。私の頼《たの》みを聞いてはくれまいか……」

「あん？」

「この方を……守り、育ててくれ……」

言い、彼は大切に抱いていた絹《きぬ》の包《つつ》みをモルダに差し出す。赤ん坊《ぼう》だった。

ふくふくとした頬《ほお》は熟《う》れた桃《もも》のように瑞々《みずみず》しく、寝息《ねいき》の漏《も》れる唇《くちびる》は赤く透《す》き通るようだ。うっすら生えた柔《やわ》らかな髪《かみ》は葡萄酒《ワイン》の色で、同色の睫毛《まつげ》が伏《ふ》せた瞼《まぶた》の縁《ふち》を飾《かざ》っている。ま

だ首も据《す》わらぬような赤ん坊であったが、なぜかすぐに女児と知れた。

「……代価《だいか》は？」

しばしの間を置き、モルダは言った。感情《かんじょう》の読めぬ声だった。

「私の、持っているものなら、なんでも……。けれど、剣《けん》だけは、この方の物です……。決して離《はな》れ離《ばな》れにならぬよう……」

彼の言葉が示《しめ》す剣とは、その背に背負った長剣のことだろう。柄《つか》と鞘《さや》には金の細工が施《ほどこ》されているが、その精密《せいみつ》さには目を見張《みは》るものがある。とても人の手によって作られたとは思えなかった。鍔《つば》の左右に垂《た》れ下がっている赤い房飾《ふさかざ》りも練糸のように輝《かがや》き、強烈《きょうれつ》な存在《ざい》感を放っている。

「いいだろう。交渉成立《こうしょう》だ」

言うなりモルダは彼の背に刺さった矢を抜いた。血の流れが勢《いきお》いを増《ま》す。けれど体にめり込《こ》む異物《いぶつ》が取り除《のぞ》かれたことに、彼は痛《いた》みの苦鳴より安堵《あんど》の溜《た》め息をついた。

「楽になったろう」

モルダの言葉に頷《うなず》いて応《こた》える。かすかな声で、ありがとう、と呟いた。

モルダは剣を鞘ごと奪って背負い、男の服を弄《まさぐ》ったが所持金はわずかなものだった。最後に彼の首から下がるペンダントに目をつけ、手にとって見る。ロケットだった。金の浮《う》き彫《ぼ》りの中に翡翠《ひすい》が一粒《ひとつぶ》はめ込まれている。

蓋《ふた》を開き、モルダは片眉《かたまゆ》を吊《つ》り上げた。中にあったのは小さなポートレート。幼《おさな》い少年の健康的な笑顔《えがお》だった。目の前の男と似《に》た面差《おもざ》しをしている。

「こいつぁ、いらねぇや。俺には何の価値《かち》もない」

それを聞いて彼は笑った。ひどく弱々しかったが。

「あなたなら、安心して託《たく》せます……」

モルダは、ふんっと荒《あら》く鼻息を漏らした。照れているのかもしれなかった。

慣《な》れない手付きでモルダは赤ん坊を抱き上げる。その不快感《ふかいかん》に子供《こども》も顔を歪《ゆが》めたが、泣くこともなくモルダの腕に収《おさ》まった。

「どうか、健《すこ》やかに……」

聞き取りが困難《こんなん》なほど小さな呟きだった。

「安心しな。うちにも最近、ガキを産んだ奴がいるからよ、頼みゃあ乳《ちち》くらい分けてくれるさ」

じゃあなと言い置き、モルダは踵《きびす》を返す。

木漏れ日を浴びてロケットが輝いていた。それを握《にぎ》る力さえ、彼にはもう残っていない。

もはや何も映《うつ》さなくなった目を空に向け、彼は謝罪《しゃざい》の言葉を囁《ささや》き続ける。

忘《わす》れ形見の名を混《ま》ぜながら。

†

「モルダぁ！」

狩《か》りから帰って来るなり、長剣を背負《せお》った赤毛の少女は彼に抱《だ》きついた。周囲には十数頭の狼《おおかみ》が群《む》れて、彼らを取り囲んでいる。

「巧《うま》くいったか？」

「ばっちりさ！」

得意満面の笑顔で少女は答える。狩りの時に着ていた薄紅《うすべに》のドレスと帽子《ぼうし》は脱《ぬ》ぎ捨《す》て、仲間たちと同じような軽装《けいそう》になっている。

「ひらひらした服着て『いやーん盗賊が出たの助けてー』って駆《か》け寄《よ》ったらさ、のこのこ馬車から降りて来やがんだ。笑っちゃうね。狼たちに追い立てさせたら積荷を捨てて逃《に》げてったよ。下手に金なんか持ってる連中は脳味噌《のうみそ》の軽い根性《こんじょう》なしばっかりだ」

紅玉《こうぎょく》の瞳《ひとみ》をきらめかせ、少女が楽しそうに言うとモルダは豪快《ごうかい》に笑った。

「そいつぁ見たかったなぁ」

「酔《よ》って転んで捻挫《ねんざ》なんかするからだろ。さっさと治しなよね。うちの連中じゃあ魔導治《まどうち》

「しかし、いつもながらルビーの演技《えんぎ》は冴《さ》えてるな。さすが俺たちの姫君《ひめぎみ》だ」

彼女に遅《おく》れてやって来たディーゴが戦利品をモルダの前にぶち撒《ま》けながら言う。他《ほか》の仲間たちも同じく、狩りが成功した時恒例《こうれい》の宴《うたげ》の準備《じゅんび》に取り掛《か》かっていた。

「ルビーはほんに、ええ娘《むすめ》に育ったのぉ。悪賢《わるがしこ》くて結構《けっこう》だわぃ」

最近はめっきり足腰《あしこし》を弱くし、狩りには出ず家事全般《ぜんぱん》を担当《たんとう》している長老のエマソンが鶏《にわとり》を絞《し》めながら笑う。食料用の家畜《かちく》の管理もエマソンの役目だ。

「長老、それ何にすんの？　蒸《む》す？　焼く？」

「香草蒸《こうそう》しだ。ルビー、好きじゃろ」

「やった！」

モルダから離れ、跳《と》び跳《は》ねる。すかさず狼たちが寄《よ》って来て彼女に群《むら》がった。その狼の群れを引き連れ、赤毛の少女は駆け出していく。

「どこに行く？」

「狼塚《おおかみづか》！　すぐ戻《もど》るよ！」

モルダの問いに手を振《ふ》って答え、少女の姿《すがた》は森の中に消えた。

「ほんに、ええ娘に育ったのぉ」

鶏の羽を毟《むし》りつつ呟《つぶや》かれたエマソンの言葉に盗賊《とうぞく》一同は揃《そろ》って微笑《ほほえ》み、頷《うなず》いた。

あれから、もう十五年経《た》つ。

少女が消えた森の向こうを眺《なが》める仲間たちに反発するように、モルダは唇《くちびる》をへの字に曲げた。

「いい娘？　まだまだガキンチョだ」

「モルダは恐《こわ》いんじゃろ。最近のルビーは綺麗《きれい》になってきたからのぉ。どっか、よその男に掻《か》っ攫《さら》われるんでないかと心配でそんな心にもないことを言いよる。……しかしのぉ、あの子の幸せを考えたら……」

「今はまだいいじゃないか、長老。なぁ、モルダ？――あぁ、そうだ。あいつ狼塚に行くんなら、ついでに水汲《く》みも頼《たの》めばよかったな。しくじった」

年寄り特有の、語りだしたら止まらない現象《げんしょう》が始まったのを悟《さと》ったディーゴが話題転換《てんかん》を試みる。いや、ディーゴ自身がその問題から目を逸《そ》らしたかった。

十五年前、モルダが連れ帰ってきた赤ん坊《ぼう》。それが彼女だ。

落ちているものを何でもかんでも拾ってくる癖《くせ》のあったモルダの、度肝《どぎも》を抜《ぬ》く拾得物《しゅうとくぶつ》。

しかも妙《みょう》な剣《けん》とワンセット。

赤ん坊に付属《ふぞく》していたのは目がちかちかするような装飾《そうしょく》の長剣で、売ればいい値《ね》が付くだろうに誰もが思ったけれど、それは出来ない。あの剣は所有者である彼女にしか持てないのだ。

他の者が持とうとすると、地面にへばりついて離《はな》れない。彼女のそばにいる時に持てば羽根のように軽いのに、三歩も離れれば馬鹿《ばか》みたいに重くなる。なんだかもう、わけがからなくて、盗賊たちは正直なところ気味が悪くて仕方なかった。

けれどモルダはまったく気にしなかった。むしろ面白《おもしろ》がっていた。肝《きも》っ玉が太いというか、器《うつわ》がでかいというか、何も考えてないというか。

それでも盗賊たちが逆《さか》らわずに赤ん坊の世話をしたのは、モルダが仮《かり》にも彼らの頭《かしら》だからだ。

盗賊団《だん》ブラッディ・ファング。

北の国グラディウスの北方、十数年前に人の引き払《はら》ったレターナという古い鉱山跡《こうざんあと》が彼らの根城《ねじろ》であった。

山の斜面《しゃめん》にいくつもの横穴《よこあな》が掘《ほ》られており、戦利品の貯蔵庫《ちょぞうこ》から食料庫まで様々な利用法がある。何より雨風が凌《しの》げることがありがたかった。目と鼻の先には滝壺《たきつぼ》に落ち込む川もあり、水の心配もない。周辺の深い森は目隠《めかく》しになり、盗賊団の住まいとしてはこれ以上ないほどの好物件《こうぶつけん》だった。

決して贅沢《ぜいたく》はできない生活だけれど、少女はここで心豊《ゆた》かに育った。よく笑うし、駆《か》け回る。とにかく元気で明るい。それもこれも、養母の教育がしっかりしていたおかげだ。

彼女の養母は白狼《はくろう》ヴィアンカ。人間の赤ん坊に乳《ちち》を飲ませ、自分の産んだ子供《こども》と一緒《いっしょ》に分け隔《へだ》てなく愛情《あいじょう》を注いだ慈母《じぼ》。彼女もまた、モルダに拾われた命だ。

ヴィアンカがいたからこそ、少女はこうして生きている。盗賊たちだけなら赤ん坊の扱《あつか》い方など知らず、きっと死なせてしまっていただろう。

はじめこそ赤ん坊を邪険《じゃけん》に扱《あつか》っていた盗賊たちであったが、慣《な》れてくるとなかなか可愛《かわい》い。奇妙《きみょう》な剣のことなんか、時間が経てばどうでもよくなった。害がないならそれでいいやと、モルダに倣《なら》って楽観視《らっかんし》することにしたのだ。

一度割《わ》り切ってしまうと、彼らはすっかり赤ん坊の虜《とりこ》だった。娘や孫《まご》ができたみたいで、取り合うように世話をした。甘《あま》やかすとモルダかヴィアンカに怒《おこ》られてしまうので、猫《ねこ》可愛がりはしなかったけれど。

まだまだ子供だと思っていた。けれど十五歳《さい》になり、体つきはどんどん女らしくなっていく。身内の贔屓目《ひいきめ》を差《さ》っ引《ぴ》いても、綺麗に、魅力的《みりょく》に育っている。

「あいつの幸せを考えるなら、俺たちはいつでも見送れるように覚悟《かくご》をしておく。そうだろ、長老？」

ディーゴの気を知ってか知らずか、モルダは話を蒸《む》し返す。

仲間たちと揃いの、狼《おおかみ》を模《も》した紋章《もんしょう》を彫《ほ》りこんだ手が、血の結晶《けっしょう》のような赤い鋼石《こうせき》を拾い上げた。戦利品として、ディーゴがモルダの前にばら撒《ま》いた宝石《ほうせき》だ。

「けどな、やっぱムカつくんだよ。せっかくここまで育ててきたのに、なんで他所《よそ》の野郎《やろう》にやらなきゃならねぇんだ。俺と勝負して勝てるような奴《やつ》にならな、譲《ゆず》ってやってもいいがな」

ここには、少女の年齢《ねんれい》に見合う男はいない。年頃《としごろ》になればいつでも盗賊団を去れるようにと、ブラッディ・ファングの団員を示《しめ》す紋章は彼女には刻《きざ》まないままだ。

モルダの言葉を受けてエマソンは笑った。歯の抜けた口で、間抜けな笑い声を立てる。

「そんなこっちゃあ、あの子は年増《としま》になってしまうのぉ」

盗賊たちは一緒になって笑った。ディーゴも笑った。そうすることで、いずれ訪《おとず》れるかもしれない別れから目を逸らしたかった。

唯一《ゆいいつ》、自分に正直なモルダだけは憮然《ぶぜん》として手の中の宝石を弄《もてあそ》んでいた。

真紅《しんく》の石。狼の牙《きば》に滴《したた》るような、血の色をした輝《かがや》き。

†

土が小高く盛《も》られた塚《つか》の前でルビーウルフは膝《ひざ》を折る。道すがらに摘《つ》んできた遅咲《おそざ》きの白い雛菊《ひなぎく》を編《あ》んで輪にし、塚の頂《いただき》に置いた。彼女の養母が、ここに眠《ねむ》っている。

モルダに拾われた当時、ヴィアンカはすでに身重だったという。群《む》れからはぐれ、怪我《けが》をしているところを助けられて以来、ヴィアンカはモルダを慕《した》っていた。

ヴィアンカは二年ほど前に亡《な》くなった。病気でも怪我でもなく、老衰《ろうすい》だった。実に安らかな死であった。共に育った乳兄弟《ちきようだい》や、他《ほか》の亡くなった狼も、ヴィアンカと共にここで眠っている。

狼の寿命《じゆみよう》は人のそれよりはるかに短い。それでも十五年近く生きたヴィアンカは大往生《だいおうじよう》と言っていいだろう。ルビーウルフはそんな彼女が誇《ほこ》りだった。

ルビーウルフ。赤毛赤眼《せきがん》の、狼の子。

そんな意味を持つ自分の名前も誇りだった。

(ルビー、寂《さび》しい?)

声に弾《はじ》かれ、そちらを向く。ヴィアンカの曾孫《ひまご》にあたる砂色《すないろ》の雌狼《めす》、ケーナがいた。

ルビーウルフは拾い子だ。それは自分でも知っている。赤ん坊の頃モルダに拾われ、狼の兄弟たちと共にヴィアンカを母として育った。

(寂しいなど、あるものか。俺がいる)

別の白い雄狼《おす》が言った。ヴィアンカの孫、フロストだ。

「そうだよ、ケーナ。皆《みんな》がいるじゃないか」

(皆？　俺《おれ》だけでは不足か)

フロストの言葉にルビーウルフは苦笑《くしよう》し、甥《おい》の頭を撫《な》でてやった。

ルビーウルフは狼の言葉を理解《りかい》し、彼らの言葉を話すことができる。狼を介《かい》せば他の獣《けもの》の意思も知ることが出来る。狼の子として育ち、狼の兄弟姉妹《しまい》を持つが故《ゆえ》の特殊能力《とくしゆのうりよく》だった。

(帰ろう)

ケーナが促《うなが》し、他の狼たちも急《せ》かすように鼻をふんふんと鳴らしている。

盗賊《とうぞく》である自分が誇りだ。出自など気にならない。仲間は皆、兄であり父であり祖父《そふ》だった。狼たちも自慢《じまん》の家族だ。

「うん、帰ろう」

頷《うなず》いて立ち上がる。駆け抜《ぬ》ける風に触《ふ》れ、葡萄酒《ワイン》の色をした短い髪《かみ》が奔放《ほんぽう》に揺《ゆ》れていた。

†

「なぁモルダ。あたしにも刺青彫《いれずみほ》ってよ」

酒で顔を赤く染《そ》めたモルダに間隙《かんげき》ありと見て、ルビーウルフはおねだりをした。仲間の右手の甲《こう》には揃《そろ》いの刺青が彫られている。狼を模したブラッディ・ファングの紋章だ。けれどルビーウルフはそれを持たない。成長過程《かてい》の彼女にはまだ早いというのがモルダをはじめとする仲間たちの言い分だった。本当の理由は彼女には知らされていない。

「こいつが飲めるようになったらな」

言って意地悪く笑い、モルダは手にしていた酒瓶《さかびん》を振《ふ》る。ルビーウルフは露骨《ろこつ》に顔を顰《しか》めた。彼女はかつて、その酒を一口飲んだだけで度数の強さに噎《む》せたという苦い経験《けいけん》を持っていたのだ。小さく舌打《したう》ちしてルビーウルフは引き下がり、憮然として鶏《とり》の香草蒸《こうそうむ》しをかじる。

「まぁまぁ、機嫌《きげん》直しねぇ。ほれ、ルビーにはこれじゃ」

皺《しわ》だらけの顔をさらに皺くちゃにして笑い、エマソンが杯《さかずき》を差し出した。安酒を蜂蜜湯《はちみつゆ》で薄《うす》めたジュースのような代物《しろもの》。宴《うたげ》の席でルビーウルフに振る舞《ま》われるのはいつもこれだった。嫌《きら》いではないが、その甘《あま》ったるさが子供扱《こどもあつか》いされているように思えて溜《た》め息が出る。

（ルビーウルフ）

呼《よ》びかけに振り返る。狼の群《む》れも宴に呼ばれ、馳走《ちそう》を振る舞われていた。けれど今、彼らは一様に緊張《きんちょう》した面持《おもも》ちをしている。ルビーウルフには、その微妙《びみょう》な表情《ひょうじょう》の変化を読み取ることができた。

予感は次の瞬間《しゅんかん》に来た。ざらりと肌《はだ》を撫《な》でるような悪寒《おかん》。

（何か来る）

その声に頷く。何か良くないことが起こる気がした。狼《おおかみ》の子として培《つちか》われた獣の感覚が彼女にそう告げる。狼たちの鼻筋《はなすじ》に皺《しわ》が寄《よ》り、数頭が低い唸《うな》り声を上げた。

「モルダ」

神経を巡《めぐ》らせながら呼ぶ。いつになく張《は》り詰《つ》めた声に、馬鹿騒《ばかさわ》ぎを始めていた盗賊たちが、しんと静まり返った。

「狼たちが」

「何て言ってる」

「何か来るって。あたしも感じる。嫌《いや》な匂《にお》いが来るよ」

ルビーウルフの言葉に、めいめい得物を手に取る。足を痛《いた》めているモルダと年寄りのエマソンを囲むように展開《てんかい》した。

彼らはルビーウルフの能力を知っている。狼の言葉を理解することも、彼女自身が獣じみた感覚を持ち得ていることも。

人間と狼の入り混《ま》じった盗賊団《だん》の先頭に歩み出て、ルビーウルフは剣《けん》の柄《つか》に手をかける。

体を傾《かたむ》け、いつでも抜刀《ばっとう》できるように構《かま》えた。

「迷子《まいご》なら回れ右をしな、命は惜《お》しいだろう。死にたいのなら出ておいで。ブラッディ・ファングが相手をするよ」

凛《りん》と張り上げた声が大気を震《ふる》わせる。しばしの間があった。

「お探《さが》し申し上げました。殿下《でんか》」

綾《あや》のように折り重なった木の陰《かげ》から姿《すがた》を現《あらわ》したのは若《わか》い男だった。二十前後に見える。黒い髪は短く整えられ、ルビーウルフを値踏《ねぶ》みするように青い双眸《そうぼう》を彼女の全身に這《は》わせていた。

硬質《こうしつ》な匂いの漂《ただよ》う、軍服のような紺青《こんじょう》の装束《しょうぞく》がいやに鼻につく。

「討伐《とうばつ》にでも来たか？　ご苦労なこった」

口角を上げてルビーウルフは笑《え》みの形を作る。けれど目は笑っていない。射殺《いころ》すような鋭《するど》い視《し》線《せん》を男に投げかけている。

ここはグラディウス領土《りょうど》だ。国内において盗賊が出没《しゅつぼつ》した場合、それは国によって討伐されなければならない。他国からの商人や旅人が被《ひ》害《がい》にあえば、その責任《せきにん》を問われるのは国だからだ。ちょっとした民間のいざこざから国際《こくさい》問題に発展《はってん》することなど、ざらなのである。それを恐《おそ》れて、国家はこうして時折、討伐隊を派遣《はけん》する。記録は文書として残るから、何かあった時にはそれを掲《かか》げて『努力はした』と訴《うった》えるのだ。

よって、本気で命を張って盗賊《とうぞく》の討伐に勤《いそ》しむ軍人や兵などいない。今までも、軽く脅《おど》しをかけただけであっさりと引き下がっていった。狼の群《む》れを伴《ともな》った盗賊団という異様《いよう》さに恐れをなした、ということもあったのだろうが。

けれど、この男。

一向に引く気配はない。それどころか、薄《うす》い笑みを浮《う》かべたまま構えも取らずに突《つ》っ立っている。——笑んだ唇《くちびる》が動いた。

「貴女《あなた》の身柄《みがら》を保護《ほご》いたします」

何を。

その言葉が出る直前。

(来る!)

狼の叫《さけ》びがルビーウルフの耳を突き刺《さ》した。切羽《せっぱ》詰《つま》った、危機《きき》感の漂う声。

「散れ!」

とっさに指示《しじ》を下した。同時にルビーウルフも飛び退《すさ》る。彼女の反応《はんのう》は、身のこなしは、それを回避《かいひ》することが出来た。獣《けもの》の感覚を持っていたから。

刃《やいば》のような風が盗賊と狼たちの間を渦巻《うずま》いて通り抜《ぬ》けた。その場のすべてを押《お》し退《の》け巻き上げ、引き千切る風。湧《わ》き起こる悲鳴と苦鳴。

血臭《けっしゅう》が大気に広がる。噎《む》せ返るほどの、その臭気。ルビーウルフの目に、飛び散った肉《にく》片《へん》が映《うつ》った。

刺青《いれずみ》の彫《ほ》られた右手。臓物《ぞうもつ》の飛び出した狼の下半身。――モルダの首。

「…………!」

悲鳴とも怒声《どせい》ともつかぬ叫《さけ》びが喉《のど》に張り付いた。五感のすべてが感覚を失ったように現《げん》実《じっ》を拒絶《きょぜつ》する。

(ルビーウルフ!)

頬《ほお》を打ち据《す》えるように咆《ほ》えたのは、年老いた狼のギルフィスだった。見れば、彼の他《ほか》にも数頭の生き残りがいる。盗賊たちも地に伏《ふ》しているが、生きている者が呻《うめ》いていた。

(右前方! 風の刃はそこから出た!)

ギルフィスの示《しめ》した場所を感覚で探《さぐ》る。茂《しげ》みの中に、確《たし》かに人の気配がした。仲間のものではない。どこか硬質な、嫌《いや》な匂い。

「貴様《きさま》かぁ!」

姿の見えない相手に咆え、忍《しの》び刀を投げ飛ばす。濃緑《のうりょく》の陰の中で、ぎゃっと鋭《するど》い悲鳴が上がった。

（他にもいる！　囲まれた！）

怯《おび》えたような声をケーナが発した。人間になおすと、まだ年若い娘《むすめ》だ。仲間の無残な死に様に、完全に動転している。他の狼達《おおかみたち》も呑《の》まれてしまっていた。

ルビーウルフが咆える。己《おのれ》の身を守れ、余裕《よゆう》のある者は負傷者《ふしょうしゃ》を守れという指示を狼の言葉で下した。弾《はじ》かれたように狼たちが展開する。それを確認《かくにん》すると同時、彼女は正面に向き直って変わらず微笑《びしょう》している男に対峙《たいじ》した。

こいつだ。こいつがこの惨劇《さんげき》を連れて来た。

抜刀し、赤い髪《かみ》を逆立《さかだ》たせる。殺意の籠《こも》った瞳《ひとみ》をぎらつかせ、人間を超越《ちょうえつ》した瞬発力で躍《おど》りかかった。――しかし。

獣並《な》みの反応速度を誇《ほこ》る彼女は失念していた。憤怒《ふんぬ》という足枷《あしかせ》の存在《そんざい》を。

男が何かを囁《ささや》き、その右拳《みぎこぶし》に収束《しゅうそく》していく光が見えた。男の薄ら笑いが濃厚《のうこう》になる。

「殿下、いけません！」

突然《とつぜん》、横合いから金髪《きんぱつ》の男が飛び出してルビーウルフの進路を塞《ふさ》いだ。感情の暴走《ぼうそう》で、その接近《せっきん》を察知できなかったのだ。

鳩尾《みぞおち》に男の膝《ひざ》が入った。杭《くい》を打たれたような痛《いた》みに呼吸《こきゅう》が止まる。わずかばかり体が宙《ちゅう》に浮き、地面に叩《たた》きつけられた。取り落とした剣《けん》が、がしゃんと耳障《みみざわ》りな音を立てる。

目の前が弾けるような感覚に負けじと唇《くちびる》を嚙《か》み締《し》めた。手をついて立ち上がろうとした瞬間、両手を後ろにねじり上げられる。上体を起こして立膝の体勢《たいせい》にさせられ、もがくことさえ出来ない。

「アーディス様、何を考えておいでか！　守護《しゅご》すべき殿下《でんか》に対し、攻撃魔法《こうげきまほう》とは……！」

金髪が黒髪を睨《にら》んで言葉を吐《は》く。黒髪の男は正当防衛《ぼうえい》だと言って肩《かた》をすくめた。

「ルビー！」

右脚《みぎあし》の膝から下を失ったディーゴが叫んだ。うつ伏せに這《は》ってルビーウルフに手を伸《の》ばす。

「女の子なんだ！　まだ十五歳《さい》なんだ！　酷《ひど》い真似《まね》はしないでくれ！」

ディーゴがそう訴《うった》えかけたのは、ルビーウルフの動きを封《ふう》じる金髪の男に対してだ。ルビーウルフの腕《うで》に、わずかな動揺《どうよう》が伝わる。

足を失った痛《いた》みなど忘《わす》れてしまったかのように、ディーゴは必死でルビーウルフに這い寄《よ》る。その背後《はいご》に人が立った。

黒髪や金髪と同じ服を着た別の男がディーゴの背《せ》に手を翳《かざ》す。殺戮《さつりく》に酔《よ》った笑《え》みを顔に張《は》り付かせ、その男は炎《ほのお》を放った。

断末魔《だんまつま》を、ルビーウルフは雄叫《おたけ》びで掻《か》き消した。耳を塞ぐことが出来ないから、正気を

保《たも》つために。

次の瞬間《しゅんかん》、ディーゴを焼き殺した男が地面に引き倒《たお》された。赤茶の狼が肩に食《く》らいつき、ギルフィスが喉笛《のどぶえ》を噛み砕《くだ》いた。男はわずかに痙攣《けいれん》し、螺子《ねじ》が切れたように動かなくなる。

血を浴びた二頭がその場を離《はな》れる直前、別方向から飛び来た光の鞭《むち》がギルフィスの胴《どう》を薙《な》いだ。跳《と》び退《すさ》ったもう一頭をも鞭は追い、頭を砕く。

一呼吸する間に屍《しかばね》は増《ふ》えていく。血臭はすでに死臭だった。人だったもの、狼だったもの、その肉片が散って大気を血腥《ちなまぐさ》く汚《お》染《せん》していく。

阿鼻叫喚《あびきょうかん》の中で一際《ひときわ》鋭い悲鳴が上がった。もはや何も見たくないと胸《むね》の奥《おく》で願い始めたルビーウルフであったが、その目は自然とそちらを向く。

やはり揃《そろ》いの服を着た男が、エマソンの頭を踏《ふ》みしだいていた。硬《かた》いブーツの踵《かかと》が、こめかみにギリギリと食い込《こ》んでいく。男の唇が呪文《じゅもん》を紡《つむ》ぎ、その手に光が溜《た》まりはじめた。

「嫌《いや》だ、やめろ……やめろ！　やめろ」

ルビーウルフの叫びは虚《むな》しく轟《とどろ》いた。身をよじって拘束《こうそく》を逃《のが》れようとするが、腕はがっちりと摑《つか》まれていて、びくともしない。——閃光《せんこう》がエマソンの胸を焼き貫《つらぬ》いた。

「盗賊団《とうぞくだん》の一掃《いっそう》、終了《しゅうりょう》いたしました」

浅く、荒《あら》く呼吸を繰《く》り返して叫び続けるルビーウルフの耳にそんな言葉が飛び込んできた。見れば、見知った顔はすべて人ではなくなっていた。どれが誰《だれ》の足で、誰の腕なのか判別《はんべつ》することも出来ない。

「狼が数頭残っていますが、いかがいたします？」

「殺せ」

エマソンを殺した男の問いに、黒髪の男がにべもなく答える。その、いっそ現実味《げんじつみ》の薄《うす》い声が、逆《ぎゃく》にルビーウルフに活を入れた。

高く、二度の咆哮《ほうこう》。最悪の事態《じたい》において、仲間を見捨《みす》てても逃《に》げろ、という合図だった。

けれど残った狼たちは躊躇《ためら》うようにルビーウルフを見やる。

「命令だ！　行け！」

弾き飛ばすような彼女の声に、狼たちは駆《か》け出した。わずかに逡巡《しゅんじゅん》した一頭が打たれて倒れる。残りの二頭を狙《ねら》った追撃《ついげき》の炎は森の枝葉《えだは》を焼いたに過《す》ぎなかった。

「逃げたか、まぁいい。しょせん獣《けもの》だ。仇討《かたきう》ちなど考える頭もあるまい」

言い、黒髪の男が薄い笑みを浮かべてルビーウルフの前で片膝をつく。

「殿下、大事なきこと嬉《うれ》しく存じます。このような汚らわしい賊徒《ぞくと》の囚《とら》われの身となっても、よくぞ諦《あきら》めずに生き延《の》びてくださいましたね。大変お辛《つら》かったでしょう。つきましては——」

つらつらと口上を述《の》べる男の顔めがけ、ルビーウルフは唾《つば》を吐きかけた。憎《にく》しみをたっぷり込めて。

「ぶっ殺す……！」

鼻筋《はなすじ》に皺《しわ》を寄《よ》せて唸《うな》る。少女とは思えぬほど、苛烈極《かれつきわ》まる殺意が紅玉《こうぎょく》の瞳《ひとみ》に宿っていた。

部下らしき者たちがおろおろとする中、頬《ほお》を汚《よご》した唾液《だえき》を拭《ぬぐ》って黒髪《くろかみ》の男は悠然《ゆうぜん》と立ち上がる。金髪《きんぱつ》の男に押《お》さえ込まれているルビーウルフの傍《そば》へ、すぃと歩み寄り――何の躊躇いもなく首筋に手刀を振《ふ》り下ろした。

「っ……」

わずかに呻《うめ》き、ルビーウルフは意識《いしき》を失いかける。くたりと力の抜《ぬ》けた体を金髪の男に支《ささ》えられ、朦朧《もうろう》とする世界で彼らのやりとりを聞いた。

「アーディス様!?」

「殿下《でんか》はご乱心《らんしん》でいらっしゃる。暴《あば》れて自傷《じしょう》などということになれば、押さえているお前が責任《せきにん》を問われるところだぞ、ジェイド。感謝《かんしゃ》しろ」

金髪の非難《ひなん》に黒髪は淡々《たんたん》と答えた。冷笑《れいしょう》さえ向けられ、金髪は黙《だま》り込む。

「では、早々に引き上げよう。民《たみ》は殿下のご帰還《きかん》を心待ちにしている」

「隊の死傷者はいかがいたしましょう」

踵《きびす》を返して背《せ》を向けた黒髪に、壮年《そうねん》の男が問うた。その言葉通り、盗賊や狼《おおかみ》の反撃《はんげき》によって怪我《けが》をした者、さらには命を落とした者までいる。しかし黒髪の男は振り返ることもなく、単調に言葉を吐《は》いた。

「捨て置け」

「し、しかし、治療魔法《ちりようまほう》を使えば助かる者も……」

「盗賊風情《ふぜい》に劣《おと》る者などガーディアンに必要ない。いい機会じゃないか、足手まといを切り捨てるには。文句《もんく》があるのなら、ロベール、君も隊を去れ」

冷淡に笑う、その声に壮年の男は唇《くちびる》を引き結んだ。救いを求めるように金髪の男に目線を移《うつ》し――首を左右に振られた。逆《さか》らうな、ということか。

壮年の男は諦《あきら》めたように、失礼しましたと言って引き下がる。他の男たちは彼と金髪の男を交互《こうご》に見比《みくら》べ、互《たが》いに目配せをして嘲笑《ちようしよう》を漏《も》らした。

「ジェイド、〈導《みちび》きの剣《けん》〉を鞘《さや》へ。殿下を運んでさしあげろ」

ついぃ、と顎《あご》を上げて黒髪の男が言う。言われた通り、金髪の男はルビーウルフを片腕《かたうで》に抱《だ》いたまま剣を拾って、ルビーウルフが背負った鞘に収《おさ》めた。

力の抜けた人間は平常《へいじよう》より重く感じるものだが、金髪の男はルビーウルフを軽々と抱《かか》え上げた。痩身《そうしん》に見えて、鍛《きた》えられている身体《からだ》が服越《ご》しにルビーウルフに伝わる。

「皮肉なものだな、ジェイド。ゲイリーが拐《かどわ》かした殿下の御身《おんみ》が、今はお前の腕の中とは」

嘲笑を含《ふく》んだ黒髪の言葉に、彼は唇を噛《か》んで俯《うつむ》く。

そこでルビーウルフは、完全に意識を手放した。

第2章　ガーディアン

がたがたと体を揺《ゆ》する断続《だんぞく》的な振動《しんどう》の中、ルビーウルフは目を覚ました。どれほどの時間眠《ねむ》っていたのか見当がつかない。周囲は薄暗《うすぐら》かった。

この揺れ方は馬車だろう。木製《もくせい》の車輪が砂利《じゃり》を踏《ふ》む感触《かんしょく》が、横たえた体に伝わってくる。アーチ状《じょう》の骨組《ほねぐ》みに布《ぬの》を張《は》っただけの簡素《かんそ》な幌馬車《ほろばしゃ》だ。降《お》り場の垂《た》れ布も引き下げられているので、その隙間《すきま》から差し込む光だけがわずかな光源《こうげん》になっている。座席《ざせき》もなく、普段《ふだん》は荷馬車として使用しているのだと知れた。

起き上がろうと身をよじり、両手が後ろ手に拘束《こうそく》されていることに気づいた。さらにもがき、背に硬《かた》いものが当たる。どうやら剣は取り上げられていないらしい。当然だとルビーウルフは思い、同時に安堵《あんど》した。

どういう理由でか、この剣はルビーウルフ以外を拒《こば》む。彼女のすぐ傍にいれば持ち上げることは可能《かのう》だが、三歩も離《はな》れれば巌《いわお》のように重量を増《ま》し、どんなに屈強《くっきょう》な男にも鞘さえ動かすことは出来なかった。彼女には紙切れのように軽く感じるというのに。

不思議には思っていたが、深く考えることはしなかった。軽くて切れ味のいい便利なものだ、で済《す》ませてしまえば、それで終《しま》いだった。こういう性格《せいかく》はモルダの影響《えいきょう》だと自覚している。

——モルダ——

思い出す。転がった彼の首。

彼は立派《りっぱ》な父であり、尊敬《そんけい》すべき統率者《とうそつしゃ》だった。決して頭がいいわけでもなく、ただ腕っ節が強いだけの男であったが、陽《ひ》の匂《にお》いのする人柄《ひとがら》に誰もが惹《ひ》かれ、慕《した》った。そうして集《つど》ったのがブラッディ・ファングなのである。

彼は弱者を虐《しいた》げることを何より嫌《きら》った。襲《おそ》うのは評判《ひょうばん》の悪い金満家や豪商《ごうしょう》といった連中ばかりで、それでも特別抵抗《ていこう》されなければ殺したりなどしなかった。

そのような男が、なぜあんな死に方をせねばならなかったのか。他《ほか》の仲間や狼《おおかみ》たちにしてもそうだ。みんなルビーウルフの家族だった。大家族だ。それを連中は奪《うば》ったのだ。

「お目覚めですか」

ふいに近くから声が聞こえた。目線を巡《めぐ》らし、その姿《すがた》を探《さが》す。金髪《きんぱつ》の男が片膝《かたひざ》を立て、隅《すみ》に寄《よ》って座《すわ》っていた。

「申し訳《わけ》ないが拘束させていただいた。暴《あば》れられては困《こま》るので見張ることをお許《ゆる》しください。舌《した》を噛むような素振《そぶ》りがあれば轡《くつわ》を噛んでいただく。よろしいですか」

淡々《たんたん》と、感情《かんじょう》を押《お》し殺したような声だった。ルビーウルフは鋭《するど》い眼差《まなざ》しで男を注視《ちゅうし》する。

男といってもまだ若《わか》い。十八か十九、そこらだろう。ルビーウルフは緩《ゆる》く後ろで結び、例の硬質《こうしつ》な匂《にお》いのする装束《しょうぞく》を纏《まと》っている。薄暗くて判別《はんべつ》しづらいが、獣《けもの》に近い暗視能力《のうりょく》を持つルビーウルフには彼の瞳《ひとみ》が翠《みどり》であると知ることが出来た。整った顔立ちをしているけれど、どこか湿《しめ》っぽい暗さを背負《せお》った青年だ。目にかかる長い前髪《まえがみ》が鬱陶《うっとう》しそうで、そう思えたのかもしれない。

男を視界に捉《とら》えたまま、ルビーウルフは上体を起こす。両手が使えないので多少苦労しつつ、両膝を立てた状態《じょうたい》で幌に背を預《あず》けた。

獣の目は闇《やみ》の中でも輝《かがや》く。同じようにルビーウルフの双眸《そうぼう》も輝いていた。今にも牙《きば》を剝《む》きそうな怒《いか》りを秘《ひ》めた赤に見つめられ、男は軽く目を伏《ふ》せた。

静かにルビーウルフは言う。

「見くびるな。自害なんて馬鹿《ばか》な真似《まね》をする盗賊《とうぞく》がいるか。少なくとも、あたしたちブラッディ・ファングはそうだった」

驚《おどろ》いたように男がルビーウルフを見つめた。目を瞬《しばた》かせ、そして大きな溜《た》め息をつく。

「まともに返答をいただけるとは思っていなかった。……お仲間をあのような目に遭《あ》わせてしまったことは本当に申し訳《わけ》ないと思っています。けれど私にはアーディス様を止めることは出来ない。殿下《でんか》、あなたのためにも……」

「やめろ」

男の言葉を遮《さえぎ》り、ルビーウルフが低く唸《うな》る。

「人違《ひとちが》いも大概《たいがい》にしろ。あたしに殿下なんて呼《よ》ばれる謂《いわ》れはない。あたしはブラッディ・ファングのルビーウルフだ」

ルビーウルフの睨《にら》みを今度は真っ向から受け止め、男は再《ふたた》び嘆息《たんそく》した。

「わかっています。知らないのが当たり前だということは。けれど、あなたは知らなければいけない」

姿勢《しせい》を低くしたまま、男はルビーウルフににじり寄る。反射《はんしゃ》的に彼女は身を強張《こわば》らせ、男が間合いに入った瞬間《しゅんかん》、ヴン、と風を唸らせて片足を振り上げ——ふいに馬車が大きく揺れた。片側の車輪が石か何かを踏《ふ》んだのだろう。男の顔面を狙《ねら》ったルビーウルフの蹴《け》りは彼の頬《ほお》を掠《かす》めて宙《ちゅう》を切る。

思うままに動けないルビーウルフをあっさりと押さえつけ、男は腰《こし》に携《たずさ》えたサーベルを抜《ぬ》き放って頭上に掲《かか》げた。薄闇の中にあって尚《なお》、ぬらりと輝くその刀身。

胸倉《むなぐら》を摑《つか》まれ、白刃《はくじん》を目にしてもルビーウルフは怯《ひる》まない。射殺《いころ》すような眼差しで牽制《けんせい》し、決して顔を背《そむ》けようとはしなかった。

　男の目つきが鋭いものに変わる。そして声をひそめた。

「暴れるな、と言った。足場を切り崩《くず》すことになるぞ。──ブラッディ・ファングのルビーウルフ」

　男が刃《やいば》を振り下ろし、ルビーウルフの顔のすぐ傍《そば》、目線の高さで幌《ほろ》に切れ目を入れた。人差し指程《てい》度の隙間《すきま》から外光が差し込《こ》む。

「よく見ておくといい。グラディウスの荒廃《こうはい》を」

　男は刃を収《おさ》め、もといた場所に戻《もど》って腰を下ろした。命じられ、従《したが》うのは気に食わなかったが、だからと言って彼をひたすら睨んでいるのも馬鹿らしい気がする。彼の口調から虫唾《むしず》が走るような慇懃《いんぎん》さが消えたのも手伝い、ルビーウルフは大人しく隙間から外を覗《のぞ》いた。

　馬車に並《なら》んで歩く馬には制服《せいふく》の男が跨《またが》っている。馬の蹄《ひづめ》の音が複数《ふくすう》聞こえるので死角にも騎乗《きじょう》した連中の仲間がいるのだろう。

　目線を遠くに移《うつ》した。高山の、起伏《きふく》に富《と》んだ稜線《りょうせん》が映《うつ》る。高い頂《いただき》には白い雪が斑《まだら》に被《かぶ》っていた。あれらは万年雪で、一年中溶《と》けることはない。グラディウスの国土の半分近くが、この高山地帯なのだということはルビーウルフも知っている。森暮《ぐ》らしだったので、むしろ都市に近い里の知識《ちしき》のほうが乏《とぼ》しい。限《かぎ》られた平地に広がる麦畑は、彼女にとっては見《み》慣《な》れない光景だった。今はグラディウスの短い夏で、青々とした若い穂《ほ》が風に揺《ゆ》れて波打っている。

その麦畑の傍で手押し車を押していた農夫が、剣呑な眼差しで馬車を囲む一団を睨みつけていた。他にも何人かの農夫がいたが、同じような目でこちらを見つめている。

ルビーウルフは眉根《まゆね》を寄《よ》せて彼らを凝視《ぎょうし》した。年寄りばかりで若者がいないのだ。都市へ出稼《でかせ》ぎに行っている、というのならわかるが、それにしたって少なすぎる。彼らの中には力仕事など無理だと思えるほど腰の曲がった老人や老女の姿《すがた》もあった。若い姿を見かけ、いるのか、と思ったら子供《こども》だった。まだ十にも満たないような子供が汗《あせ》みずくになって働いている。それも皆《みんな》、不健康に痩《や》せていて、服にもつぎはぎが目立っていた。平民の暮らし振りなど決して良いものではないが、これはあまりにも貧《まず》しすぎる。飢饉《ききん》にでも見舞《みま》われたかのようだ。

「どいつもこいつも辛気《しんき》臭《くせ》ぇ目してやがる。ああいう不幸面《ふこうづら》は大嫌《だいきら》いだ」

ふん、と鼻を鳴らしてルビーウルフは吐《は》き捨《す》てた。それが気に障《さわ》ったのか、男がわずかに語気を荒《あら》らげて言う。

「彼らのせいではない。すべては国の責任《せきにん》だ」

目線を幌の隙間から男の顔へと移《うつ》し、ルビーウルフはその表情《ひょうじょう》を窺《うかが》う。彼の瞳《ひとみ》の奥《おく》には何か強い決意があると読み取れた。馬車の周囲を固める連中とは、どこか異質《いしつ》な感じだ。

「お前らと国と、どういう関係がある」

訊《たず》ねられ、男はわずかに外の気配を窺った。声が外に漏《も》れるのを警戒《けいかい》してか、再びルビーウルフに這《は》って近寄る。

「俺《おれ》たちはグラディウスの国軍魔導騎士部隊《まどうきしぶたい》、通称《つうしょう》ガーディアンだ。本来は王族の守護《しゅご》を務《つと》めとしているが、今は要人保護《ほご》を主な仕事としている」

「じゃあ、今は本来と違《ちが》うことをしてるってことか？」

「そうだ。城《しろ》には王族がいないからな」

なぜ、と問いかけてルビーウルフは口を噤《つぐ》んだ。ガーディアンを乗せた馬が馬車に幅寄《はばよ》せをしてきたのが、幌の切れ目から見えたのだ。何事かと思った次の瞬間、がくんと馬車が大きく揺れて振動《しんどう》が滑《なめ》らかなものになる。高く分厚《ぶあつ》い壁《かべ》の門をくぐり、石畳《いしだたみ》で整地された道に変わったらしい。門の傍で門兵らしき男たちがこちらに向かって敬礼《けいれい》していた。

「ベイタス――城下都市《じょうかとし》へ入った。もうあまり話さないほうがいい。外の連中には俺の心証《しんしょう》はよくないから、話を聞かれるのはまずい」

かすかな声で言って男はルビーウルフの傍を離《はな》れる。こいつ何かしでかすな、と悟《さと》ってルビーウルフはわずかに口角を吊《つ》り上げた。この異分子には利用価値《かち》がある。
「お前、名は？」
ルビーウルフが問う。幌の切れ目から差した光を弾《はじ》き、男の片目《かため》が前髪《まえがみ》の奥で光った。
「ジェイド。ガーディアンの副隊長だ」

†

ベイタスと呼《よ》ばれた町は外と比《くら》べて幾分《いくぶん》活気があった。大通りの両脇《りょうわき》には商店や露店《ろてん》が軒《のき》を連ね、客引きや値段交渉《ねだんこうしょう》の声が飛び交《か》っている。けれど彼らも外の農夫たちと同じように、馬車が近づくと避《さ》けて遠巻《とおま》きに眺《なが》めていた。露骨《ろこつ》に嫌悪《けんお》を表情に出すことはないが、複雑《ふくざつ》そうに周囲の者と目を見交わしている。

よほど嫌われているらしい。それはガーディアンだけなのか、軍か、はたまた国家に対するものなのかはルビーウルフにはわからない。ジェイドに問おうにも、彼は先ほどから腕組《うでぐ》みをしたまま俯《うつむ》いて会話を拒絶《きょぜつ》しているように見えた。しかたなくルビーウルフは一人で外を眺め続ける。

しばらくすると周囲の雰囲気《ふんいき》が一変した。生活水準《すいじゅん》の高そうな屋敷《やしき》が建ち並び、すれ違う人々が着る服も仕立ての良い高価そうなものばかり。何より今までと違うのは、一団に対する彼らの態度《たいど》だ。揃《そろ》いも揃って媚《こ》びるような笑《え》みを浮《う》かべて恭《うやうや》しく頭を下げる。皆、貴族《きぞく》や諸侯《しょこう》なのだろうか。誰《だれ》の瞳にも出世欲《よく》と下々の民《たみ》を蔑《さげす》む色が滲《にじ》んでいた。

そこからまた光景が変わった。何もない広々とした石畳の上をがらがらと進んで行く。体勢《たいせい》を変えて馬車の行く先を覗《のぞ》いて見ると、白亜《はくあ》の殿堂《でんどう》が見えた。塔《とう》が幾つも連なり、渡《わた》しで繋《つな》がっているものもあれば各棟《とう》ごとに独立《どくりつ》しているものもある。それが一つの大きな建造物《けんぞう》となって高い塀《へい》の中に収《おさ》まっているのだ。手前中央にある一際《ひときわ》高い塔の中心にはテラスが見える。この大きな広場は集会や祭事に人が集まるためのものか。

巨大《きょだい》な門が開いて、一団は敷地《しきち》内へ踏《ふ》み入った。門から中央の塔までは、さほど遠くはない。それでも美しく剪定《せんてい》された庭木や植え込みは、きっと来訪者《らいほうしゃ》の目を楽しませることだろう。

馬車が止まった。垂《た》れ布《ぬの》が上げられ、黒髪《くろかみ》の男が降《お》り口の前に立って一礼する。

「殿下、お目覚めでしたか。数々のご無礼、お詫《わ》び申し上げます。けれど、すべては殿下のためを思えばこそ。どうかお気をお鎮《しず》めになり、私どもの話を聞いていただきたい」

ジェイドがアーディスと呼んだのは、この男なのだろう。丁寧《ていねい》な言葉使いであるが、こちらに向けられる感情は決して相手を敬《うやま》うようなものではない。かと言って、敵意《てきい》や殺意は感じられない。もっと何か、別の嫌《いや》なものを彼に感じた。切れ長の青い瞳に見つめられ、ひどく不快《ふかい》に思った。

ルビーウルフの野性じみた本能《ほんのう》が告げる。

こいつは敵だ、と。

座《すわ》ったままじりじりと後退《あとずさ》り、ルビーウルフはアーディスをねめつける。

「殿下、どうかお立ちください」

口調が丁寧なものに戻《もど》ったジェイドが片膝《かたひざ》をついて言う。その瞳には有無《うむ》を言わさぬ圧力《あつりょく》があった。何か意図があるのだとルビーウルフは悟り、舌打《したう》ちをしながらも立ち上がる。

アーディスは満足げに頷《うなず》き、どうぞこちらへと馬車の外へルビーウルフを促《うなが》した。

しかめっ面《つら》のまま馬車を降りる。台で足場が作られていたから、難《なん》なく地面に足をつけた。続いてジェイドも馬車を降りる。彼はアーディスに向かって敬礼《けいれい》をすると、ルビーウルフの後方についた。そのまた後ろに、隊列を組んだガーディアンの面々が並《なら》ぶ。

「では、参りましょう」

薄《うす》く笑ってアーディスは身を翻《ひるがえ》した。その背《せ》をきつく睨《にら》んだまま、ルビーウルフは歩き出す。ガーディアンを従《したが》えて。

†

広間を突《つ》き抜《ぬ》け、その先にあった幅広《はばひろ》の螺旋階段《らせんかいだん》を登る。壁《かべ》や床《ゆか》はすべて白い、磨《みが》きぬかれた石であったが、長く伸《の》びた緋《ひ》の絨毯《じゆうたん》が全員の足音を吸収《きゆうしゆう》していた。

階段の先は長い回廊《かいろう》で、明り取りの窓《まど》からは陽射《ひざ》しが斜《なな》めに入り込んでいる。窓がないほうの壁には等間隔《とうかんかく》に唐菖蒲《グラジオラス》の彫刻《ちようこく》が施《ほどこ》してあり、時折タペストリーや絵画も見かけた。

進むうち、ここにも硬質《こうしつ》な匂《にお》いが漂《ただよ》っていることに気がついた。ガーディアンたちに感じた匂いとまったく同じものだ。ここの匂いが彼らに染《し》み付いたのか、それとも彼らがここをこの匂いにしたのか。とにかくルビーウルフはこの匂いが嫌《きら》いだった。

匂い、と言っても実際《じつさい》に嗅覚《きゆうかく》を刺激《しげき》するものではない。意識《いしき》の末端《まつたん》に感じる危機《きき》感、嫌悪、なにかしらの予感や、あるいは好意。数時間後に降《ふ》る雨を嗅《か》ぎ取ったような感覚に似《に》ているから、ルビーウルフはそれを匂いと呼んでいる。

アーディスが足を止めた。回廊の突き当たりに現《あらわ》れた大きな扉《とびら》の前だった。そこに立っていた二人の兵が彼に向かって敬礼をする。

「開けよ。殿下のご帰還《きかん》だ」

その言葉に二人の兵は揃って目を瞠《みは》る。そしてルビーウルフを見やり、慌《あわ》だしく慇懃《いんぎん》な礼を彼女に送ってから扉を開けた。

アーディスに促され、ルビーウルフは扉をくぐる。すれ違いざま、後ろ手に縛《しば》られた彼女の両手を見て、兵たちが当惑《とうわく》したように目を見交《みか》わすのが視界《しかい》の端《はし》に映《うつ》った。

緋の絨毯は扉の向こうまで続いていた。まっすぐ伸《の》びた行き着く先は五段ほどの階で、その上に堅牢《けんろう》で厳《おごそ》かな佇《たたず》まいの椅子《いす》があった。

布張《ぬのば》りは緋。縁取《ふちど》りは金。売ったら高そうだな、という考えが浮かんでしまうのは盗賊《とうぞく》の職業《しょくぎょう》病かもしれない。

広いホールだった。床面積から考えて、階下にあるのは先ほど通り抜けた広間だろう。右手の壁は大きく切り取られてテラスが設《もう》けられている。外から見えたテラスなのだとわかったが、そう思うとずいぶん遠回りさせられたような気になった。

テラスから差し込んだ陽射《ひざ》しが壁と床、そして高い天井《てんじょう》から下がるシャンデリアのクリスタルに当たって空間に光を撒《ま》いている。

アーディスに何か指示《しじ》を受けたガーディアンが一人、駆《か》け足でホールから出て行った。しばしお待ちを、というアーディスの言葉を受け、仏頂面《ぶっちょうづら》で待つこと数十分。誰もが無言の気まずい空間の中へ、ガーディアンに連れられた数人の男たちが姿《すがた》を現した。

その中央に立つ男に対し、アーディスは深く礼をする。

灰色《はいいろ》の髪を総髪《そうはつ》にし、黒い服を纏《まと》っている男だった。四十後半に見える顔には皺《しわ》が深く刻《きざ》まれ、口髭《くちひげ》が上唇《うわくちびる》を覆《おお》っている。瞳《ひとみ》は冷たい青だ。その目をルビーウルフに向け、男は訝《いぶか》しそうに眉根《まゆね》を寄《よ》せた。

「なんだ、アーディス。その汚《きたな》らしい小娘《こむすめ》は。ここはそのような胡乱《うろん》な輩《やから》に踏《ふ》み入らせていい場所ではないぞ」

その言葉に周囲の男たちも然《しか》りと頷《うなず》く。

アーディスは苦笑《くしよう》し、ルビーウルフを示《しめ》して言った。

「何をおっしゃいます、宰相閣下《さいしようかつか》。この方がお持ちになられている剣《けん》こそ、かの〈導《みちび》きの剣〉ではないのですか？　シャティナ王女殿下《でんか》でございます」

彼が言いも終わらぬうちに、男たちはざわつき始める。遠くから覗《のぞ》き込《こ》むようにルビーウルフと剣を検分《けんぶん》し、驚《おどろ》いたように頷き合った。

「なんと……奇跡《きせき》だ！　失われた王女がお戻りになられた！」

「ああ、よく見れば亡《な》き王后陛下《おうこうへいか》に似《に》た面差《おもざ》しをしておられる」

「汚らしいなどとは失礼千万《せんばん》。どうか無礼をお許《ゆる》しください」

我先《われさき》に駆け寄って膝をつき、男たちは恭《うやうや》しく礼をする。口々に賛美《さんび》をわめくものだから、何を言っているのかさっぱり聞き取れない。ただでさえ苛立《いらだ》っているのに、これはもう我慢《がまん》ならなかった。だんっと音高く足を踏み鳴らすと、男たちは目を丸くして黙《だま》り込んだ。

「やかましいんだよ、お前ら全員。殿下だの王女だの、誰に向かって言ってる。シャティナなんて名前でもない。あたしは盗賊団《だん》ブラッディ・ファングのルビーウルフ。狼《おおかみ》ヴィアンカの乳《ちち》を飲んで育ったルビーウルフだ」

それが誇《ほこ》りだ。だからそれを否定《ひてい》する言動は決して許さない。何があってもルビーウルフは盗賊で、ヴィアンカの娘なのだ。

宰相と呼《よ》ばれた男は呻《うめ》いてよろめく。他の男たちも絶望《ぜつぼう》じみた表情《ひょうじょう》で、哀《あわ》れむような、またあるいは嫌悪《けんお》に満ちた目をルビーウルフに向けていた。

「盗賊、ですと？　狼の乳を飲んで育ったなどとは、なんということ……。アーディス、どういうことなんだ」

救いを求めるように宰相が言う。アーディスは変わらず冷淡《れいたん》に笑《え》んで懐《ふところ》から筒《つつ》を取り出した。蓋《ふた》を開け、中から巻《ま》いた紙を抜き取る。

「殿下と閣下、諸侯の皆様《みなさま》に御納得《ごなっとく》いただけるよう、文書にまとめてございます」

そうして彼は愉快《ゆかい》そうに口角を吊《つ》り上げ、紙をジェイドに差し出した。

「読み上げて差し上げろ。副隊長」

背後《はいご》でジェイドが当惑したのが気配でわかった。けれど彼はわずかに逡巡《しゅんじゅん》しただけで、大人しく従《したが》う。紙を受け取り、前へ歩み出た。

「発端《ほったん》は十五年前――」

紙を広げ、文を読み始めたジェイドが息を呑《の》んだ。悔《くや》しげに唇を噛《か》み締《し》め、屈辱《くつじょく》に耐《た》えるが如《ごと》く頬《ほお》に茜《あかね》が差している。

「どうした、お前は文字も読めないのか」

アーディスが笑みを深めて彼を罵《ののし》った。ルビーウルフの背後に控《ひか》えるガーディアンたちの間にも失笑が沸《わ》く。ひどく気分が悪い。胃《い》の腑《ふ》に毒が溜《た》まっていくような感じだ。この場の匂《にお》いは吐《は》き気がする。

「私が代読を……」

声がして、ルビーウルフはそちらを見た。壮年《そうねん》のガーディアンが一歩前に出て胸《むね》に手を当てている。それをアーディスは鋭《するど》く睨《にら》んだ。

「構《かま》わない、ロベール。私の仕事だ」

静かに言い、ジェイドはロベールを退《ひ》かせる。ためらいつつも従い、けれど彼はジェイドに対して痛《いた》ましそうな視線を向けていた。

ジェイドは再《ふたた》び文頭から読み上げる。

「発端は十五年前。ゲイリー・コルコットなる謀反人《むほんにん》の手によって第一王位継承者《けいしょうしゃ》シャティナ・レイ・スカーレット・グラディウス王女殿下が、このグラディウス城《じょう》より拉致《らち》された。その当時、先王王后はすでに亡くなられ、我《わ》が国はシャティナ殿下のご成長を待ち、戴冠《たいかん》していただくべきであったものを、かの痴《し》れ者は王位を簒奪《さんだつ》すべく幼《おさな》き姫《ひめ》に魔《ま》手《しゅ》を伸《の》ばした。追手の毒矢を受けたコルコットの亡骸《なきがら》はレターナ鉱山《こうざん》近くの森にて発見したが、殿下の御身《おんみ》と、共に盗《ぬす》み出された〈導きの剣〉は行方《ゆくえ》知れずとなる。以来、続けられた捜《そう》索《さく》の果て、殿下と思わしき少女が盗賊団に囚《とら》われているとの情報《じょうほう》を得たため、国軍魔導《まどう》騎士《し》部隊一同全力をもって救出する所存《しょぞん》である。——以上です」

紙を元通り丸め、感情を押《お》し殺した表情でジェイドはアーディスにそれを返す。アーディスはそんなジェイドに嘲謔《ちょうぎゃく》的な笑みを送っていた。いや、彼だけではない。宰相たちとガーディアン、皆揃《そろ》ってジェイドを小馬鹿《こばか》にしたような笑いを漏《も》らしていた。この場で笑っていないのは当のジェイド、ロベール、そしてルビーウルフの三人のみだった。

ジェイドがアーディスに敬礼《けいれい》し、ルビーウルフの背後に立ち位置を戻《もど》す。彼が纏《まと》う湿《しめ》っぽい暗さの一因《いちいん》がわかったような気がして、ルビーウルフはさらに気分が悪くなった。

宰相らは文書の内容《ないよう》に納得した様子であったが、ルビーウルフは違《ちが》う。文書による事柄《ことがら》と己《おのれ》の記《き》憶《おく》を組み合わせて出来上がった答えはあまりに受け入れがたいものだった。

「あたしがその誘拐《ゆうかい》された姫さんだって言いたいのか。何を根拠《こんきょ》にそんなことを。たしかにあたしは拾い子さ。本当の親なんか知らない。だけどそんな子供《こども》は山といるだろう？」

その言葉を受けてアーディスが微笑《ほほえ》み、ルビーウルフの背負《せお》う剣を目線で示す。

「その〈導《みち》きの剣《けん》〉はグラディウス王家の者にしか扱《あつか》えません。その御佩刀《ごはいとう》こそ、あなたがシャティナ姫である証《あかし》なのです」

これにはルビーウルフも否《いな》とは言えなかった。豪腕自慢《ごうわんじまん》のモルダにさえ持てなかったこの剣を自分は片手で振《ふ》るえる。腕力で言えば仲間内で最も非力《ひりき》な小娘《こむすめ》であったのに。

一呼吸《ひとこきゅう》して、考える。王家だとか姫だとかいう問題は、この際《さい》ルビーウルフには関係なかった。思い出すのは仲間のことだ。

この奇妙《きみょう》な剣も、それを物心ついたころから引き摺《ず》り回していた自分も、受け入れて育ててくれた陽気な盗賊たち。だからこそ自分が特別だなんて考えたこともなかった。それが当たり前だったからだ。

「その文書に書かれていること全部が正しい記録で、その姫さんが仮《かり》にあたしを指すものだったとしても、一つだけ訂正《ていせい》させてもらう。あたしは盗賊に囚われてなんかいなかった。あたし自身が盗賊だったんだからな。誰がそんな間違ったことを言ったんだ」

「お迎《むか》えに上がる前、レターナの森周辺における盗賊被害《ひがい》の記録を洗《あら》い直してみたのです。すると二、三年前までのものには共通点がありましてね。『狼を伴《ともな》った赤毛の少年を含《ふく》む盗賊団に荷を奪《うば》われた』と。恥《は》ずかしながら、こんな簡単《かんたん》なことに誰一人として気がつかず、十五年も経《た》ってしまったのです。今の殿下は女性としての魅力《みりょく》が開花なされて、少年と勘違《かんちが》いされることがなくなったのでしょう。年若《としわか》い美しい女性《じょせい》があのように悪辣《あくらつ》な者どもの中にいらっしゃれば自然目立ちますから、良家の令嬢《れいじょう》が囚われて協力を無理強《むりじ》いさせられていると思った被害者がわざわざ城《しろ》へ届《とど》け出てくれたのです」

かすかな笑《え》みはそのままに、アーディスが穏《おだ》やかな調子で言う。けれどルビーウルフは不愉快《ふゆかい》そうに目じりを吊《つ》り上げた。

「ブラッディ・ファングは、盗《ぬす》みはしても殺しは好まなかったんだ。悪辣だって言うなら、あんな残忍《ざんにん》に振《ふ》る舞《ま》えるお前たちのほうがよっぽど悪辣じゃないか」

「盗賊というものは世の汚《けが》れですよ。税《ぜい》も払《はら》わず、他者の財《ざい》を奪い取り、平気で生きている者は罰《ばっ》せられて当然なのです」

「だったらあたしも殺せよ。汚れなんだろ？」

きりきりと弓弦《ゆんづる》を引き絞《しぼ》るように空気が張《は》り詰《つ》める。ルビーウルフの眼差《まなざ》しは鏃《やじり》のように鋭い。

「モルダは……モルダは足を傷《いた》めていたんだ。動けなかった。長老は年寄《としよ》りで、得物も振るえなかった。ディーゴは最期《さいご》まであたしを守ろうと手を伸ばしてくれた。他《ほか》の皆《みんな》にだって、殺されるほどの理由はなかったじゃないか。狼《おおかみ》たちに至《いた》っては、あたしの命令を聞いていただけなのに」

腹《はら》が立つ。許《ゆる》せない。アーディスやガーディアンたちも憎《にく》いが、仲間を守れなかった自分が何より情《なさ》けなかった。

ルビーウルフが黙《だま》り込むと、今までおろおろと様子を眺《なが》めていた宰相《さいしょう》が言葉を挟《はさ》んだ。

「なんとおいたわしい。王城《おうじょう》で姫としての年月を過《す》ごされればこのようなことにはならなかったでしょうに……。辛《つら》いことなどお忘《わす》れください。貴女《あなた》はグラディウスの姫君なのです。貴女がお戻りになられたと民《たみ》が知れば、どれほど歓喜《かんき》することか……。わたくしどもを頼《たよ》りなさいませ。然《しか》るべき教育をもって玉座《ぎょくざ》へとお導きいたします。申し遅《おく》れましたが、わたくしは宰相を務《つと》めさせていただいております、ウォルク・マリンベルと申します」

ウォルクが名乗ると、他の男たちも思い出したように名乗りを上げた。なんとか伯爵《はくしゃく》。なんちゃら将軍《しょうぐん》。覚えようとも思わない。

いずれ女王となる少女に少しでも心証《しんしょう》を良くしようという媚情《びじょう》がありありと感じられ、ルビーウルフは彼らをきつく睨《にら》む。それに気圧《けお》され、彼らは揃って押《お》し黙った。

「玉座だって？　あの階段《かいだん》の上にある派手《はで》な椅子《いす》のことか？」

問うと宰相が答える。

「さようでございます。美しいでしょう」

「そうだね、売ったらいい値《ね》がつきそうだ。けど、あたしはあんなものに座《すわ》るなんてまっぴらごめんだよ。尻《しり》が腐《くさ》りそうだ」

言い捨《す》て、ふん、と鼻から乱暴《らんぼう》に息を吐《は》いた。その口汚《くちぎたな》さに、ウォルクらは唖然《あぜん》と目を見開いて顎《あご》を落とす。――アーディスが声を張り上げた。

「どうやら、殿下《でんか》のご帰還《きかん》を民に知らせるには時間が掛《か》かりそうですね。戴冠式《たいかんしき》はさらに遠いでしょう。殿下、あなたには王女たる自覚を持っていただきます。良い教師《きょうし》を手配致《いた》しますので、作法から学ばれると宜《よろ》しいでしょう。お部屋をご用意致しておりますので、今日からそちらでお休みください」

アーディスの指示《しじ》を受けたガーディアンが、エスコートするようにルビーウルフの肩《かた》に触《ふ》れる。

ジェイドじゃない。

ざわりと走った嫌悪《けんお》感にそう悟《さと》った瞬間《しゅんかん》、ルビーウルフは身を反転させてその手に噛《か》みついていた。高く鋭《するど》い悲鳴が上がる。噛みつかれた男はとっさに残ったほうの手を振り上げたが、仲間によって押さえつけられた。王女に手を上げれば身の破滅《はめつ》だ。

ウォルクと諸侯《しょこう》らは竦《すく》みあがって後退《あとずさ》った。顔を背《そむ》けて震《ふる》えている者までいる。

そうする間にもルビーウルフの歯は男の手に食い込《こ》んでいく。ちょうど親指の付け根あたりだ。皮はとうに裂《さ》け、血が床《ゆか》に滴《したた》り落ちていく。別のガーディアンがルビーウルフを

後ろから抱《かか》え込み、どうにか離《はな》させようとするが、獣《けもの》のような唸《うな》り声を上げたまま彼女は男の手に食らいついていた。

爆《は》ぜるような鈍《にぶ》い音がした。一際《ひときわ》大きく呻《うめ》いて男は身をよじる。骨《ほね》を嚙み砕《くだ》かれたのだ。

ジェイドがサーベルを鞘《さや》ごとベルトから外し、その鐺《こじり》をルビーウルフの口へ差し込む。こじ開けられ、ようやく男の手を解放《かいほう》した彼女の口元は血で凄惨《せいさん》に彩《いろど》られていた。

後ろから抱えこんでいる男をも身をよじって振り払《はら》い、ルビーウルフはアーディスを睨み据《す》えた。このような事態《じたい》になっても薄《うす》っぺらな笑みを浮《う》かべている彼の足元に、血混《ちま》じりの唾《つば》を吐く。

「おやめください、殿下！」

縛《しば》られた手をジェイドが押さえる。唇《くちびる》をルビーウルフの耳元に寄せ、彼は早口で囁《ささや》いた。

「それくらいにしておけ。逃《に》げ道なら用意している」

ルビーウルフは内心ほくそ笑んだ。当たりだ。彼はこの組織《そしき》に背《そむ》く気でいる。

周囲に悟《さと》られぬよう頷《うなず》き、ジェイドの足を蹴《け》りつけた。いきなりだったので彼もひるんだが、加減《かげん》をしたので痛《いた》くはないはずだ。彼が逃亡《とうぼう》の協力者であると疑《うたが》われては後々動きにくくなるだろうから、ここでは反発心を見せつけたほうがいい。ジェイドも承知《しょうち》したようだった。

「離せってんだ！　仲間殺されて大人しく従《したが》う盗賊《とうぞく》がいるもんか！」

喚《わめ》いて適度《てきど》に暴《あば》れる。けれど言った言葉は本心からの叫《さけ》びだった。必ず仇《かたき》は取る。そのためにも、ジェイドは最大限《さいだいげん》利用するべきだ。

じたばた暴れるふりをして騒《さわ》ぐので、ジェイド以外のガーディアンはルビーウルフに触《ふ》れようとはしなかった。仲間の手が無残に嚙み砕かれた光景を目《ま》の当たりにしては、当然かもしれない。唯一《ゆいいつ》ロベールが歩み寄り、ジェイドが外したサーベルを持って従う。アーディスに命じられ、他《ほか》に二人のガーディアンが遠巻《とおま》きながらついてきた。

玉座の間を去り際《ぎわ》、蹲《うずくま》って呻いている、親指が変な方向へひしゃげてしまった男の周囲に仲間が集まって魔導治療《まどうちりょう》を施《ほどこ》しているのが見えた。その様子を恐《おそ》ろしげな眼差《まなざ》しで眺《なが》めていた何某公爵《なにがしこうしゃく》が何事か呟《つぶや》く。その言葉を、性能《せいのう》の良いルビーウルフの耳は鮮明《せんめい》に聞き拾っていた。

「恐ろしい……。猛獣《もうじゅう》のような娘《むすめ》だ」

そいつぁ光栄な言葉だ、とルビーウルフは血まみれの口元に弧《こ》を描《えが》いた。

†

長い回廊《かいろう》を歩かされ、何度か階段を上がったり下がったりしてようやく目的の部屋へ辿《たど》りついた。

白を基調《きちょう》とした家具の揃《そろ》えで、明るい印象の部屋だった。二間続きで天井《てんじょう》が高く、子供《こども》を数人持つ一家が快適《かいてき》に過《す》ごせそうな広さ。最奥《さいおう》の大きなベッドには紗《しゃ》の天蓋《てんがい》まで取り付けられていた。

壁《かべ》に埋《う》め込まれた鏡台の縁《ふち》は金の透《す》かし彫《ぼ》りで、鏡の反射《はんしゃ》と共に光を撒《ま》き散らしている。天井のシャンデリアもきらきらと眩《まぶ》しい。窓《まど》は一つあるが今は閉《と》ざされていて、それでも部屋の中は明るいので不思議に思っていたら、シャンデリアに放光という魔法を施しているのです、とジェイドが教えてくれた。ベッド脇《わき》の壁に小さな魔方陣《じん》が描かれていて、それに触れると点《つ》けたり消したり出来るらしい。

「では、我々《われわれ》はこれにて」

そう言って敬礼《けいれい》し、ジェイドらガーディアンたちは部屋を退出《たいしゅつ》する。腕《うで》が縛られたままで下《しも》の用とかどうすんの、と言いかけると、彼らと入れ替《か》わるように女が三人入ってきて礼をしつつ、自分たちは世話役の女官であると告げた。そして顔を上げた瞬間、三人揃って絶句《ぜっく》した。そりゃあ、目の前に顔中血だらけの少女が立っていたら誰《だれ》だって驚《おどろ》く。ちょっとした怪奇現象《かいきげんしょう》だ。

「血、血ぃ！」

ルビーウルフと同年代の、若《わか》い女官が真っ青になって喚《わめ》いた。その間に残りの二人は素《す》早《ばや》く行動を開始する。

「あらあらまぁまぁ、大変。どこかお怪我《けが》を？」

湯に浸《ひた》した布《ぬの》で丁寧《ていねい》に血を拭《ぬぐ》いながら、ルビーウルフの顔に傷《きず》がないかと、心配そうに言ったのは肥満《ひまん》気味の中年女官。彼女はアーリアと名乗った。

「よかった、どこにも傷はないようですね。鼻血だったのかしら」

なんだか変な解釈《かいしゃく》をされた。でもいちいち説明するのも面倒《めんどう》なので黙《だま》っておく。アーリアは話を続けた。

「ご安心くださいね、わたしたちは姫様《ひめさま》の味方です。古株《ふるかぶ》の女官は皆《みんな》、亡《な》き王后陛下《おうこうへいか》をお慕《した》いしているんですもの。姫様がお戻《もど》りになったと聞いて、みんな泣いて喜びましたよ。──宰相閣下《さいしょうかっか》の言いなりになってはいけません。あの方は民《たみ》を家畜《かちく》と勘違《かんちが》いしておられるのです」

ぽっちゃりした頬《ほお》を揺《ゆ》らし、そう熱弁《ねっべん》する。

ルビーウルフの腕を縛《いまし》める縄《なわ》を解《ほど》きながら、アーリアの言葉に何度も頷《うなず》いたのはエルミナという背《せ》の高い女官だった。一見若く見える細面《ほそおもて》だが、垂《た》れ下がった目《め》尻《じり》には烏《からす》の足跡《あしあと》のような小じわが刻《きざ》まれている。

「わたし、姫様がお生まれになった日のことを昨日のことのように覚えておりますわ。この部屋も、十五年間ずっと姫様をお待ちしていたのですよ。——長く子宝《こだから》に恵《めぐ》まれず、ようやく授《さず》かった姫様をお抱《だ》きになって、あれほど喜んでいらっしゃった国王陛下が突然《とつぜん》病《やまい》に伏《ふ》すなど……。王后陛下まで後を追うように……。簒奪《さんだつ》を目論《もくろ》んでいたのはコルコット様ではないわ。マリンベル宰相閣下よ」

唇《くちびる》を噛《か》んでエルミナは目を伏せた。

ようやくショックから立ち直ったらしい若い女官の少女は、ベッドに寝巻《ねま》きやドレスを並《なら》べる作業中、ちらちらと窺《うかが》うようにルビーウルフを見ていた。年はルビーウルフより少し下だろうか。栗色《くりいろ》の巻毛《まきげ》とそばかすが可愛《かわい》らしい、キャスというその少女は意を決したように言葉を紡《つむ》いだ。

「あ、あの。わ、わた、わたし、王族の方とお会いするのは初めてで、その、国王陛下や王后陛下のことは存《ぞん》じ上げませんけれど、とてもお優《やさ》しかったと聞いて、あの、あの……おこがましいかもしれませんが、年の近い女同士ですし、どうぞ良ろしければお話し相手に……」

顔を真っ赤にして、しどろもどろで言うものだから、たまらずルビーウルフは吹《ふ》き出した。失笑《しっしょう》を買った恥《は》ずかしさに、キャスは両手で頬を覆《おお》ってぺこぺこと頭を下げる。それもなんだか発条人形《ぜんまい》のような動きだったので見ていられなくなった。

「うん、情報提供《じょうほうていきょう》もかねていろいろ話してよ。あんたらはいい匂《にお》いがするから、あたしの敵《てき》じゃない」

匂い、という妙《みょう》な単語に三人はきょとんとした。キャスは慌《あわ》てて自身の腕を鼻に寄《よ》せ、匂いを嗅《か》いでみるが、当たり前だが特にこれといってきつい臭気《しゅうき》はしない。

「あぁ、深い意味はないから。それよりあんたら、あの宰相とかいう奴《やつ》のこと相当嫌《きら》いみたいだね。どういう奴なんだ？」

久々《ひさびさ》に自由になった両手を振《ふ》って調子を確《たし》かめつつ、ルビーウルフは問うた。この三人は見ていて実に楽しい。男所帯で育ったルビーウルフには新鮮《しんせん》な光景だった。

投げかけられた話題に飛びつき、きゃわきゃわと話を広げる様はまるで入れ食いだ。ルビーウルフは彼女らと目が合った時に相槌《あいづち》を打つだけだが、それでも姦《かしま》しいのは止まらない。税《ぜい》が高くなったうえに俸給《ほうきゅう》が減《へ》ったとか若い女官に手を出すとか、ちまちました愚痴《ぐち》が飛び交《か》ったのち、ふいにアーリアが声をひそめた。つられるようにエルミナとキャスが彼女に額《ひたい》を寄せる。

「あまり大きな声では言えないのですけれどね、閣下はトライアンに侵略《しんりゃく》戦争をしかけるとの噂《うわさ》があるんですよ」

エルミナとキャスが目を見開いて息を呑《の》んだ。そして視線《しせん》を交わす。二人には初耳の話だったらしい。

トライアンはグラディウスの南に接《せっ》する国だ。土壌《どじょう》が肥沃《ひよく》で、農耕《のうこう》で栄えているというが、そのくらいのことしかルビーウルフは知らない。隣国《りんごく》のことなど知らなくても、盗賊《とうぞく》は生きていけるのだ。

「わたしが言ったなんて言わないでくださいね、あくまで噂なんですから。でも、ここ最近は国中の男を徴兵《ちょうへい》しているそうじゃないですか。この国は一昔前まで金の採掘《さいくつ》で栄華《えいが》を極《きわ》めたけれど、それが採《と》れなくなって久《ひさ》しいですし、良い畑になるトライアンの黒土を欲《ほ》しがっているらしいんです」

顎《あご》に手を当て、ルビーウルフは考え込む。彼女が育った鉱山《こうざん》は確《たし》かに金の採掘跡《あと》だった。けれど、今は砂金《さきん》の一粒《ひとつぶ》も出ない。人の寄り付かなくなった廃鉱《はいこう》だからこそ、盗賊団《だん》が住み着いたのだ。

加えてグラディウスの国土は半分近くが高山地帯。わずかな平地で麦を育てているものの、標高の高い山地は農耕地にするにも作物は育たないし、山脈を越《こ》えた向こう側は荒海《あらうみ》だと聞く。それに対してトライアンは平地に富み、耕作に適《てき》した黒土の土壌というのだから、確《たし》かに廃退《はいたい》の影《かげ》がちらつき始めたグラディウスにとっては侵略してでも欲しい土地かもしれない。それに――

「ここへ来る途中《とちゅう》、妙なものを見たよ。年寄りばっかで畑の手入れしててさ、女子供《こども》が手伝ってたけど、妙だと思ったんだ」

若者が徴兵され、麦畑を離《はな》れなくてはならなかったのだとしたら納得《なっとく》がいく。農夫たちの剣呑《けんのん》な眼差《まなざ》しも、息子《むすこ》や夫を兵に取られたという不満の表れだったのだろう。

「まぁ、では噂は本当……？」

エルミナが青い顔で呟《つぶや》く。隣《となり》ではキャスがおろおろと落ち着きない様子でルビーウルフを見ていた。

「戦争になるんですか？　そんな、そんなの嫌《いや》です！　兵がたくさん死んでしまう……！　殿下《でんか》が戴冠《たいかん》なされば国は良くなるのだと思っていたのに……。シャティナ様、どうかグラディウスを守ってください！　民《たみ》を死なせないでください！」

今にも泣き出しそうなキャスをアーリアとエルミナがなだめる。けれど咎《とが》めはしなかった。二人もキャスと同じことを考えているのだとルビーウルフは悟《さと》って溜《た》め息をつく。

「困《こま》ったな。あたしは王女だ殿下だ戴冠しろなんて言われても実感ないし、むしろそんな役はやりたくない」

はっと顔を上げたキャスの顔には悲壮感《ひそうかん》が漂《ただよ》っていた。一瞬呆然《いっしゅんぼうぜん》となり、ついに顔をくしゃくしゃにして泣きだしてしまった。

「この子の父親と兄は兵卒なのです。わたしの息子も……」

重い声でエルミナが言う。表には出さないが、ルビーウルフに対する責《せ》めつけの念が含《ふく》まれているのは明白だった。

正直なところ、ルビーウルフはうんざりしていた。盗賊として生きてきて、これからもずっとそうだと思っていて、なのに仲間を惨殺《ざんさつ》された挙句《あげく》に本当は王女様なんだから国をどうにかしろだなんて理不尽《りふじん》にもほどがある。だから女王になんかなる気は一切《いっさい》ない。けれど――

「勘違《かんちが》いしないでね。あたしは何もしないなんて言ってない。仲間殺されて黙《だま》ってるんじゃ、盗賊の名折れってもんだ」

言うと三人は目を丸くした。キャスも泣き止《や》み、赤くなった目をルビーウルフに向ける。

「盗賊？　シャティナ様が？」

信じられないといった表情だ。確かに自分たちが姫《ひめ》と仰《あお》ぐ娘《むすめ》の経歴《けいれき》が盗賊だと言われたら驚《おどろ》くのも無理はない。そのくらいの分別はルビーウルフにもある。けれど、それを引け目に感じることがない自分もまた誇《ほこ》りだった。

「そう。普通《ふつう》の娘が縛《しば》られてたり顔が血まみれだったりして、おかしいって思わなかったのか？」

「気が立っているようだから気をつけるようにと言われましたし、血は鼻血……」

「違う違う。お願いだから丸めた布《ぬの》を鼻に突《つ》っ込《こ》むのはやめてね」

アーリアは不思議そうに目を丸くする。彼女の脳内《のうない》では、ルビーウルフは鼻血を派手《はで》に噴《ふ》き出したことになっているらしい。

「では、どうして顔が血だらけだったんです？　姫様にお怪我《けが》はなかったようですけど」

エルミナが言って、三人はルビーウルフに注目する。その視線を真っ向から受け、ルビーウルフはけろりと言い放った。

「嫌《いや》な匂《にお》いのする奴《やつ》が触《さわ》ったから、手の骨《ほね》噛《か》み砕《くだ》いてやったんだ」

しばし沈黙《ちんもく》が流れた。三人は啞然《あぜん》として口をぽかんと開けている。

「まぁ、それはなんとも……丈夫《じょうぶ》な歯と顎《あご》でいらっしゃる……」

言葉に窮《きゅう》しながらも、なんとか褒《ほ》め言葉らしきものを吐《は》いたのはアーリアだった。

「どってことないよ。狼《おおかみ》に育てられたんだから、それくらいできて当然さ」

「おおかみ、ですか」

エルミナの声に力はなかった。どうにも信じられないといった表情《ひょうじょう》でルビーウルフを眺《なが》めている。唯一《ゆいいつ》キャスだけが興味津々《きょうみしんしん》と身を乗り出してきた。さっきまで泣いていたのが嘘《うそ》のように、瞳《ひとみ》をきらきらと輝《かがや》かせている。

「それなら、シャティナ様は狼王女ですね。きっとお強いんですよね」

どうやらキャスはルビーウルフに、物語の女英雄《えいゆう》の幻想《げんそう》を抱《いだ》いているらしい。けれど、ルビーウルフには彼女の期待に応《こた》える気はない。気に入らない連中――ウォルクやアーデイスを潰《つぶ》したら、あとは国がどうなろうと知ったことではないのだ。

そうは思ったが、言うとまた場がややこしくなりそうなので言葉にはしない。代わりに苦笑《くしょう》してみせた。

「そのシャティナっての、やめてくれないかな。あたしは十五年間、ずっとルビーウルフだったんだ。殿下だの姫だのも、むず痒《がゆ》くて気持ち悪い。せめて、あんたらだけでもルビーウルフって呼《よ》んでよ」

あんたらだけでも。

この言葉は強力だった。殿下にとって自分たちは特別なんだと思わせるには充分《じゅうぶん》な効果《こうか》があった。すぐさま三人の口元が笑《え》みの形に歪《ゆが》む。誇らしげな笑みだった。

「では、わたしたちはルビーウルフ様とお呼びしますわ」

アーリアの言葉にエルミナとキャスが頷《うなず》いた。それを見てルビーウルフはこっそり息をつく。別の名前で呼ばれることが、これほど苦痛《くつう》とは知らなかった。

この三人もジェイド同様、何かの時には利用する。もちろん、死なせたりはしない。それはモルダの、ブラッディ・ファングの信念に反するからだ。情報提供者《じょうほうていきょうしゃ》として、彼女らには働いてもらうことにする。

「それでは、わたしたちはこれで失礼いたしますね。上からの命で、お部屋に鍵《かぎ》を掛《か》けさせていただきますけれど、でも——」

退出《たいしゅつ》の挨拶《あいさつ》をしたアーリアが、急に真剣《しんけん》な眼差《まなざ》しになった。見ると他の二人も同じような目でルビーウルフを見つめている。声をひそめ、外に声が漏《も》れるのを警戒《けいかい》して言う。

「ジェイド様が今夜こちらへいらっしゃいます。あの方を信じてくださいませ。必ず殿下《でんか》……いえ、ルビーウルフ様のお力になってくださるはずです。なぜなら彼は——先の宰《さい》相《しょう》コルコット様のご子息なんですもの」

ルビーウルフは思わず片眉《かたまゆ》を跳《は》ね上げた。意外なところで出てきたジェイドの名もそうだが、たしかコルコットというのは王女を城《しろ》から連れ出したという男の名ではなかったか。

などと考えを巡《めぐ》らせていると、女官たちは礼をして早々に出て行ってしまった。まぁいい。なかなかいい情報を落としていってくれた。

ジェイドは女官たちをすでに共謀者《きょうぼうしゃ》にしていたのだ。彼女らに何をどこまで伝えていたのかは知らないが、根回しの良さは評価《ひょうか》しよう。

思いつつ、ルビーウルフは背負《せお》っていた剣《けん》を鞘《さや》ごと降《お》ろした。幼《おさな》い頃《ころ》からの相棒《あいぼう》を胸《むね》に抱《だ》きたくなったのだ。

両手で持ち、すぐに異変《いへん》に気づいた。柄《つか》と鞘に亘《わた》って妙《みょう》な赤い印がつけられていたのだ。封緘《ふうかん》に使う蠟《ろう》のようにも思えた。馬車に乗る前、気絶《きぜつ》している間にやられたのだろうか。

顔を顰《しか》めて手で拭《ぬぐ》ってみるが取れないし、爪《つめ》で擦《こす》っても同様だった。せっかくの綺麗《きれい》な細工が台無しじゃないか、と腹立《はらだ》たしくなる。調子を確《たし》かめようと柄に手を掛けた瞬間《しゅんかん》、さらに胸が震撼《しんかん》した。──抜《ぬ》けない。

どんなに力を込めても、鞘が溶接《ようせつ》されたように動かない。ぎり、と歯嚙みしてルビーウルフは赤い印を見つめる。まさしくこれは封緘なのだ。ルビーウルフの傍《そば》にいなくては誰《だれ》にも持てないが、かといって使用可能《かのう》な状態《じょうたい》で持たせてくれたなら敵は愚《おろ》かとしか言えない。この剣はもはや棍棒《こんぼう》や杖《つえ》に使う以外に価値《かち》のないものだった。見ていると気落ちしそうなので、諦《あきら》めて背負いなおす。

アーディスたちはこれを〈導《みちび》きの剣〉と呼んだ。

〈導きの剣〉。なるほど、王が持つ剣に相応《ふさわ》しい名だ。

王族にしか使えないのだという言葉が本当なら、自分は間違《まちが》いなくグラディウスの王女なのだろう。認《みと》めたくはないが。

思いながら嘆息《たんそく》し、ベッド脇《わき》の窓《まど》に歩み寄《よ》った。

部屋の広さに対し、窓は小さい。縦幅《たてはば》は肩《かた》から頭の上程度《ていど》で、横幅は両肘《りょうひじ》を張《は》ったくらい。冬が長く、雪深いグラディウスの建造物《けんぞうぶつ》にはこれが当たり前だ。室内の熱を逃《のが》しては凍《こご》えてしまう。

唐菖蒲《グラジオラス》の彫刻《ちょうこく》が施《ほどこ》された雨避《よ》けの板戸を左右に開き——唇《くちびる》をへの字に曲げた。壁《かべ》を刳《く》り貫《ぬ》いた窓の上下に鉄の格子《こうし》が四本嵌《は》め殺しになっていたのだ。戸や壁にはわずかに風化の跡《あと》が見て取れる。女官が言ったように、ここは十五年近く以前から王女のために用意されていたらしい。けれど格子は真新しい鉄だ。最近になって取り付けられたように見える。

盗賊《とうぞく》に囚《とら》われていると思っただなんて、嘘《うそ》だ。初めからルビーウルフが盗賊であると予《よ》測《そく》し、このような措置《そち》を取った。逃亡《とうぼう》を阻止《そし》するために。

腹の底がむかむかして、どうしようもなくて唇を噛《か》んだ。憎《にく》しみが首をもたげてくるのを抑《おさ》えることができない。

格子を摑《つか》んで外を眺《なが》めた。見渡《みわた》す限《かぎ》り高山の帯で、影《かげ》の濃淡《のうたん》がくっきりと見える。その稜線《りょうせん》の向こうへ、太陽は沈《しず》もうとしていた。山の端《は》が金色に輝《かがや》く。

この部屋はずいぶん高いところにあった。地面が遠い。外壁《がいへき》には足場も見当たらないし、その上格子までつけられているのだから、その徹底《てってい》ぶりが窺《うかが》える。

ふん、と鼻から息を吐《は》き、乱暴《らんぼう》に板戸を閉《し》めた。とにかく今はジェイドを待つしかない。まずはそれからだ。逃《に》げ道を用意していると彼は言った。ならば、それ相応《そうおう》の準備《じゅんび》をして身構《みがま》えている必要がある。

ざっと部屋を見渡し、使えそうな物に目をつけた。大きく頷《うなず》き、鏡台の前に立ってみる。

大きな鏡に映《うつ》された姿《すがた》は紛《まぎ》れもなくブラッディ・ファングのルビーウルフだった。よれよれの上着、だぼだぼのズボン、編《あ》み上げブーツ、剣を背負うために襷《たすき》にかけた革製《かわせい》の剣帯、そして剣。どこをどう見ても王女になど見えない。それを確認《かくにん》して、心底ほっとした。

「あたしは盗賊。ブラッディ・ファングのルビーウルフ。王女じゃないし、女王になんか絶対ならない」

鏡の中の自分に向かって宣言《せんげん》した。望みはただ一つ。仲間の仇討《かたきう》ちだ。

第3章　神国と神具

ガーディアンにはそれぞれ、城《しろ》の中に自室が与《あた》えられていた。けして広くはないが、唯《ゆい》一《いっ》落ち着ける自分だけの場所。三年前からずっとここがそうだった。

窓《まど》から差し込《こ》む陽光が途《と》絶《だ》える。太陽が没《ぼっ》した。

窓を閉《し》めて暖炉《だんろ》に灯《ひ》を灯《とも》す。放光の魔《ま》法《ほう》で作られた灯《あか》りより、炎《ほのお》の揺《ゆ》らめきのほうがジェイドは好きだった。けれど、今夜はそれを見ると気が滅《め》入《い》る。これから行う苦行を思うと、なおさら。

ジェイドに両親はない。父は彼が三歳《さい》の時に亡《な》くなった。王殺しという汚《お》名《めい》を着せられ、毒矢を受けて。

謀《む》反人《ほんにん》の妻と罵《ののし》られ、母は心を病《や》んで自ら命を絶ってしまった。遺《のこ》されたジェイドは遠《とお》縁《えん》の親類に預《あず》けられ、そこで魔《ま》導《どう》を学んだのだ。ガーディアンとなり、父の無念を晴らすために。

父、ゲイリーは宰相《さいしょう》だった。王の信頼《しんらい》も厚《あつ》かったと女官たちから聞いている。現在《げんざい》宰相をしているウォルクは当時、国軍魔導騎士部隊《きしぶたい》隊長――ガーディアンの長だった。今のアーディスがいる立場だ。

王と王后《おうこう》が立て続けに世を去り、ウォルクは遺された王女を乳母《うば》から取り上げた。良い王に育てるには生半可《なまはんか》な教育ではいけない。王族を守ることがガーディアンの務《つと》めなのだから、私がお育てする。それが両陛下《へいか》への忠誠《ちゅうせい》の証《あかし》だ。そう言って。

当然、ゲイリーはそれを許《ゆる》さなかった。ガーディアンの長は宰相と並《なら》ぶ権限《けんげん》を持っていたが、王の代行は宰相の務め。事実上、当時の最高権力者はゲイリーだった。

ゲイリーはウォルクの思惑《おもわく》に気づいたのだ。王女に自分を慕《した》うよう教え込み、女王として玉座《ぎょくざ》に据《す》え、いいように操《あやつ》る。そんなことはあってはならないと声を大にしてゲイリーは主張《しゅちょう》したが、その時にはすでに、ウォルクは諸侯《しょこう》らを飼《か》い慣《な》らしていた。

彼らはゲイリーの主張をそのまま彼に返し、ゲイリー・コルコット宰相こそ簒奪《さんだつ》を目論《もくろ》む逆賊《ぎゃくぞく》として叩《たた》いたのだ。追い詰《つ》められたゲイリーはウォルクの手から王女を救うべく、〈導《みちび》きの剣《けん》〉を伴《ともな》って王城《おうじょう》から連れ出した。その逃亡《とうぼう》の最中に追っ手の毒矢を受けたが、それでも彼は逃《に》げた。数日後に発見されたゲイリーの遺体《いたい》の傍《そば》には王女の姿《すがた》はなく、〈導きの剣〉も消え失《う》せていたという。

それから十五年を経《へ》た今日、その王女は戻《もど》って来た。とんでもない猛獣《もうじゅう》に育って。

彼女が盗賊《とうぞく》であるとアーディスは知っていた。だからあの文書には偽《いつわ》りがある。彼女のために用意されていた部屋にも、新たに鉄格子《てつごうし》を取り付けさせていた。けれど、その職人《しょくにん》の手配がジェイドに回ってきたのは幸いだった。グラディウスに住む年嵩《としかさ》の職人の多くはゲイリーを今でも慕っているコルコット派《は》の人間で、格子にちょっとした細工をさせることが出来たのだ。

壁に取り付けられた姿見の前に立つ。上着を脱《ぬ》いで、上半身が露《あらわ》になった姿が鏡に映《うつ》っていた。右肩《みぎかた》の刺青《いれずみ》も、はっきりと。

ジェイドのガーディアン入隊を、その時すでに宰相の椅子《いす》に座《すわ》っていたウォルクは激《はげ》しく拒《こば》んだ。難関《なんかん》の試験を突破《とっぱ》した才能《さいのう》があるとはいえ、謀反人の息子《むすこ》を王城に上げることなど認《みと》めない、と。実際《じっさい》はゲイリーの仇討《かたきう》ちを恐《おそ》れたのだろうが。

魔導師《し》は名を偽ることが出来ない。魔法の発動に、名は大きく関《かか》わるからだ。

そんなジェイドの入隊を許可《きょか》したのがアーディスだった。アーディス・マリンベル。ウォルク・マリンベルの実の息子。

アーディスはジェイドの入隊を許す条件《じょうけん》として、彼の肩にこの刺青を彫《ほ》った。ジェイドがどこにいるのか、すぐさま察知できるという縛印《ばくいん》の刺青を。

行動を監視《かんし》できれば何ら問題ないとして、ウォルクは息子を褒《ほ》め称《たた》えた。そして十五の年に入隊して以来、ジェイドは彼らの陰湿極《いんしつきわ》まる苛虐《かぎやく》に耐《た》えてきたのだ。あの文書を皆《みな》の前で読ませ、ジェイドの口からゲイリーを罵《ののし》る言葉を吐《は》かせたのもそういうことだ。わざわざ副隊長の任《にん》に就《つ》かせ、部下に誹《そし》られる苦痛《くつう》を与えるのも。マリンベルはそうやって、コルコットの首を真綿《まわた》で絞《し》め殺そうとしている。簒奪の邪魔《じゃま》をされた恨《うら》みをジェイドにぶつけて楽しんでいるのだ。

王女は見つかった。必《し》ず、あの父子は王女に手を出すだろう。それを阻止《そし》するため、三年間耐えたのだ。彼女は自分が救ってみせる。

思い、なんだか可笑《おか》しくなった。あの少女は他人に救われるような可愛《かわい》らしい性格《せいかく》ではない。自分から檻《おり》を破《やぶ》って逃げ出すような目をしていた。

初めて見た時は本当にこれが王女なのかと唖然《あぜん》としたが、けして人に屈《くっ》しない強い眼差《まなざ》しは実に頼《たの》もしい。どうにか説得して、こちら側に引き込めればしめたものだ。

世話役を命じた女官に伝言を頼んだので、彼女は待っているはずだ。城内に潜《ひそ》む協力者たちも。早く準備《じゅんび》を整えねばならない。

意を決し、ジェイドは髪《かみ》をきつく束ね直した。暖炉の炎で赤く焼いた銅板を金鋏《かなばさみ》で摑《つか》み出す。

日が落ちて涼《すず》しくなったとはいえ、今は夏。暖炉から立ち上がる熱気は部屋にこもって息苦しいほど暑い。ジェイドの細い顎《あご》から汗《あせ》の雫《しずく》が滴《したた》り落ちる。

鏡で刺青の位置を確認《かくにん》し、畳《たた》んで厚みを持たせた布《ぬの》を口に押《お》し込んだ。そして――

†

人の気配がないのを注意深く確認し、王女の寝室《しんしつ》の前に立った。用意しておいた合鍵《あいかぎ》を使って素早《すばや》く開け、中に滑《すべ》り込む。

「入ってくるなら声掛《こえか》けくらいしたらどうなんだ」

そう言ってジェイドを出迎《でむか》えた王女は、けれど不敵《ふてき》に笑っていた。

「その様子では、俺《おれ》の気配に気づいていたな。なら、声掛けなんて必要ないだろう」

「まぁね」

肩をそびやかして王女――ルビーウルフは答える。ずいぶん肝《きも》の据《す》わった様子だ。

彼女の出《い》で立《た》ちが妙《みょう》なことに気づき、ジェイドは眉根《まゆね》を寄せた。白い布を胴《どう》にぐるぐると巻《ま》きつけていたのだ。

ふとベッドに目を移《うつ》すと、シーツの無残な切れ端《はし》があった。どうやらシーツを何かで――たぶん歯で切り裂《さ》き、長く繋《つな》げたらしい。何に使うのかはわからないが。

「お前、その格好のほうが似合《にあ》ってるじゃないか」

ルビーウルフが言った。虚《きょ》を衝《つ》かれ、ジェイドは一瞬《いっしゅん》何のことかわからなかった。けれどすぐ、彼女の言葉を理解《りかい》する。

ジェイドは今、ガーディアンを示《しめ》す紺青《こんじょう》の制服《せいふく》を着ていない。代わりに旅人のような軽《けい》装《そう》をしている。防具《ぼうぐ》は一切《いっさい》なく、唯一《ゆいいつ》の武装はサーベルだけだ。小脇《こわき》には巻いたロープを抱《かか》えている。

「その格好なら嫌《いや》な匂《にお》いはしない」

匂い、と言われて思わず袖《そで》を鼻に寄《よ》せる。それを見たルビーウルフは人間ってけっこう似たような行動するんだなぁと小さく呟《つぶや》いた。

「そういう意味の匂いじゃないんだけど。まぁいいや。逃げ道っての、教えてよ」

促《うなが》され、ジェイドは窓《まど》に歩み寄った。板戸を開けると、格子が露になる。

「まさかそこから、そのロープで降《お》りようって言うのか？　そんな隙間《すきま》通れないよ」

後ろからルビーウルフが覗《のぞ》き込んでくる。彼女の言った通り、格子の隙間は狭《せま》くて頭も通りそうにない。普通《ふつう》に考えれば壊《こわ》すのも難儀《なんぎ》だろう。けれど。

「こうする」

言って、四本ある格子の、右から二番目に手をかける。わずかに上に持ち上げ、捻《ひね》るとあっさりそれは外れた。感心したようにルビーウルフが瞠目《どうもく》し、手を差し出したので格子だった鉄の棒《ぼう》を渡《わた》してやる。彼女がそれをためつすがめつしている間に、ジェイドはもう一本、真ん中の格子を同じように外した。

「これで通れるだろう」

言いながら、残った端の格子にロープを結びつける。

「内側を通って出るの、やっぱ無理かな」

「誰《だれ》かに鉢合《はちあ》わせしたければ、それもありだが」

ルビーウルフの問いに、ジェイドの答えはにべもない。城《しろ》で働いている人間の数は千を越《こ》える。中には当然、マリンベル派《は》の人間もいる。その全員と会わずに外へ出るには、よほどの運が必要だ。ルビーウルフもそれはわかっていたらしく、言ってみただけと言って肩《かた》をすくめた。

「俺《おれ》が先に出る。高いところは平気か?」

「問題ない」

力強い答えに頷《うなず》き返し、ジェイドは窓の外を窺《うかが》った。下には誰もいない。闇夜《やみよ》の中で見えた下生えの茂《しげ》みは背《せ》が高く、黒々としている。身を隠《かく》すには充分《じゅうぶん》だ。

確認して外に滑り出る。ロープを手に絡《から》め、壁《かべ》に足をついて音を立てないよう降下《こうか》していく。地に降り立って上を見上げると、同じように、いや、ジェイドより数段滑《なめ》らかな動きでルビーウルフが降りてきた。着地も見事だ。

「こっちだ。城外へ出る」

小声で促し、背を低くして歩き出す。けれどルビーウルフは首を横に振《ふ》った。

「どうした」

「あのアーディスとかいう奴《やつ》、ぶっ飛ばす。そのために外へ出たんだ。あいつの所へ行く」

赤い瞳《ひとみ》が闇の中でぎらついていた。獣《けもの》の眼《め》。静かなる殺意がそこにある。

「この剣《けん》の妙《みょう》な印、誰がやった？　お前なら、今すぐどうにかしろ。お前は殺さないでやるから」

物騒《ぶっそう》なことを言い出した。ジェイドは嘆息《たんそく》し、言う。

「それはアーディス様——いや、アーディスの施《ほどこ》した封印《ふういん》だ。本来は術者《じゅつしゃ》にしか解《と》けない。殺してしまっては二度と封印は解けないぞ。あの性格では脅《おど》しても口は割《わ》らないだろうしな。だが、俺の老師なら可能《かのう》だ。だから老師のもとへ行く。それがないと、戦えないだろう？　それに、老師のもとには俺の仲間も集《つど》っているはずだ。彼らと合流する」

ルビーウルフはしばし黙《もく》し——舌打《したう》ちしてジェイドに従《したが》った。並んで小走りに駆《か》け出す。

月明かりを〈導きの剣〉が弾《はじ》いていた。

城には大概《たいがい》、戦争などで攻《せ》め入られた際《さい》に使う逃亡《とうぼう》用の出口がある。当然見つかりにくい造《つく》りになっているので、その一つを利用するのだ。

垣根《かきね》に隠《かく》された戸を開くと、地下に延《の》びる階段が現《あらわ》れた。灯《あか》りは一切《いっさい》なく、階段の先は闇に飲み込まれている。

「あたしはなんとか見えるけど、お前はどうするんだ。転ぶぞ」

「灯りを作る。先に入ってくれ」

ルビーウルフを促し、ジェイドは呪文《じゅもん》を唱えた。

「夜を照らすは月の影《かげ》。影から出《い》ずるは月の鱗粉《りんぷん》――」

唄《うた》うように、ジェイドの唇《くちびる》から音が流れ出す。胸《むね》の前に翳《かざ》した両手が淡《あわ》く輝《かがや》いていた。

「導くのはジェイド・コルコット。呼《よ》ばれしものは月光の胡蝶《こちょう》」

ジェイドの手から、ぼんやり輝く一頭の蝶が舞《ま》い上がった。先導するように通用口の中へ入っていく。狭い階段がくっきりと照らし出されていた。

「走るぞ」

中に入って戸を閉《し》め、ジェイドは階段を駆け下りる。並んで走るほどの幅《はば》はないので、ルビーウルフは数歩後ろに従った。

階段の下は長い通路だった。もともと逃亡用なので、追っ手を攪乱《かくらん》するために不要な分かれ道が途中《とちゅう》にいくつもあった。けれどジェイドは迷《まよ》わず正しい道を走る。王族の守護《しゅご》を本来の務《つと》めとするガーディアンにとって、逃亡経路の確保《かくほ》は必須《ひっす》なのだ。

ルビーウルフは黙《だま》ってついて来る。あまりに大人しいので、ジェイドはちらりと後ろを窺い見た。蝶の光に照らされ、葡萄酒《ワイン》色の短い髪《かみ》が揺《ゆ》れている。息の乱《みだ》れはまったくない。本当に獣《けもの》のような少女だ。

「何を見ている。人の顔をじろじろと」

ほんの一瞬見ただけのつもりだったが、気づかれた。走りながらも明瞭《めいりょう》な声でルビーウルフは不満を漏《も》らす。

ジェイドは迷った。言うべきかどうか。

「怒《おこ》られるかもしれないが……。あんたに後ろを走られると獣に追われる獲物《えもの》の気分になる」

その答えにルビーウルフは笑った。

「それは悪かったね。――あたし、お前だからついて来たんだ。もしもお前があたしのこと、ずっと殿下《でんか》だの姫《ひめ》だのって呼んでたら、間違《まちが》いなくシカトだったよ。まぁ、利用できそうだった、ってのはもちろんあるけど」

言って悪びれることもなくきゃらきゃら笑う。けれど嫌な気にはならなかった。むしろ、この砕《くだ》けた物言いは心地《ここち》いい。王城で息の詰《つ》まる生活をしていたせいかもしれない。

いくらほど走ったか。判然《はんぜん》としなくなったころ、ようやく出口が見えた。階段を駆け上がり、跳《は》ね上げの扉《とびら》を持ち上げた。上に被《かぶ》せられていた土がばらばら散る。

城下都市《じょうか》ベイタスの隔壁《かくへき》が、闇《やみ》の中で白く浮《う》かび上がっている。街の下を走り抜《ぬ》け、人里からも遠く離《はな》れた森の入り口だった。

近づく人の気配があった。ルビーウルフが、さっと身構《みがま》える。

「ジェイド様」

声をひそめ、木立の陰《かげ》から現《あらわ》れたのはロベールだった。馬具を整えた黒鹿毛《くろかげ》の馬を牽《ひ》いて歩み寄《よ》ってくる。

「指示《しじ》通り、厩舎番《うまやばん》の者が駿馬《しゅんめ》を用意してくれました。どうか殿下《でんか》をお守りください。ゲイリー様の無念をお晴らしください」

懇願《こんがん》するように眉尻《まゆじり》を下げ、皺《しわ》の目立つ口元を震《ふる》わせていた。

ロベールは宰相《さいしょう》だったゲイリーを慕《した》っていた。ロベールだけではない。民《たみ》も城《しろ》に仕える者も、ゲイリーを知る者の多くは彼を王の忠臣として慕っていたのだ。それをウォルクと諸侯《しょこう》らが妬《ねた》み、ゲイリーを排斥《はいせき》してグラディウスの政権《せいけん》を奪《うば》った。己《おの》が私欲《しよく》のために。

警戒《けいかい》しているルビーウルフを手で制《せい》し、彼は味方だと告げた。なんとか構えを解いたものの、彼女はロベールより紺青《こんじょう》の制服《せいふく》が気に入らないらしく、不機嫌《ふきげん》そうに唇《くちびる》を引き結んでいる。

「すまない、ロベール。迷惑《めいわく》を掛《か》けた。厩舎番の者にも礼を言っておいてくれ。――父を慕うその気持ち、本当に感謝《かんしゃ》する。だが、俺はこの件《けん》で本物の謀反人《むほんにん》となった。つらいだろうが、人前ではコルコットを支持《しじ》するような言動は避《さ》けろ。罵《ののし》ってくれてかまわない」

何かを言おうとしたロベールの声を消すように、被せてジェイドは言い含《ふく》めた。

「まず何より、細君と子供《こども》たちのことを考えてくれ。……俺の母や、俺のような思いをさせてはいけない」

ジェイドはロベールに笑ってみせる。けれどそれはひどく悲しそうで、ロベールは正視《せいし》することが出来なかった。詰まった声で、はい、と呟《つぶや》くのが精一杯《せいいっぱい》だった。

「どうか、道中お気をつけて」

ロベールの敬礼《けいれい》に敬礼で応《こた》え、ジェイドは騎乗《きじょう》した。ルビーウルフを後ろに乗せ、手綱《たづな》を繰《く》る。森の中へ消えていく馬上の二人をロベールは敬礼で見送っていた。その姿《すがた》が見えなくなるまで、ずっと。

†

馬の鼻先を光る蝶《ちょう》が飛ぶ。

木の間を縫《ぬ》い、長く伸《の》びた下生えの茂《しげ》みを踏《ふ》み分けて馬を走らせた。街道《かいどう》はもちろんあるが、逃亡《とうぼう》の身。そのような往来《おうらい》を堂々と通れるわけがなかった。

「どこへ行くんだ。お前の老師《ろうし》ってのはどこに住んでる？」

背後《はいご》からルビーウルフが問う。背中《せなか》に彼女の胸《むね》が押《お》し付けられているので、声が振動《しんどう》になってジェイドに伝わる。

「トライアンへ向かう。老師は国境《こっきょう》に住んでいるんだ」

「ずいぶん遠いな。それまで剣《けん》が使えないなんて……」

顔を見なくても頬《ほお》が膨《ふく》れているのがわかる。それほど不機嫌な声だった。その声が突然《とつぜん》、引き締《し》まる。

「……何か変だ」

「え？」

ルビーウルフの呟きにジェイドが問い返す。

「馬の足が鈍《にぶ》くなった。呼吸《こきゅう》も荒《あら》い」

「疲《つか》れたんじゃないのか？」

答えてから、ジェイドも妙《みょう》だと思った。厩舎番には駿馬を用意させたはずだ。走り出してからそんなに時間は経《た》っていないし、木々を縫って進むから、それほど早くも走れない。二人を乗せているとはいえ、普通《ふつう》の馬でもこれくらいで息が上がるはずはないのだが……。深閑《しんかん》とした森の中で馬の荒い息遣《いきづか》いが響《ひび》く。ゆるゆると歩調を緩《ゆる》め、ついに足を止めてしまった。

「飛び降《お》りろ!」

ルビーウルフが叫《さけ》ぶ。と同時に馬上から飛び降りた。ジェイドもとっさに彼女に従《したが》った。ずん、と重い音を立てて馬が横倒《よこだお》しに伏《ふ》す。腹部《ふくぶ》が上下し、痙攣《けいれん》する口元からは泡《あわ》が漏《も》れていた。目にも力がない。

「一体どうしたんだ……」

少しでも楽になるように、ジェイドは馬具を外してやる。けれど助かるようには見えなかった。もはや瀕死《ひんし》だ。

「泡を噴《ふ》いてる。毒にやられたんだ。たぶん遅効性《ちこうせい》の、激《はげ》しく運動すると体中に毒が回るような、そんな薬だ。酷《ひど》いことをする」

馬の様子にルビーウルフはそう判断した。瞳孔《どうこう》が開いて天を仰《あお》いだ馬を哀《あわ》れむように、そっと手を添《そ》えて瞼《まぶた》を閉《と》じてやる。

唇を噛《か》み締《し》め、ジェイドは俯《うつむ》いた。誰がこんな……。

ロベール？　いや違《ちが》う。違うと信じたい。ならば——厩舎番？

そうだ、そう考えると納得《なっとく》がいく。馬に詳《くわ》しいのは当然、厩舎番だ。厩舎番が協力者のふりをしたマリンベル派《は》だったのだ。

「おい、これ何だかわかるか？」

ルビーウルフの声にジェイドは顔を上げてそちらを見る。編《あ》んで垂らした鬣《たてがみ》に隠《かく》されていた馬の首筋《くびすじ》に、焼印のような跡《あと》があった。見覚えのある印。——アーディスの縛印《ばくいん》だ。

間違いない。馬に毒を仕込んだのはマリンベル派の人間だ。アーディスが直々に縛印を施《ほどこ》しているということは、彼は今夜、ジェイドがルビーウルフを連れ出すことを知っていたのだ。

アーディスに情報《じょうほう》を漏らしたのはジェイドが計画を打ち明けた城《しろ》の者。女官たちには逃《とう》亡《ぼう》のことまでは言っていないし、ロベールでなければ厩舎番に決まりだ。

「まずい。向かう方角を知られた。追っ手がかかるぞ」

「なら、走ろう。足跡《あしあと》は残さないほうがいい。地上に張《は》り出した根や石の上を通れ。木の枝《えだ》も折るな。——できる限《かぎ》りでいい」

手近な木の幹《みき》に触《さわ》ってルビーウルフは方角を確《たし》かめる。昼間は陽《ひ》が当たって、苔《こけ》の少ない方が南だ。

駆け出したルビーウルフを追ってジェイドも走り出す。蝶《ちょう》はルビーウルフの傍《そば》を飛ばせることにした。

ルビーウルフの脚《あし》は速い。それに加え、森を走るのに慣《な》れている。ジェイドはついていくのが精一杯だったが、わずかに距離《きょり》が開くと彼女は歩を緩《ゆる》めてジェイドを待つ。その繰《く》り返しだった。

走りながらジェイドは口の中に苦いものが広がるような気がした。

マリンベルの思惑《おもわく》は大方予想がついた。ジェイドは泳がされていたのだ。王女の部屋に取り付ける格子《こうし》の手配がジェイドに任《まか》されたのも何もかも、反発因子《いんし》を燻《いぶ》り出すため。

……ロベールは無事だろうか。

雑念《ざつねん》を振《ふ》り払《はら》い、今は走ることに専念《せんねん》する。右肩《みぎかた》に痛《いた》みを感じたが、それも気力で打ち消した。この痛みは覚悟《かくご》の上だ。

もう何度目か、木の枝で頬を切った時、前を走るルビーウルフが足を止めた。触《ふ》れると痺《しび》れそうなほど、緊張《きんちょう》を全身に漲《みなぎ》らせている。何を警戒《けいかい》しているのか、問うまでもなかった。

「嫌《いや》な匂《にお》いが来る」

「近いのか？」

匂い、というのが何のことなのかジェイドには今ひとつわからなかったが、どうやら彼女には動物的な勘《かん》が備《そな》わっているらしい。なかなか頼《たよ》りになりそうな能力《のうりょく》だ。

ジェイドの言葉にルビーウルフは少しばかり困《こま》ったような顔で言葉に窮《きゅう》した。

「まだ少し余裕《よゆう》はある。けど、異様《いよう》に速い。人なんだけど、人じゃないような……。とにかく、やり過《す》ごせるなら一旦《いったん》隠れよう。お前、剣《けん》の腕《うで》は？」

「訓練での成績《せいせき》は悪くはなかった。だが実戦《じっせん》での経験《けいけん》はほとんどない」

「なら、そのサーベルあたしにちょうだい。今は丸腰《まるごし》同然なんだから。お前には魔法《まほう》があるだろう？」

承知《しょうち》し、ジェイドはサーベルを外した。受け取ったルビーウルフは素早《すばや》く装着《そうちゃく》して、猿《さる》のような身軽さで手近な木へよじ登る。梢《こずえ》の合間から手が差し出されたので、それを頼りながらジェイドも木の上に身を隠した。足を乗せた太い枝が軋《きし》む。足場を確保《かくほ》できたので蝶は消した。あたりが真の闇《やみ》になる。

「うまくやり過ごせればいいんだけど」

囁《ささや》いて、それきりルビーウルフは黙《だま》り込《こ》む。

追っ手の気配は、もうジェイドにもはっきりわかるほど近い。茂みを掻《か》き分け、じわじわと月明かりに慣れはじめたジェイドの視野内に現《あらわ》れた三人は、紺青《こんじょう》の制服《せいふく》を纏《まと》う見慣れた部下の顔だった。

息を詰《つ》め、心を静めて極力気配を殺す。隣《となり》ではルビーウルフも息を潜《ひそ》めていた。手にはいつの間にか抜《ぬ》き身のサーベルが逆手《さかて》に握《にぎ》られている。狩《か》りをする獣《けもの》のような密《ひそ》やかさだ。視界から外れると、まるでそこから消え失《う》せたような錯覚《さっかく》に陥《おちい》るほど。思わずジェイドは舌《した》を巻《ま》く。これが十五の少女とは。

三つの人影《ひとかげ》はきょろきょろと辺りを見回している。その姿に、ジェイドは妙な胸騒《むなさわ》ぎを感じた。

自分たちは途中《とちゅう》まで馬を使った。馬を失ってからもルビーウルフの先導《せんどう》で、獣道でも滑《なめ》らかに進むことが出来た。けれど相手は徒歩《とほ》だ。馬を連れている様子もない。これほど早く追いつかれることがあるだろうか。

ルビーウルフは言った。『人なんだけど、人じゃないような』。その言葉が無意識《むいしき》に反芻《はんすう》される。人であって、人でないもの……。

思い至《いた》り、ジェイドは震撼《しんかん》した。あれはガーディアンではない。

ふいに人影の一つが目線を上げた。呼吸音さえ聞こえそうな近さで、その眼《め》はまっすぐ、こちらを見ている。

舌打ちと共にルビーウルフは飛び出した。手には逆手のサーベル。相手が一声発して仲間を呼ぶより先に、喉《のど》を掻き切って口を封《ふう》じるつもりだ。けれど――

「だめだ！　斬《き》るな！」

ジェイドは叫《さけ》び、地に降り立ったルビーウルフの後を追った。紺青の制服を着た人影と対面し、彼女は踏《ふ》ん張って勢《いきお》いを殺す。

人影の顔には、あまりに表情《ひょうじょう》がない。――敵《てき》がおもむろに口を大きく開けた。

振りかざしたサーベルの切っ先が敵の喉に届《とど》く直前、ジェイドはルビーウルフを抱《だ》きかかえて茂《しげ》みに転がり込んだ。大きく開いた敵の口から液体《えきたい》が吐《は》き出され、ルビーウルフのいた場所を焼く。

「酸《さん》だ！　斬ればもっと大量の酸が飛び散るぞ！　離《はな》れていろ！」

ジェイドは言い置き、飛び出した。ルビーウルフは答えない。茂みの中に身を隠し、気配も殺している。了承《りょうしょう》と解釈《かいしゃく》した。

彼らはアシッド・ドール。体の内側に酸を溜《た》め込《こ》んだ、人型の魔導兵器《まどうへいき》だ。死んだ人間の肉をこねて作るので、実在の誰《だれ》かに似《に》せることも出来る。けれど、その製法が道徳に反するとして、製造《せいぞう》を禁《きん》じられている兵器だ。

製法を開発したのはガーディアン時代のウォルク。彼はこのような魔導兵器研究を好み、心血を注いでいたのだ。現在も年に一度グラディウス王城で行われる魔導研究評議会を主《しゅ》催《さい》している。

この人形たちに自我《じが》はない。主人の命令を聞く、完璧《かんぺき》な操《あやつ》り人形なのだ。接近《せっきん》戦で斬られても、酸を浴びせて相打ちを狙《ねら》うので迂闊《うかつ》に近づけない。だからジェイドはルビーウルフを止めたのだ。

茂みから飛び出したジェイドに人形たちの視線があつまる。部下に似せた顔。その口が開き、酸を吐き出すより早くジェイドは術《じゅつ》を放った。

「導《みちび》くのはジェイド・コルコット！　呼《よ》ばれしものは疾風《はやて》の槍《やり》！」

螺旋状《らせんじょう》に凝縮《ぎょうしゅく》された風が槍となり、先頭に立っていた人形の胸を刺《さ》し貫《つらぬ》いた。途端《とたん》、人形の体が爆《は》ぜ割《わ》れて四散する。辺りに酸が飛び散り、じゅぶじゅぶと草木の焦《こ》げる音が響《ひび》いた。

残り二体になった人形がジェイドに酸を吐く。横へ跳《と》んで難を逃《のが》れたジェイドは距離《きょり》をとるため大きく後ろへ駆《か》けた。一体が追いすがる。

人形の動きは人間を超越《ちょうえつ》していた。そのように設計《せっけい》されている。開いた距離はすぐに縮《ちぢ》まり、ジェイドは人形の射程《しゃてい》距離に捉《とら》えられた。

右肩に痛みが走り、全身から嫌《いや》な汗《あせ》が噴《ふ》き出たのを感じた瞬間《しゅんかん》、横合いの茂みから飛んできた白い何かが人形の頭に衝突《しょうとつ》した。人形が吹《ふ》っ飛び、白い何かは茂みに引き戻《もど》される。

「斬らなきゃいいんだろ、要は！」

言ったのはルビーウルフだった。手には白い帯状のもの。シーツを裂《さ》いて繋《つな》げた帯だ。その先端《せんたん》には石でも包んでいるのか、重そうに結び目が引きつれている。

茂みに体を半分埋《う》めつつ、ルビーウルフはその鈍器《どんき》をぐるぐると振《ふ》り回していた。あれで殴打《おうだ》されれば、かなりの衝撃《しょうげき》がありそうだ。

目線だけで礼を言い、ジェイドは倒《たお》れている人形に、螺旋の風を叩《たた》き込んだ。酸が散る。

最後の一体がジェイドに迫《せま》っていた。それを背後に回ったルビーウルフが簡易《かんい》鈍器で殴打する。前のめりに倒れた人形がジェイドの前で膝《ひざ》をついたが、今度は衝撃が弱かったのかすぐさま立ち上がった。ぐるりと首を巡《めぐ》らせて、標的がジェイドからルビーウルフに変《へん》更《こう》される。ルビーウルフは素早く茂みの中に身を隠したが、人形は彼女に飛び掛かろうと跳躍《ちょうやく》の体勢《たいせい》に入った。

「導くのはジェイド・コルコット！　呼ばれしものは息吹《いぶ》きの楔《くさび》！」

ジェイドが手近な木の幹《みき》に手をついて叫び、その場を離れる。とたん、彼が先ほどまで立っていた地面から幾筋《いくすじ》もの木の根が伸《の》び、人形を背中から串刺《くしざ》しにした。人形が弾《はじ》け、酸に焼かれた根の木肌《きはだ》からは煙《けむり》が立ち、ぼろりと途中から折れて朽《く》ちる。

「なんなの、こいつら」

一息つき、茂みから顔を出したルビーウルフが言った。布《ぬの》の包みから石を捨《す》て、帯を胴《どう》に巻《ま》きながら。

「アシッド・ドール。人に似せた魔導兵器だ」

ジェイドの答えにルビーウルフは胡散臭《うさんくさ》そうな目で焼け跡《あと》を眺《なが》めた。

「こいつら、あたしにも酸を浴びせようとした。アーディスとかいう奴《やつ》は人のこと殿下《でんか》だなんだと言いながら、あたしを殺す気なのか？」

「殺されたほうがましかもしれない」

呟《つぶや》いてジェイドは歩き出す。右肩がひどく痛むが、一刻《いっこく》も早く老師《ろうし》のもとへ着きたかった。歩きながら再《ふたた》び月光の胡蝶《こちょう》を呼び出す。

半歩遅《おく》れてついてきたルビーウルフは不機嫌《ふきげん》そうに柳眉《りゅうび》を吊《つ》り上げていた。蝶の淡《あわ》い光の中で、紅玉《こうぎょく》の瞳《ひとみ》が炎《ほのお》のように揺《ゆ》らめく。

「死んだほうがまし？　どういうことだ」

黙秘《もくひ》は許《ゆる》さないといった声色《こわいろ》だ。もとよりジェイドは隠す気などない。ルビーウルフが普《ふ》通《つう》の少女であれば傷《きず》つけないように言葉を選びつつ慎重《しんちょう》に応対《おうたい》しただろうが、この盗賊《とうぞく》娘《むすめ》は鋼《はがね》の精神《せいしん》を持ち合わせている。苛烈《かれつ》な眼差《まなざ》しがその証拠《しょうこ》だ。下手に怒《おこ》らせさえしなければいい。それも大変かもしれないが。

「連中が欲《ほ》しいのは姫《ひめ》でも未来を担《にな》う女王でもない。〈導《みちび》きの剣《けん》〉を掲《かか》げる信仰《しんこう》の対象だ」

「この剣のことか。こいつが一体なんだって言うんだ。たしかにあたしにしか持てないし、切れ味は文句《もんく》ない。だけど、それだけだ」

「ロゥヴァースを知っているか？」

唐突《とうとつ》なジェイドの質問《しつもん》に、ルビーウルフは眉根《まゆね》を寄せた。そして首を左右に振る。

「ロゥヴァースは創造神《そうぞうしん》。この世を造《つく》り、愛したが、その力があまりに強大であるために世界を滅《ほろ》ぼしかねなかった。だからロゥヴァースは四肢《しし》を引き千切って四つの神具に変え、四人の子供《こども》にそれを与《あた》えて世界を守るように命じたんだ」

「神話か。それとこの剣と、どういう……まさか、その神具の一つが？」

いかにも胡散臭いとでも言いたげな声だ。けれどジェイドは前を見据《みす》えたまま、然《しか》りと頷《うなず》いた。歩調は緩《ゆる》めない。

「右腕《みぎうで》は〈導きの剣〉。左腕は〈栄光の宝冠《ほうかん》〉。右脚《あし》は〈守護《しゅご》の盾《たて》〉。左脚は〈裁《さば》きの天秤《てんびん》〉。その四つの神具をそれぞれグラディウス、コロナード、サルヴロース、トライアンと名づけた子供に託《たく》した」

「その名前って……」

「そう。国の名だ。ロゥヴァースの子供たちはこの四つの国の初代王と言われている。よってこの四国を神国と総称《そうしょう》することもある」

ルビーウルフは深い溜《た》め息をついた。顔を顰《しか》め、歩きながら頭をがりがりと掻《か》いている。

「っていうことは、何？　あたしは神様の子孫だとでも？」

「そういうことになる」

肯定《こうてい》の言葉にルビーウルフは再度《さいど》溜め息をついた。苛立《いらだ》たしげに呟《つぶや》く。

「笑えない冗談《じょうだん》は勘弁《かんべん》してよ」

「伝承として文献《ぶんけん》に残っているのだから仕方がない。それに〈導きの剣〉も持っているしな。さっきあんたはその剣を切れ味がいいだけの剣だと言ったが、岩さえ切り裂《さ》くと知っての言葉か？」

これにはルビーウルフも絶句《ぜっく》した。振り向いて顔を見てみると、大きな瞳《ひとみ》をさらに大きく見開いている。

「その顔では知らなかったようだな」

「剣で岩をぶっ叩《たた》く馬鹿《ばか》がどこにいる」

「たしかに」

ジェイドはわずかに笑った。

「古代の王たちは〈導きの剣〉をもって山を切り、金脈を掘《ほ》り当てたという。今ではその金も採《と》り尽《つ》くしてしまったが」

「知ってる。レターナも廃鉱《はいこう》だった。――で、最初の質問に戻《もど》るけど、死んだほうがましってどういうことなんだ」

笑われたのが癪《しゃく》に障《さわ》ったのか、ルビーウルフの声に含《ふく》まれる不機嫌の色が濃《こ》くなった。

もしくは剣の能力を知らなかったことに拗《す》ねているのかもしれない。

「〈導きの剣〉はグラディウスの血を引く者、もしくは代理の人間が剣の主の傍《かたわら》にいる時にしか扱《あつか》えない。逆《ぎゃく》に言えば、所有者が王の資格《しかく》を持つ者なんだ。民《たみ》は神具を掲げる王に絶対的な信頼《しんらい》を寄せる。マリンベルはその信仰心を利用して国を治めようとしているんだ」

「マリンベル……あぁ、ウォルク」

「アーディスもだ。アーディス・マリンベル。ウォルクとアーディスは親子なんだ」

絶句とまではいかないものの、今度もルビーウルフは驚《おどろ》きで黙《だま》った。見ると眉を吊り上げている。

「それに貴族《きぞく》たちも。マリンベルが撒《ま》いた餌《えさ》に群《むら》がり、飼《か》われた連中をマリンベル派《は》と呼んでいる。民の血税《けつぜい》を吸《す》い上げて私腹《しふく》を肥《こ》やし、それでも飽《あ》き足らずにトライアンを侵《しん》略《りゃく》しようなどと考えている連中だ。最初はあんたも飼い慣《な》らすつもりだったようだが、性《せい》格《かく》を見て無理だと思ったのだろうな。酸《さん》で顔を焼いて二度と人前に出られないようにする――もしかしたら、手足と舌《した》を切断《せつだん》してやろう、くらい考えているかもしれない」

「えぐいこと言うのな、お前。てか、何のためにそんなことすんの」

そう言いながらもルビーウルフの声は平然としたものだ。やはりこの少女の精神《せいしん》は鋼《はがね》の装甲《そうこう》らしい。

「連中が欲しいのは〈導きの剣〉を掲げる信仰の対象と言っただろう？　十五年前、赤ん坊《ぼう》だったあんたを育てて洗脳《せんのう》しようとしたことを繰《く》り返すつもりなんだ。あんたに子供を産ませてな」

「こども」

相当嫌《いや》そうな声だった。歩きながら足をばたばたと踏《ふ》み鳴らしている。

「うああ、気色悪い。あんな奴《やつ》らのお相手なんかお断《ことわ》りだよ、鳥肌《とりはだ》が立つ」

「ということは、俺《おれ》の予想が当たる可能性《かのうせい》は高いな。扱いにくい猛獣《もうじゅう》を大人しくさせるには動けないようにしてしまえばいい。手足を奪《うば》って舌も切り、話せない、自害も出来ないようにしてしまえば思い通りになる。あんたには子を産む能力《のうりょく》さえ残っていればいいんだ。生まれた王子か王女をいいように育て、民心を操《あやつ》って他国への侵略行為《こうい》にも無謀《むぼう》な戦争にも国民を駆《か》り出す。そんなところだ」

「たしかに、そりゃあ死んだほうが世のため人のためってなもんだね。だけどあたし、死ぬ気はないよ。死にたくない」

強いな。正直にジェイドはそう思った。

死にたくないというのは弱さではないのだ。仲間を殺され、捕《つか》まれば地獄《じごく》を見ると知っても物怖《ものお》じしない、その強さ。もちろん状況《じょうきょう》を理解《りかい》していないわけではない。頭の切れる少女だ。先ほどの戦い振《ぶ》りを見てもわかる。

「まぁ、あたしはそのマリンベル派ってのをぶっ潰《つぶ》せれば溜飲《りゅういん》が下がるわけだけど。――その前に、ひとついい？」

ルビーウルフが立ち止まって問うた。その改まった様子に、わずかに緊張《きんちょう》が走る。

「まだ追っ手がいたのか？」

「いんや、気配も匂《にお》いもない。しばらくは歩いてても大丈夫《だいじょうぶ》だろうね。そうじゃなくてさ、お前その肩《かた》どうしたの？」

ジェイドは思わず息を呑《の》んだ。痛《いた》みを表情《ひょうじょう》に出したつもりはない。

「隠《かく》したってね、わかるんだ。歩き方とか戦い方が、絶対《ぜったい》どっか変になるから」

なんとも目聡《めざと》いものだ。ジェイドは溜め息をつく。

「……大したことはない。すぐに治る」

「下手に我慢《がまん》されるとこっちが迷惑《めいわく》なんだ。見てて気分悪い。ちっと見せてみな」

言いながらルビーウルフはジェイドの襟元《えりもと》に摑《つか》みかかった。無理やり脱《ぬ》がせる気だ。

「よせ！——自分で脱ぐ！」

手を振り払《はら》っても諦《あきら》める様子がないので妥協《だきょう》することにした。上着を脱いで上半身を晒《さら》す。森の空気は思った以上に体を冷やした。

肩に巻《ま》いた包帯を取り払ったルビーウルフは顔を顰めた。そしてジェイドをきつく睨《にら》む。

「何、この火傷《やけど》。水脹《みずぶく》れになってる。焼いた鉄でも押《お》し当てたのか？　角度からいって自分でやったみたいだけど、お前ってそういう性癖《せいへき》でもあるの？」

「馬鹿《ばか》を言うな。俺の肩にもあの馬と同じ、動向を監視《かんし》するための縛印《ばくいん》があったんだ。ガーディアン入隊の条件《じょうけん》としてアーディスに刻《きざ》まれた。消すためには、皮膚《ひふ》を剝《は》ぎ取るか焼くしかない」

「魔導治療《まどうちりょう》は？」

「それでは縛印まで復活《ふっかつ》してしまう。自然治癒《ちゆ》させれば傷跡《きずあと》が縛印の形を崩《くず》すから効力《こうりょく》を取り戻《もど》すことはない」

ジェイドの答えにルビーウルフは呆《あき》れたように溜め息をつく。赤く爛《ただ》れて水が溜まり、痛々しく膨《ふく》れた火傷の中、たしかに何かの印が見て取れた。歪《ゆが》んで形が崩れている。

「放《ほう》っておいたら化膿《かのう》して腐《くさ》るよ。……しょうがないな」

呟きを漏《も》らしてルビーウルフは身を翻《ひるがえ》す。駆《か》け出そうとしたのを察し、ジェイドは慌《あわ》てて彼女の腕を掴んだ。

「逃《に》げやしないよ。薬草を探《さが》してくる。お前はここで待ってな」

「逃げられるなんて思っていない。目の届《とど》かない場所に行かれるのが不安なんだ。もしガーディアンの追っ手が現《あらわ》れたら、あんた一人で勝てるのか？」

ルビーウルフはわずかに驚《おどろ》いたようだった。目を瞬《しばたた》かせ、そして笑う。

「心配してくれるんだ？　そりゃあどうも。けど、そんな定かでないこと心配して、目の前の怪我《けが》人ほったらかしにするのは主義《しゅぎ》じゃないんだよ」

諭《さと》すような口調だった。確《たし》かにルビーウルフは人並《ひとな》み外れた勘《かん》を持っているようだったが、やはりまだ十五の少女。何かあったらと思うと手を離《はな》すことはできない。

深く、長く、ルビーウルフは息を吐《は》く。困《こま》ったように頭を掻《か》き、おもむろに〈導きの剣〉を革《かわ》の剣帯ごと外した。その行動の意味がわからずジェイドが眉根《まゆね》を寄せると、ルビーウルフは微笑《ほほえ》んだ。そして彼に向かって〈導きの剣〉を投げつける。

ジェイドはとっさにルビーウルフの腕から手を離して跳《と》び退《すさ》った。〈導きの剣〉が体の上に伸《の》し掛《か》かってくれれば地面にへばりつくことになる。

「預《あず》けたよ」

抗議《こうぎ》する暇《ひま》もあらばこそ、ルビーウルフは言い置いて走り去った。追おうとしたが、一呼吸《こきゅう》する間もなく彼女の姿《すがた》は闇《やみ》に消えた。光の蝶《ちょう》はジェイドの傍《そば》を飛んでいる。完全なる闇の中へルビーウルフは飛び込んだのだ。

大きく溜《た》め息をついてジェイドはその場に座《すわ》り込《こ》む。彼の脚《あし》ではルビーウルフの本気の走りについて行くことなどできない。彼女にしか持てないとわかっているが、〈導きの剣〉を放置するわけにもいかなかった。

なんと不甲斐《ふがい》ないことか。王女を救ったはずなのに、いつの間にか救われている。先ほどの戦いでもそうだ。ルビーウルフの援護《えんご》がなければ酸《さん》で焼かれていただろう。

一呼吸置き、ズボンのポケットからペンダントを取り出した。トップは金の浮《う》き彫《ぼ》りのロケットで、『ジェイド』を示《しめ》す翡翠《ひすい》が一粒《つぶ》はめ込まれている。中にはジェイドが三つばかりの頃《ころ》の肖像画《しょうぞうが》が収《おさ》められていた。ジェイドはいつも、このロケットに祈《いの》りを捧《ささ》げる。

父の墓《はか》はない。罪人《ざいにん》は国のどこかに葬《ほうむ》られ、墓標《ぼひょう》を持つことを許《ゆる》されないのだ。ゆえにジェイドは父の墓に花を供《そな》えることすらできない。

遺体《いたい》が収容《しゅうよう》され、検分《けんぶん》されたのちにロベールがジェイドに会いに来た。母も亡《な》くし、親類のもとへ預けられることになったジェイドに彼はこのロケットを渡《わた》してくれたのだ。

「父君の御遺品《ごいひん》です。これだけしか持ち出せず、申し訳《わけ》ありません」

そう言って頭を下げた十五年前のロベール。幼《おさな》かったジェイドにも、彼の優《やさ》しさは心の底まで染《し》み渡った。

ロケットを握《にぎ》り締《し》め、彼の無事を祈る。

このロケットはジェイドにとって戒《いまし》めでもあった。必ず父の無念を晴らす。王女はきっと生きていて、戻《もど》って来た時はマリンベルの魔手《ましゅ》から守ってみせると自分自身に誓《ちか》っていた。

風《ふ》が吹いた。髪《かみ》を束ねた紐《ひも》が緩《ゆる》んで草の上に落ちる。ロケットをしまって紐を拾い、髪を束ね直している最中にルビーウルフは戻ってきた。手には細長い肉厚《にくあつ》の葉が数本握られている。

彼女は軽く手を上げて挨拶《あいさつ》し、胴《どう》に巻《ま》いていた帯を取り外す。さらに結び目を一つ解《と》いて、端《はし》の一枚《まい》を分離《ぶんり》させた。それから座《すわ》ってサーベルを抜《ぬ》き、葉の表皮を削《そ》ぎ落としていく。中から現れた半透明《とうめい》な葉肉をルビーウルフはジェイドに差し出した。

「食いな」

言いながら、自身も一本を齧《かじ》る。毒がないことを証明したつもりらしい。礼を言って受け取り、ジェイドもそれを口に含《ふく》む。わずかな苦味の中に瑞々《みずみず》しい甘《あま》さがあった。

葉肉を二人で平らげ、削ぎ落とした表皮をルビーウルフは帯から分離させた布《ぬの》の中に包んだ。それを平らな石の上に載《の》せ、丸い石で打って潰《つぶ》す。白い布がすぐさま緑に染まった。

「少し痛《いた》いよ。歯ぁ食いしばれ」

言うなりルビーウルフはサーベルを構《かま》えた。火傷《やけど》によって皮下に溜まった水を抜《ぬ》き取るためだ。悟《さと》り、ジェイドは頷《うなず》いた。

刃《やいば》が閃《ひらめ》いて肩《かた》に痛みが走る。わずかに眉を歪《ゆが》めたが、呻《うめ》くことはなかった。

傷口《きずぐち》から水が溢《あふ》れ出す。搾《しぼ》り出し、ルビーウルフが葉の表皮を包んだ布をジェイドの傷口に押し当てた。緑色の液体《えきたい》が布から滴《したた》り、肌《はだ》を伝う。しばらくの間そうしたのち、シーツの帯を裂《さ》いて細くしたものを包帯の代わりに巻いてくれた。てきぱきとして、実に手際《てぎわ》のいい処置《しょち》だった。

「これで悪化することはないはずだよ。でも、無理はしないほうがいい。効《き》きはじめは熱を持つから」

残った布を再び胴に巻きつけ、〈導きの剣〉を背負《せお》い直しつつ言ってルビーウルフは片《かた》膝《ひざ》を立てて座った。たしかに彼女の言葉通り、右腕全体がわずかな痛みを伴《ともな》うほどに熱い。

しばらくここで休息をとることになりそうだ。

「手馴《てな》れているんだな」

「これぐらいできなきゃ森でなんか暮《く》らせないよ。仲間が怪我《けが》をした時、一番近くにいる奴《やつ》が手当てする。それが鉄則《てっそく》だから」

目線をどこか遠くに移《うつ》し、答えたルビーウルフの声は沈《しず》み気味だった。一瞬《いっしゅん》だけ不思議に思って、はっとする。仲間のことを思い出させてしまった。

「仲間のことは、本当に申し訳ない。俺には止める術《すべ》がなかった」

「謝《あやま》られたって死んだ者は生き返らないよ」

いっそ恨《うら》み言をぶつけられたほうがましだと思った。それほどルビーウルフの声は虚《むな》しかった。家族を失うつらさを知っているだけに、ジェイドは胸《むね》が塞《ふさ》がる想《おも》いがして何も言えなくなる。

沈黙《ちんもく》が流れた。風に梢《こずえ》が揺《ゆ》れ、枝葉《えだは》の擦《こす》れ合う音が響《ひび》く。長い前髪が目にかかったが、払《はら》うこともできなかった。

ふいにルビーウルフが言葉を発した。

「……モルダはさ、人を殺すことが嫌《きら》いだったんだ。変だろ、盗賊《とうぞく》なのに。それでも、どうしても殺さなきゃいけない時ってあるんだ。そうしなきゃ自分が死ぬかもしれないって時がさ。だから、あたしも殺しの経験《けいけん》はあるよ。何度かね。けど、モルダは絶対《ぜったい》いい顔しなかった。しかめっ面《つら》で『俺《おれ》はそういうのは好きじゃない』って言うんだ。でさ、あたし

がしょげてると必ず笑って言ってくれる。『何はともあれ、お前が生きててよかった』って」

ジェイドはただ聞いていることしか出来ない。何を言っても慰《なぐさ》めにすらならないことくらい、わかりきっていた。

「頭は悪いし、変な物拾ってきて自慢《じまん》するし不細工だし、酔《よ》って踊《おど》って挙句《あげく》に転んで捻挫《ねんざ》なんかする馬鹿《ばか》なんだけど、それでもあたしはモルダが好きだった」

ルビーウルフは微《かす》かに笑った。『好きだ』という感情が、彼女の胸を占《し》めているのだ。

「長老っていってさ、歯がほとんどなくて、よく聞かないと何言ってんだかわかんない爺《じい》さんがいたんだ。長老が作ってくれる蜂蜜酒《はちみつしゅ》、あたし好きだったんだけど、なんでか子ども扱《あつか》いされてる気になっちゃって。あの時も作ってくれたんだけど、結局飲まなかったな。

──もう二度と飲めないのに」

淡々《たんたん》と思い出を反芻《はんすう》する彼女の姿《すがた》に、ジェイドの胸はきりきりと痛んだ。王女を救うなど、奇麗事《きれいごと》だ。父の無念を晴らすため、この少女を利用しようとした。真に恨まれるべきは自分だという思いが湧《わ》き起こり、どうしようもなく苦しい。

「それに、ディーゴ。仲間の中で、一番あたしのこと可愛《かわい》がってくれた。あたしが十二歳《さい》になるまで肩車したがってさ。恥《は》ずかしいから嫌《いや》だって言ってんのに」

くすくすと声を漏《も》らして笑う。その様子がさらに物悲しかった。

「みんな好きだった。服が破《やぶ》けたら繕《つくろ》ってくれる奴がいたり、本を読み聞かせしてくれる奴がいたり……。剣でも弓でも、自分が得意にしてる武芸《ぶげい》を競《きそ》うように教えてくれてさ。楽しかったな。狼《おおかみ》たちもあたしを慕《した》ってくれてたし」

もう戻らない日々。ガーディアンがそれを奪《うば》った。

「女官たちに聞いたよ。お前の親父《おやじ》さんが、あたしのこと助けてくれたんだってね。仲間に会わせてくれたことには礼を言いたい。でも、あたしが盗賊にならなきゃ、みんな死ぬことはなかった。感謝《かんしゃ》すべきか恨むべきか……いや、今さら何を言っても仕方ないな」

「申し訳《わけ》ない……」

辛《かろ》うじて声は絞《しぼ》り出せた。しかしルビーウルフの顔を直視《ちょくし》することはできない。彼女は変わらず静かな声で言う。

「何に謝る？　あたしに？　あたしの仲間に？　親父さんの代弁《だいべん》？――違《ちが》うね。お前は罪《つみ》の意識《いしき》から逃《のが》れるために謝罪《しゃざい》の言葉を吐《は》いてるだけだ」

何も言い返せなかった。そう思われても仕方がない。いや、実際《じっさい》その通りなのかもしれないが、今のジェイドには自分の思いを表現する術はなかった。

ふいにルビーウルフは笑いを漏らす。

「とまぁ、そんな感じで悩《なや》んでくれ。それで許《ゆる》してやるよ、あたしはね。仲間たちがどう思うかはわからないけど……。お前にだって、よほどの覚悟《かくご》と事情《じじょう》があったみたいだし。何より、あたし一人じゃどうしようもない。——お前、親父さんの無念を晴らしたいんだろ？　違うか？」

ジェイドは驚《おどろ》き、そして頷く。彼女に嘘《うそ》や黙秘《もくひ》など通用しない。そんな気がしてきた。

「そうだ。大逆という虚構《きょこう》の罪で貶《おとし》められ、死んだ父に代わってマリンベルの支配《しはい》からグラディウスを解放《かいほう》する。そのために、あんたには王女として振《ふ》る舞《ま》ってほしい。民《たみ》は神具を持つ王を切望している。民心の支《ささ》えになってもらいたい」

「なら、お互《たが》い様だ。お前はあたしを利用して、あたしはお前を利用する。持ちつ持たれつ、仲良くやろう」

この時になって、ようやくジェイドはルビーウルフの顔を見ることができた。彼女は笑っていた。穏《おだ》やかなようにも、したたかなようにも思える笑《え》みだった。

「ビビらせて悪かったな。でも、そのくらいは背負ってよ。あたしも仲間を守れなかった罪、背負って生きるから。二人でなら、少し楽になると思わないか？」

本当にしたたかだ。思い、ジェイドは苦笑《くしょう》を堪《こら》えることができなかった。それに、『二人で』とは。その言葉が何故《なぜ》か強く反芻されて、胸がこそばゆい感じがする。

風が唸《うな》った。その音の中に何かを感じたのか、ルビーウルフは跳《は》ねるように立ち上がる。あまりに突然《とつぜん》でジェイドは体の芯《しん》が凍《こお》りつくような気になった。

「追っ手か……⁉」

「違う、聞こえた……。ケーナとフロスト、あいつら生きてた！　あたしを探してる！」

暗闇《くらやみ》で微《び》光《こう》を見出《みいだ》したような、喜びに満ちた笑顔だった。けれどジェイドには彼女の言葉の意味がわからなかった。眉根《まゆね》を寄《よ》せる。

「狼だよ。あたしの家族。逃《に》げ延《の》びたんだ、良かった……」

ジェイドの表情を読み取ってか、ルビーウルフが言った。

狼。そういえば、あの場から二頭ほど逃げたのを思い出す。逃げたというよりルビーウルフが逃がしたといった感じだったが。

「だが、ここはレターナとは方角が逆だ。どうやってあんたの居場所《いばしょ》を知ったんだろう」

レターナはグラディウスの北方に位置する森だ。今はトライアンとの国境《こっきょう》に向かっているから、中心の城下《じょうか》都市より南の森にジェイドたちはいる。

「さぁ、わからない。でも、あたしも勘《かん》で仲間の居場所当てたり、しょっちゅうだったよ。帰主本能《ほんのう》ってのがあるらしいけど、それかな」

遠い土地へ越《こ》した飼《か》い主を、はぐれた犬が探し当てたという話をジェイドは聞いたことがあった。それと似《に》たようなものだろうか。

やはり彼女は根本の部分が獣《けもの》なんだ、とジェイドが妙《みょう》に感心しているとルビーウルフが突然に雄叫《おたけ》びを上げた。いや、遠吠《とおぼ》えと言ったほうが正しいかもしれない。たまげて眼《め》を見開く。止めようかとも思ったが、これを人の声と思う者はまずいないだろう。訊《たず》ねずとも仲間を呼んでいるのだとわかったからジェイドは黙《だま》って待つことにした。

咆《ほ》え、ルビーウルフは耳を澄《す》ます。ジェイドには風の唸りとしか思えない低い音が遠くから微《かす》かに届《とど》き、呼応《こおう》して再《ふたた》びルビーウルフが叫《さけ》ぶ。それが何度か続いた。

「トライアンとの国境に向かうと伝えた。明日には合流できそうだ」

「獣の言葉が話せるのか？」

「あたしは狼ヴィアンカの娘《むすめ》だよ。親兄弟の言葉を理解《りかい》できないほうがおかしい」

さも当然といった調子でルビーウルフは言う。たしかに実際、彼女が狼を統率《とうそつ》している姿も見ているし、首を捻《ひね》りながらもジェイドは納得《なっとく》した。

応答を終え、ルビーウルフは笑顔で腰《こし》を下ろした。仲間と合流できる目処《めど》がついた安心感からか、肩から力が抜《ぬ》けたのがジェイドにもはっきりわかった。思わず安堵《あんど》する。この少女には笑っていて欲《ほ》しいと胸の底で願いはじめていた。きっと万民を幸福に導《みちび》く笑顔だと、そんな気がする。

「少し眠《ねむ》ろう。あたしが先に見張《みは》りをするよ」

「そうはいかない。自分で言うのもなんだが、俺《おれ》はあまり役に立っていないから少しくらい働かせてくれないか」

わずかばかり冗談《じょうだん》めかして言うと、ルビーウルフは声を立てて笑った。そして頷《うなず》く。

「わかった。じゃあ任《まか》せるよ。しばらくしたら起こして」

木の根を枕《まくら》に、ルビーウルフは横になる。男の傍《そば》で無防備《むぼうび》だなと思ってジェイドは少し呆《あき》れ、そして妙なことが気になりだした。自分は信頼《しんらい》されているのか、それとも警戒《けいかい》に値《あたい》しない男なのか。

前者ならいいなと思いつつ、もっと筋《すじ》の通った説に思い至《いた》る。彼女は獣だ。ジェイドが少しでも変な気を起こしたら、飛び起きて何の躊躇《ためら》いもなく噛《か》みつくのだろう。己《おのれ》の狼《おおかみ》たる感覚を信じているからこそ、彼女はこうして眠れるのだ。

そうすると結局、信頼されているのかいないのかわからなくなってジェイドはなんだか悶々《もんもん》としてしまった。おかげで眠気には襲《おそ》われずに済《す》みそうだった。

第4章　狼《おおかみ》

「手紙、のようなものだ」

歩きつつ、ジェイドは魔導《まどう》をそのように譬《たと》えた。

何度か交代で寝起《ねお》きしてのち、朝日が昇《のぼ》ってすぐ出立した。ずいぶん歩いて、太陽はすでに天頂《てんちょう》に近い。

歩くのに飽《あ》きたルビーウルフが魔導について訊《たず》ねてきたので理論《りろん》を並《なら》べて説明をした。そうしたら、ワケわかんねぇもっと噛み砕《くだ》いて言えないのかと怒《おこ》られたのでジェイドなりにわかりやすく譬えたのが『手紙』である。

「呪文《じゅもん》は宛先《あてさき》の住所だ。手紙の中には『何々を送って欲《ほ》しい』と書いてあるとする。しかし差出人がわからなければ品物は届《とど》かない。だから名乗る。送って欲しい物は最後の一節──『呼ばれしものは』で指定する」

ルビーウルフは少しだけ首を斜《なな》めに傾《かたむ》けながらも、なんとか頷いた。目をジェイドに向けて、残った疑問《ぎもん》をぶつける。

「じゃあ、その品物を送ってくれるのは誰《だれ》？」

「精霊《せいれい》だ。ロウヴァースが神具を作るために四肢《しし》を引き千切った時、飛び散った血が万物《ばんぶつ》に宿って精霊になったという。その精霊に呪文で交渉《こうしょう》し、力を認《みと》められてはじめて魔法が発動する」

「発動しないことってあるんだ？」

ジェイドは頷いた。

「偽名《ぎめい》を使えばまず無理だ。精霊は嘘《うそ》を嫌《きら》う。それから、魔導理論を半端《はんぱ》にしか理解していない者や才能《さいのう》のない者は精霊にそっぽを向かれる。逆《ぎゃく》に才能溢《あふ》れる者には精霊はこぞって奉仕《ほうし》をしたがる。だから私は最強なのだと老師《ろうし》が常々《つねづね》言っていた」

「わぁ、自信家」

「そういう人なんだ」

言ってからジェイドは深く溜《た》め息をついた。老師のことは尊敬《そんけい》している。けれど心の片《かた》隅《すみ》には常に恐怖心《きょうふしん》があった。あれはもはや人間でないような気さえする。本人の前では口が裂《さ》けても言えない……いや、本人がいなくても憚《はばか》られる。完全な心的外傷《トラウマ》だった。

「元気出しなよ、そのうちいいことあるって」

ジェイドがあまりに沈《しず》んだ様子に見えたのか、ルビーウルフは励《はげ》ましの言葉をかけてくれる。しかし棒読《ぼうよ》みだった。木の上に何かを見つけたらしく、注意がそちらに行っている。

一瞬《いっしゅん》きらりと彼女の目が光った。

「な、腹《はら》へったと思わない？」

「え？　まぁ、それは……」

朝に食べたのはジェイドが持っていたわずかな携帯食《けいたい》だけ。そのために彼女がひもじい思いをしていることに、ジェイドは申し訳なく思った。だから謝《あやま》ろうとしたのだが。

「あいつ美味《うま》そう」

言うが早いかルビーウルフは足元の小石を拾って木の上の繁《しげ》る葉の中へ投げ飛ばした。高い悲鳴ののち、梢《こずえ》を揺《ゆ》らして軽いものが落ちる音。その落下地点へルビーウルフは喜々として駆《か》けて行った。茂《しげ》みを掻《か》き分ける。

いきなりのことで動けなかったジェイドのもとへ戻《もど》って来たルビーウルフの手には一羽の鳩《はと》が捕《と》らえられていた。首を摑《つか》まれ、暴《あば》れる様子もない。もう死んでいるようだった。

「すごいな。一撃《いちげき》か」

「苦しませるのも寝覚め悪いしね。木の枝《えだ》集めて火ぃ熾《おこ》して。あたしが捌《さば》くから」

言いながら彼女はサーベルを抜《ぬ》く。そして眉根を寄せた。

「ねぇ。こいつ足に何かつけてるよ」

示《しめ》され、ジェイドも鳩の足を見た。たしかに小さな筒《つつ》のようなものが革《かわ》のベルトで鳩の足に括《くく》りつけられている。

「伝書鳩じゃないか」

驚《おどろ》いたのと申し訳ないのとで、ジェイドは声が上ずった。鷹《たか》などの外敵《がいてき》に襲《おそ》われることを想定して、同じ文書を数羽に運ばせるものなので通信を途絶《とだ》えさせてしまうことはないだろうが、誰かが飼《か》っていた鳩なのは間違《まちが》いないのだ。

しかしながらルビーウルフを責《せ》めることはできない。悪気は一切《いっさい》ないのだし、ジェイド自身も空腹《くうふく》だった。

「どうりで丸々太って毛艶《けづや》がいいと……。でもまぁ、殺《や》っちまったもんは食うしかないよ」

「そうだな……」

とりあえず、ジェイドは筒の中を検《あらた》めることにした。蓋《ふた》を開けて小さく畳《たた》まれた紙を取り出して広げ——息を飲む。

文書の内容《ないよう》は、王城《おうじょう》から逃亡《とうぼう》した謀反人《むほんにん》を捕らえ、連れ去られた少女を保護《ほご》せよと伝えるものだった。グラディウス王城から各町村にある兵の詰《つ》め所へ飛ばされた鳩だったのだ。

「覚悟《かくご》はしていたが……。この先、人里では苦労しそうだ」

この文書には捜索《そうさく》の旨《むね》しか書かれていないが、おそらく二人の特徴《とくちょう》などを記した文書も飛ばされているだろう。食料調達が難《むずか》しくなりそうだ。しかし——

「多少の難儀《なんぎ》は仕方ないだろ。脱走《だっそう》したんだし。それよりさっさと火ぃ熾してよ」

鳩の喉《のど》をサーベルで掻き切って血を抜き、羽を毟《むし》りながらルビーウルフは言った。彼女に食糧の調達問題は、あまり関係ないようだ。むしろ盗賊《とうぞく》として生きてきたから兵に追われることなど日常茶飯事《にちじょうさはんじ》といったところか。

結局のところ、気鬱《きうつ》になっているのはジェイドだけなのだ。先のことばかり懸念《けねん》して、体の中に重い石を飼っている。これではいざという時、俊敏《しゅんびん》に動けないはずだ。

それに比《くら》べ、ルビーウルフの肝《きも》っ玉の太いこと。もしかしたら彼女は本当に女王たる器《うつわ》なのかもしれない。血筋《ちすじ》は間違いなく王族だが、育ちの特殊《とくしゅ》さがこのような現象を引き起こした。不謹慎《ふきんしん》ながら面白《おもしろ》いと思ってしまう。

ルビーウルフが鳩を解体《かいたい》する様子を目の端《はし》で捉《とら》えながら、ジェイドは木の枝を掻き集めて魔法で火を熾した。そして同じように魔法で氷の飛礫《つぶて》を出し、携帯していた水筒《すいとう》代わりの革袋《かわぶくろ》に詰める。ルビーウルフは細かく切り分けた肉を枝で串刺《くしざ》しにして、焚《た》き火の周りに刺していく。

「せめて塩でもあればいいんだけどなぁ」

ルビーウルフはそんなことを呟《つぶや》きながら、肉が焼けるのを待つ。同じく肉が焼けるのを待ちながらジェイドはルビーウルフをぼんやりと眺《なが》めた。

木漏《こも》れ日を受け、葡萄酒《ワイン》色の髪《かみ》が仄紅《ほのあか》い光を帯びている。幼子《おさなご》のように瑞々《みずみず》しい唇《くちびる》をきゅっと引き結び、髪と同色の睫毛《まつげ》が縁取《ふちど》る大きな瞳《ひとみ》に炎《ほのお》の揺《ゆ》らめきを映《うつ》し込《こ》んでいる。

あの唇に紅《べに》を引き、髪や首や耳に宝石《ほうせき》を飾《かざ》ってドレスを着たら、きっと驚《おどろ》くほど綺麗《きれい》だろうと思う。

昨夜、彼女に『許《ゆる》してやるよ』と言われてから、ジェイドは幾分《いくぶん》気が楽になった。今朝からも、取りとめもない話をして笑ってくれる。それがなんだか嬉《うれ》しかった。

「いや、でも鳩肉にはやっぱ胡椒《こしょう》かな。なー、どう思う？」

目線を肉からジェイドに移《うつ》し、紅玉《こうぎょく》の瞳を瞬《まばた》きで煌《きら》めかせる。その様子が実際《じっさい》の年齢《ねんれい》より幼く見え、可笑《おか》しく思った。

「レモンなんかはどうだろう。臭《くさ》みが消える」

「あぁ、ありかも。んー、でもなぁ、今は塩な気分かなー。って言っても塩も胡椒もレモンもないんだけど」

そんなことを話しながら、二人で焚き火を見つめる。ようやく肉が焼けた。表面がかりかりと狐《きつね》色になり、肉汁《にくじる》が滴《したた》っている。

一口食べて、確かに塩気は欲しいと思った。味付けのない肉は想像《そうぞう》以上に喉を通らない。ジェイドが四苦八苦している間に、ルビーウルフは自分の分を平らげてしまった。少々の粗食《そしょく》には慣《な》れているらしい。

宰相《さいしょう》の息子《むすこ》として生まれ、師《し》のもとで育ち、王城に上がったジェイドのほうが王女であるルビーウルフより舌《した》が肥《こ》えているというのは、いかんともしがたく妙な心地《ここち》だった。

ルビーウルフはまだ食べたりなかったのか、山鳥をさらに二、三羽捕ってきて捌いた。もちろん今度は伝書鳩ではなく、野生の鳥だ。せっせと解体しては肉を焼き、火に薪《たきぎ》をくべる。

「町にはいつごろ着くかな」

「夕方までには人里に着くはずだ。喉が渇《かわ》いたのなら、ここに氷が」

味のない肉片《にくへん》を飲み下してジェイドは答え、革袋をルビーウルフに渡《わた》した。彼女は溶《と》けかけた氷を取り出し、美味《おい》しそうに舐《な》める。その姿《すがた》に胸《むね》が痛《いた》んだ。

ルビーウルフは決して『暑い』とは言わない。グラディウスは北国で、割合過《わりあいす》ごしやすいとはいえ今は夏だ。森の中では涼《りょう》を感じるが、昼間は歩けば汗《あせ》ばむ。それで渇きを感じないはずはない。事実、先ほど火の傍《そば》に顔を寄せていた時、彼女は何度も額《ひたい》の汗を拭《ぬぐ》っていた。ジェイドに気を遣《つか》わせないため、なんでもないふりをしているのだ。

謝《あやま》りたいが、それでは彼女の気遣《きづか》いを無駄《むだ》にしてしまう。甘《あま》えるようだが、ここは気づかないふりで感謝を示《しめ》すことにした。

肉を胃に詰《つ》め込むため、ジェイドが奮闘《ふんとう》している間にルビーウルフは火の始末をし、鳩の羽毛《うもう》や残骸《ざんがい》を草で隠《かく》した。人がいた形跡《けいせき》を消すのが盗賊《とうぞく》の常識《じょうしき》なんだと言いながら。

ジェイドが食べ終わると、今度は包帯を新しく替《か》えてくれた。赤い腫《は》れが残っているが、もう痛みはほとんどない。薬草と清潔《せいけつ》な包帯のおかげだが、シーツの帯はすっかり短くなって、もう簡易《かんい》鈍器《どんき》としては使えなさそうだ。

「布《ぬの》って一枚《まい》あると便利なんだ。ああいう使い方も出来るし、こうして包帯にもなる。水に浸《ひた》して絞《しぼ》ったものを叩《たた》きつけると、けっこう痛いしね」

シーツを持ち出したのはそういうことだったらしい。

言動こそ男じみているが、ルビーウルフは意外と甲斐甲斐《かいがい》しかった。盗賊団《だん》という大家族の中で育ったせいか、細やかな心配りが実に自然なのだ。人に傅《かしず》かれることを当たり前と思っている貴族《きぞく》の娘《むすめ》より、彼女のほうが一緒《いっしょ》にいて楽と感じるのはそのためかもしれない。本来なら貴族の娘を引き合いに出すことすら憚られるような身分であるのだが。

思うと自然に笑《え》みが零《こぼ》れた。つられたようにルビーウルフも笑った。そういう瞬間《しゅんかん》がある度《たび》、胸の奥《おく》がちりちりと焼け付く。痛くはなく、くすぐったい感覚だった。

「胃は落ち着いたか。そろそろ先へ進もう」

言ってルビーウルフが立ち上がる。倣《なら》ってジェイドも腰《こし》を浮《う》かした瞬間、ルビーウルフの表情が険《けわ》しいものに変わった。痺《しび》れるような殺気を迸《ほとばし》らせる。

それが何を意味するのか、すぐさま察知した。彼女が向く方を見据《みす》え、構《かま》える。

「おかしいな。気配は完全に消したのに」

葉を擦《こす》る音すら立てずに濃緑《のうりょく》の中から現《あらわ》れたのは、紺青《こんじょう》の服を着てサーベルを携《たずさ》えた男が二人。大きいのと小さいの。軽薄《けいはく》な笑みを浮かべて言ったのは茶髪《ちゃぱつ》を逆立《さかだ》たせた小さいほうだった。

豪胆《ごうたん》に笑ってルビーウルフは言う。

「あぁ、完璧《かんぺき》だったさ。だけど相手が悪かったね」

サーベルを抜《ぬ》き、すでに臨戦態勢《りんせんたいせい》だ。ジェイドはもう一人の大きいほうに目線をやる。

「ずいぶん逃《に》げ足が速いじゃないっすか、副隊長。探すのに骨《ほね》が折れちまいましたよ。親《おや》父《じ》と同じ罪《つみ》を犯《おか》すとは、もう救いようもないですぜ」

筋肉質《きんにくしつ》の、巌《いわお》のような体から出る声は地を這《は》うように低い。二人とも、歳《とし》はジェイドより十ばかり上だったと記憶《きおく》している。

「ディズレーリ、マクレイ。君たち二人だけか？」

我《われ》ながら愚問《ぐもん》だとジェイドは思った。けれど今のはガーディアン二人への問いではない。ルビーウルフに向けたものだ。仮《かり》に伏兵《ふくへい》が潜《ひそ》んでいても彼女は確実《かくじつ》に見抜く。偽《いつわ》るのは自由だが、無意味なことだ。

ディズレーリ——小さいほうが言う。

「俺《おれ》らだけさ。諸侯方《しょこう》がガーディアンを手放したがらなくてね。そちらのお姫様《ひめさま》がビビらせてくれたもんだから」

その口調に、もはや王女という権力《けんりょく》に対する遠慮《えんりょ》も敬意《けいい》も見られない。人目さえなければ何をしてもいいと、そういうことだろう。

ジェイドの視野《しや》の端《はし》でルビーウルフが小さく頷《うなず》いた。彼の言葉に嘘《うそ》はないようだ。

「あんたの顔を見てると手が痛《いた》むぜ、お姫様。この獣女《けものおんな》め」

強く握《にぎ》った拳《こぶし》を突《つ》きつけ、ディズレーリが吐《は》き捨《す》てる。ルビーウルフは一瞬だけ眉根《まゆね》を寄せ、そして合点がいったように笑った。昨日、自分が噛《か》み砕《くだ》いた手の持ち主が彼だとようやく気づいたらしい。

「昨日の、お前か。魔法《まほう》で綺麗に治ってるからわからなかった。——悪いね。あたし馬鹿《ばか》だから、どうでもいい奴《やつ》の顔覚えてるだけの記憶力《きおくりょく》ないんだ」

明らかな挑発《ちょうはつ》にディズレーリが憤《いきどお》った。顔に朱《しゅ》が昇《のぼ》る。けれどいきなり飛び掛かってくるような真似《まね》はしない。

「隊長殿《どの》のお許《ゆる》しが出たんだ。ジェイド・コルコットは生死を問わず。シャティナ・レイ・スカーレット・グラディウスは生け捕《ど》り。——ただし、手足の二、三本はなくてかまわないってな」

ジェイドは辟易《へきえき》した。予想通りだが、当たって嬉《うれ》しいものではない。

「お前の言った通りな」

隣《となり》でルビーウルフが囁《ささや》いた。彼女も同じことを考えたらしい。

「君たちはマリンベルがトライアンへ侵略《しんりゃく》戦争を仕掛《しか》けると知っているのか」

知っていてマリンベルへ荷担《かたん》するなら容赦《ようしゃ》はしない。知らないなら、動揺《どうよう》を誘《さそ》うことができる。後者であることを願ったが——

「知ってますよ、もちろん。公然と人を殺せて報奨《ほうしょう》まで頂《いただ》けるなんて、ガーディアンやっててよかった、ってなもんじゃないすか」

低く喉《のど》の奥で笑って大きいほう——マクレイが言った。血を見るのが楽しくて仕方がないといった笑みだ。

「マクレイ、あんたは副隊長を頼《たの》む。お姫様は俺に譲《ゆず》れや」

「もともと、そのつもりっす。姫君を間違《まちが》って殺しちまったら、俺が隊長殿に殺される」

ディズレーリはルビーウルフに恨《うら》みがある。マクレイは純粋《じゅんすい》に殺しを楽しみたい。二人の意見が合致《がっち》したようだった。

両者の視線がすれ違った次の瞬間、戦渦《せんか》は巻《ま》き起こった。

「導《みちび》くのはジル・マクレイ！　呼《よ》ばれしものは爆裂《ばくれつ》の地殻《ちかく》！」

「導くのはジェイド・コルコット！　呼ばれしものは光波の盾《たて》！」

二人は同時に術《じゅつ》を放った。地面が盛《も》り上がって破裂した土の飛礫《つぶて》がジェイドとルビーウルフに襲《おそ》い掛かる。それを波紋状《はもんじょう》に広がる光の盾が防《ふせ》いだ。しかし――

「姫君を庇《かば》ってる暇《ひま》なんかないっすよ、副隊長！」

飛礫と共に突進《とっしん》してきたマクレイの拳がジェイドの目前に迫《せま》っていた。とっさに身を捻《ひね》ってかわす。

「ジェイド！」

ルビーウルフが援護《えんご》に駆《か》け寄る。が、すぐに大きく跳《と》び退《すさ》った。青白い電撃《でんげき》が彼女のいた場所で炸裂《さくれつ》し、火花を散らす。引き離《はな》された。

「あんたの相手は俺だぜっ、お姫様！」

叫《さけ》びつつ、ディズレーリが剣戟《けんげき》を繰《く》り出す。ルビーウルフは頭上にサーベルを翳《かざ》して受け止めた。

「猛獣《もうじゅう》を調教するには、鞭《むち》で打って痛めつけるのが一番なんだってな」

ぎちぎちと鋼《はがね》の噛みあう音を立ててディズレーリがルビーウルフを押《お》す。ルビーウルフはわずかに腰を落とした。たとえ獣並みの身体能力でも、筋力《きんりょく》だけは十五歳《さい》の少女が大の男を凌《しの》ぐことは不可能に近い。

マクレイと並ぶと小さく見えるディズレーリだが、ルビーウルフよりは遥《はる》かに大きな体《たい》躯《く》をしている。そのうえディズレーリには魔法もある。明らかにルビーウルフの不利に見えた。

「あんたみたいな獣でも、痛い目見りゃあ多少はしおらしくなるかねぇ？」

勝利を確信《かくしん》した笑みがルビーウルフの全身を撫《な》ぜる。交わる刃《やいば》の下《もと》、ルビーウルフは真《ま》っ直《す》ぐに敵《てき》を睨《にら》みつけた。

「冗談《じょうだん》キツイね！」

言葉に乗せて気を吐《は》き、柔軟《じゅうなん》なばねを利用してディズレーリの刃を打ち払《はら》った。硬《かた》い音と火花が散る。

「あたしは誰《だれ》にも飼《か》われない！　それが盗賊ってもんだ！」

大きく後ろへ跳んで間合いを取り、ルビーウルフは咆《ほ》えた。けれど今までのような余裕《よゆう》の笑みはない。

護《まも》らねば。

ジェイドが思った次の瞬間だった。またしても大地が爆《は》ぜて飛礫に襲われる。今度は盾の魔法を呼ぶ間もなく、腕《うで》で顔を庇《かば》いながら横合いへ飛んでかわした。

「よそ見してると危《あぶ》ないっすよ。頼みますから、即死《そくし》なんていうつまらないことだけは勘《かん》弁《べん》してくださいね」

粘《ねば》っこい薄《うす》ら笑いを浮かべてマクレイがにじり寄る。たまらない焦心《しょうしん》にかられた。ルビーウルフを護りたい思いの前に、巨漢《きょかん》が立ち塞《ふさ》がって邪魔《じゃま》をする。

容赦《ようしゃ》はしないと決めた。早々にけりをつけ、ルビーウルフの援護に回らねば危険《きけん》だ。

部下へ放つ魔法を呼ぶ、ジェイドの呪文《じゅもん》に淀《よど》みはない。翠《みどり》の眼差《まなざ》しに闘志《とうし》の光が宿った。

「導くのはジェイド・コルコット！　呼ばれしものは鳴神《なるかみ》の粛清《しゅくせい》！」

落雷《らくらい》がマクレイの脳天《のうてん》に突《つ》き刺《さ》さる――はずだった。命中すれば電撃が全身を巡《めぐ》り、心《しん》臓《ぞう》を焼くという術《じゅつ》であったが彼は避《よ》けた。それどころか、落雷の衝撃波《しょうげきは》に乗って一気に間合いを詰《つ》めてくる。

「いいねぇ！　本気の殺し合いだ！」

突進してくるマクレイの拳は黒い光を纏《まと》っていた。拳を鋼の強度に変化させる術を、すでに施《ほどこ》していたらしい。あれで殴《なぐ》られれば骨など軽く砕《くだ》けてしまう。避けるしかなかった。

視界の端に、常《つね》にルビーウルフの姿を捉《とら》えながらマクレイに対峙《たいじ》する。剣戟の攻防《こうぼう》は互《ご》角《かく》のようだ。力ではディズレーリが上だが、ルビーウルフには素早《すばや》さと柔軟性がある。しかしながらディズレーリには余裕があった。彼は遊んでいる。ルビーウルフを疲弊《ひへい》させ、隙《すき》が見えた瞬間に魔法を叩《たた》き込むつもりだ。時間がない。

襲い来るマクレイの拳を数度にわたって避け続け、足を引いた瞬間よろめく。石を踏《ふ》んだ。すかさず拳が切り返され、ジェイドの頬《ほお》をかすって前髪《まえがみ》を数本引き千切った。

噴《ふ》き出した脂汗《あぶらあせ》が体を冷やす。頬が浅く切れ、血が出ていた。危《あや》うく顔を叩き潰《つぶ》されるところだ。いや、そんなことより——

ジェイドは瞳《ひとみ》の闘志に怒《いか》りの色を滲《にじ》ませた。憤《いきどお》りを抑《おさ》えることが出来ない。

「綺麗《きれい》な顔に傷《きず》をつけられて、そんなに悔《くや》しいっすか？」

ジェイドは答えない。無言のまま、ただ相手を睨《にら》み据《す》える。彼の逆鱗《げきりん》に触《ふ》れてしまったことに、マクレイは気づいていなかった。

ジェイドは高速で呪文を唱える。

「導くのはジェイド・コルコット！　呼ばれしものは氷結の驟雨《しゅうう》！」

空気中の水分を集結させ、凍《こお》らせる。細かな刃となったそれらは剃刀《かみそり》のような切れ味をもってマクレイに降り注ぐ。

氷の刃に肩を浅く裂《さ》かれたものの辛《かろ》うじて避けたマクレイの笑みが濃《こ》くなった。危機の中にあって、なお嬉《うれ》しそうに。

「はっはぁ！　もっと大技《おおわざ》使っていいっすよ！　派手にやりましょうや！」

命の交渉《こうしょう》に酔《よ》いきったように叫《さけ》ぶ。そこには確実に間隙《かんげき》があった。突ければ勝てる。

対峙《たいじ》して機を狙《ねら》う。その時だった。剣戟の最中、鋼の弾《はじ》かれる音が響《ひび》く。

白刃《はくじん》が弧《こ》を描《えが》き、ジェイドの足元に転がり落ちた。ジェイドがルビーウルフに譲《ゆず》ったサーベルだ。見れば、丸腰《まるごし》になったルビーウルフの目前でディズレーリが剣を振《ふ》り上げている。

とっさにジェイドはサーベルに手を伸《の》ばす。早く彼女の手に武器《ぶき》を戻《もど》さなければ。けれどマクレイの拳を避けるたびにサーベルから遠ざかってしまう。

再び鋼の嚙《か》み合う音が響いた。武器を失ったはずのルビーウルフの手には細い金属《きんぞく》の棒《ぼう》が握《にぎ》られている。それを頭上にかざし、ディズレーリの剣を受け止めたのだ。

金属の棒は、王女の部屋の窓《まど》に嵌《は》められていた格子《こうし》だった。あの時にくすねていたらしい。さすがは盗賊《とうぞく》と言うべきか。

けれど、そんなものではこの先が持たない。それはルビーウルフもわかっていたらしく、すぐさま大きく飛び退《の》く。

ディズレーリは笑った。逃《に》げる獲物《えもの》を追う犬のように。そして唱えた呪文を放つ。

「導くのはノーマン・ディズレーリ！　呼ばれしものは緊縛《きんばく》の蔦葛《つたかずら》！」

勘《かん》で危険を察したのか、ルビーウルフは一旦《いったん》茂《しげ》みの中に身を隠《かく》そうとした。濃緑の中へ飛び込み――

「――っ！」

飛び込んだ藪《やぶ》の中から、蔓草《つるくさ》が生物のように飛び出してくる。慌《あわ》てて軌道修正《きどうしゅうせい》しようとしたルビーウルフだったが、手足を絡《から》め取られて木の幹《みき》に背《せ》を叩《たた》きつけられ、そのまま捕《ほ》縛《ばく》されてしまった。

「ルビーウルフ！」

思わずジェイドは彼女の名を呼んだ。目の前にいる敵のことを、一瞬だが完全に忘《わす》れて。その間隙を敵が見逃《みのが》すはずがなかった。一気に間合いを詰めたマクレイが、気づけば目前。足をすくわれ、仰向《あおむ》けに倒《たお》れる。その上から、マクレイが馬乗りに伸《の》し掛《か》かってきた。呪文を唱えられないよう、顎《あご》を押《お》さえつけられる。

「油断禁物《ゆだんきんもつ》って言ったでしょ。――さて、どうやって死にたいっすか？　あぁ、そうだ。あの世の親父《おやじ》に、姫君《ひめぎみ》の悲鳴がどんなだったか、土産《みやげ》話をしてやってはどうっすか」

マクレイが見やると、ディズレーリは頷《うなず》いた。サーベルをこれ見よがしに振り、木に磔《はりつけ》にされたルビーウルフへ切っ先を向ける。

「手と足と、どこから斬《き》ってほしい？　それくらいは選ばしてやるよ。舌《した》を切り取る前に希望を言っときな」

ひきつけのように喉《のど》を鳴らしてディズレーリは笑った。

「安心しな、死にゃあしない。傷口《きずぐち》はすぐに塞《ふさ》いでやるから。——もっとも、その先には死ねない地獄《じごく》が待ってるがな」

ジェイドが予想した最悪の未来がルビーウルフに迫《せま》っていた。手足と舌を奪《うば》われれば自害も不可能《ふかのう》だ。マリンベル派《は》の誰かに強姦《ごうかん》の如《ごと》く抱《だ》かれ、孕《はら》んで子が生まれれば彼女は用無しになる。いや、むしろ邪魔《じゃま》だろう。となれば、確実に殺される。

ジェイドは必死にもがいた。ルビーウルフをそのような目に遭《あ》わせたくない。父の遺志《いし》とは関係なく、彼女を傷つけられるのが許せなかった。

「おっと、大人しく見学しましょうよ。姫君が斬り刻《きざ》まれる様なんて、なかなか見られないっすよ」

マクレイの言葉に全身が焼かれたように熱くなった。そんなことはさせない。許さない。

しかしどんなにもがいても、マクレイの巨体は動かない。転がっているサーベルにも、もうすぐ手が届きそうだというのに。焦《あせ》りと情《なさ》けなさで胃が煮《に》えるようだった。

ルビーウルフが高く細い声を上げた。悲痛《ひつう》な、紛《まぎ》れもなく悲鳴だ。ディズレーリは愉快《ゆかい》そうに哄笑《こうしょう》する。

「今さら女らしい声出しやがって！　そうすりゃあ許してもらえるとでも思ったか！」

ジェイドの中に一つの感情が生まれた。殺意という名の激情《げきじょう》が。身動きの叶《かな》わない体の中で、怒濤《どとう》の如く暴《あば》れ回る。

「やっぱり、はじめは手がいいな。人の痛みを知りやがれ」

言ってディズレーリが刃を振り上げ——ルビーウルフは笑った。

「女いたぶって喜んでる下衆《げす》が偉《えら》そうに」

拘束《こうそく》されても堂々たる紅玉《こうぎょく》の瞳《ひとみ》に射抜《いぬ》かれ、ディズレーリに動揺《どうよう》が生まれた。

ルビーウルフはもう一度声を上げる。高い悲鳴のようなそれは——咆哮《ほうこう》。

彼女が背にした木の後ろ、深く繁《しげ》った藪の中から白い影《かげ》が飛び出した。影はディズレーリに伸し掛かり、耳に食らいついて引き千切った。本物の悲鳴が上がり、白い狼《おおかみ》の被毛《ひもう》に血が散る。もう一頭、現れた砂《すな》色の狼がルビーウルフを拘束する蔓草を食い千切った。

「フロスト！　あとはあたしがやる！」

自由になったルビーウルフが猛然《もうぜん》と駆《か》けた。白い狼の襲撃《しゅうげき》から逃《のが》れたディズレーリが片《かた》膝《ひざ》を立てて呻《うめ》いている、その場へ。

一瞬《いっしゅん》の出来事だった。

ルビーウルフが振りかぶった棍棒《こんぼう》に側頭部を殴打《おうだ》され、ディズレーリは横向きに飛ばされる。ルビーウルフの手の中で棍棒――鞘《さや》に収まったままの〈導《みちび》きの剣《けん》〉が木漏《こも》れ日を弾《はじ》いて光っていた。

地上へ張り出した木の根に頭をぶつけたディズレーリはぴくりとも動かなくなる。

「ディズレーリ！」

あまりの展開《てんかい》にマクレイが動揺した。ジェイドの顎《あご》を押《お》さえていた手の力が緩《ゆる》んだことに、気づいていない。ジェイドは必死に手を伸《の》ばし、サーベルの柄《つか》を掴《つか》んだ。白刃を翻《ひるがえ》す。

ジェイドの動きに気づいたマクレイが目線を戻《もど》した時、すでにその腹部《ふくぶ》は深々とサーベルに薙《な》がれていた。震《ふる》える手で傷口を押さえ、マクレイは仰向けに倒れる。血の泡《あわ》を吹《ふ》いて動く様子はない。彼の生死を確かめる気持ちの余裕《よゆう》は、今のジェイドにはなかった。

立ち上がり、ジェイドは服の土埃《つちぼこり》を払《はら》う。ふう、とルビーウルフが息を吐《は》いたのが聞こえた。額《ひたい》の汗《あせ》を拭《ぬぐ》って微笑《ほほえ》み、両腕を広げる。

「フロストっ、ケーナっ、遅《おそ》かったじゃないか！　心配したぞ！」

彼女の腕に二頭の狼が飛び込んだ。尻尾《しっぽ》を振り、全身で喜びを表現している。

「ルビーウルフ」

低く、ジェイドはその名を呼んだ。苛立《いらだ》たしげなその声にルビーウルフは眉根《まゆね》を寄《よ》せ、狼たちが警戒《けいかい》して唸《うな》った。

「どうした？　機嫌悪《きげんわる》そうだな」

「わざと、だったのか？」

サーベルを失った時に、〈導きの剣〉ではなく鉄の棒を使ったり、蔓草が伸びてくる茂みに自ら飛び込んだり、冷静になって考えてみれば妙《みょう》な話だった。

問いに、躊躇《ためら》いなく彼女は頷《うなず》く。

「そうさ。こいつらが近くに来てること、匂《にお》いでわかったから」

「もう、二度とするな」

強く押さえつけるように言われ、今度はルビーウルフが機嫌を損《そこ》ねた。唇《くちびる》を尖《とが》らせ、きつくジェイドを睨《にら》む。

「どうしてさ。いいじゃないか、相手を油断《ゆだん》させるには弱いふりをするのが一番なんだよ」

「心配したんだ。身が砕《くだ》けるほど」

声を絞《しぼ》り出すように言うとルビーウルフは怯《ひる》んだ。狼たちを抱《だ》いたまま、ばつが悪そうに言葉に窮《きゅう》している。

深く、ジェイドは息を吐く。左手で顔を覆《おお》い、俯《うつむ》いた。

「すまない、八つ当たりだ。力が及《およ》ばず、護《まも》れなくて……」

「いや、ごめん。あたしも悪かった、かも」

非《ひ》を認《みと》めても、語尾《ごび》で曖昧《あいまい》にしてしまうのが彼女らしいと思った。さっぱりしているようで、慣《な》れた相手に対しては甘《あま》いところを見せる少女だ。

「けど、護るとか考えないほうがいいよ。下手に気ぃ張ってると、何もかも鈍《にぶ》くなる。

──少しでいいから、あたしを信じてみない？」

その言葉に、頬《ほお》を叩かれたような衝撃《しょうげき》を受けた。獣《けもの》のようだと強さを認めていながら、女だから護ってやらなければいけないと思い込んでいたのだ。もちろん、それは間違《まちが》ってはいないと思う。魔導師《まどうし》であるガーディアンに、彼女が正攻法《せいこうほう》で勝てるはずがないのだから。

しかし、それはルビーウルフにとって侮辱《ぶじょく》されたも同然なのではなかろうか。盗賊《とうぞく》としての彼女の誇《ほこ》りは、あまりに気高い。本来なら、馬鹿《ばか》にするなと激昂《げっこう》していいところを容《よう》認《にん》してくれていたのだ。

「すまない」

「すぐ謝《あやま》る癖《くせ》も直せな」

ジェイドは口を噤《つぐ》んだ。また謝りそうになったから。それを見たルビーウルフが笑う。

自分は間違っていたと、この笑顔を見て思った。唇に紅《べに》を引くより宝石《ほうせき》やドレスで飾《かざ》りたてるより、このままのほうがきっとずっと綺麗《きれい》だ。

潑剌《はつらつ》とした笑顔のままで彼女は言う。

「急ごう。次の追っ手が来たらいろいろと面倒《めんどう》だ」

†

二頭の狼《おおかみ》は、始めはジェイドを気に入らないようだった。ルビーウルフを捕《と》らえたのが彼だと、覚えていたらしい。ルビーウルフが、こいつは敵《てき》じゃないからと言い含《ふく》めてやっと警戒を解《と》いてくれた。けれど彼女にぴったり寄《よ》り添《そ》って歩く二頭はジェイドよりよほど騎士《きし》らしく見え、なんだか悔《くや》しい気もする。

「ところでお前、懐具合《ふところぐあい》はどうなの？」

「金なら多少多めに持っている。食事で不自由はさせないし、町に着いたら変装《へんそう》もしてもらう」

ジェイドが答えると、ルビーウルフは満足げに頷《うなず》いた。

「それなら話は早い。ちょいと屈《かが》んで」

手招《てまね》きされ、訝《いぶか》りながらも従《したが》った。彼女の前で腰《こし》を落とし——呼吸《こきゅう》が止まる。何の予告もなしに彼女が抱きついてきたのだ。

頭が真っ白になり、宙《ちゅう》を掻《か》いた手を彼女の腰に回すべきかどうか迷《まよ》った瞬間《しゅんかん》、後ろ髪《がみ》をきつく引っ張《ぱ》られた。次いで、ぶちぶちっと嫌《いや》な感触《かんしょく》が頭皮に伝わる。

まさか、と思った瞬間、解放《かいほう》された。ジェイドから離《はな》れたルビーウルフの右手にはサーベル、左手には金の糸の束があった。それを茂《しげ》みの中へ、隠《かく》すように捨《す》てる。

「これでよし」

「よくない！　なんてことを……！」

絶望《ぜつぼう》感にジェイドは虚脱《きょだつ》して膝《ひざ》をつき、両手で土を掻く。俯いた拍子《ひょうし》に、切られたばかりの毛先が首筋《くびすじ》に触《ふ》れてちくちくした。

「だって長いままだと目立つだろ。いくら変装したって、それじゃ意味ないし。だいたいにして、男が髪なんか惜《お》しんでんじゃないよ。丸刈《まるが》りにしてやらないだけましだと思いな」

丸刈りとか、なんて酷《ひど》い。

思ったけれど声は出なかった。人間、怒《いか》りを通り越《こ》した絶望の淵《ふち》では一声発するのさえ困難《こんなん》なのだ。

ジェイドがあまりに凄《すご》い落ち込みようなので、ルビーウルフもさすがに訝ったらしい。しゃがんでジェイドの顔を覗《のぞ》きこみ――

「あぁ」

ジェイドの前髪に触れ、彼女は呟《つぶや》いた。そしてキツイ言葉を放つ。

「お前、デコ面積広いんだ。もしかして若《わか》ハゲ気にしてんの？」

今、何をしても許《ゆる》してあげると言われたら、この女握《にぎ》りこぶしで殴《なぐ》ってやる。

俯いたまま、そんな感情を押し殺す。

「けどさ、髪伸《の》ばしたってどうにもならない問題だと思うよ。ハゲたらハゲたで潔《いさぎよ》く光らしとけ。七三通り越して八二とかで隠すのは見てて哀《あわ》れになるからやめろ」

「……ルビーウルフ！」

ようやっと出た声には怒気《どき》が含まれていた。ほとんど涙目《なみだめ》で彼女をねめつける。

「そんな怒《おこ》らなくても。それにあたし、ハゲは嫌《きら》いじゃないよ。仲間の中にも髪の薄《うす》い奴《やつ》が何人かいたから」

「ハゲじゃない！　俺《おれ》は！」

「気にしてるってことは認めてんじゃないか。違うって言うなら、堂々と胸《むね》を張れ」

言ってルビーウルフはジェイドの頭をべちりと叩《たた》く。

「やめろ叩くな！　抜《ぬ》ける！」

「気合い入れてやったんじゃないか」

憮然《ぶぜん》と腕《うで》を組み、そっぽを向いてしまう。彼女としては何も悪いことを言ったつもりはないのだが、行動が裏目《うらめ》に出ていると悟《さと》ったのだろう。ジェイドに向けた背中《せなか》は明らかに拗《す》ねていた。

しばしの間そうしていて、先に沈黙《ちんもく》を破《やぶ》ったのはジェイドだった。

「もういい、済《す》んだことは。今は先を急がなければ」

溜《た》め息をついて立ち上がる。こんなところで仲違《なかたが》いしていても詮無《せんな》いことだ。

狼を従えて歩き出した彼女はまだ少し機嫌《きげん》が悪い様子で前を見据《みす》えている。隣《となり》に並《なら》んだジェイドの耳に、彼女の微《かす》かな呟きが届《とど》いた。

「髪なんかなくたって、いい匂《にお》いがするんだからそれでいいのに」

また、謝《あやま》りたい気分になった。

第5章　憧憬《どうけい》の残骸《ざんがい》

トライアンに程近《ほどちか》い物流の町の名はロークフィークといった。近頃《ちかごろ》不穏《ふおん》な空気が漂《ただよ》い始めたグラディウスの中にあって、かろうじて豊《ゆた》かさを保《たも》っている。

けれど彼は不安だった。本来、王が治めるべき神具を持つ国であるのに、王城《おうじょう》には王族がいない。宰相《さいしょう》が治世を敷《し》くようになってからというもの、国の荒《あ》れ様が酷《ひど》いのだ。それに国は最近、若者《わかもの》を兵として募《つの》っている。場合によっては無理強《むりじ》いをしてでも連れて行くらしい。

戦争でもおっぱじめる気じゃないのか。そんな噂《うわさ》が流れていた。

山脈に取り囲まれたグラディウスが戦《いくさ》を仕掛《しか》けるとしたら、南に接《せっ》するトライアンくらいしか考えられない。あの国の土壌《どじょう》は肥沃《ひよく》だ。

そのようなことになれば、このロークフィークは戦場となるかもしれない。想像《そうぞう》して、身震《みぶる》いした。縁起《えんぎ》でもない。

彼はこの町で小さな食事処《どころ》を経営《けいえい》している。店を手放したくはない。数年前に妻《つま》が他界して以来、ずっと独りで守ってきた店だ。立ちっぱなしの仕事は老体には堪《こた》えたが、旅人の多いこの町では客の話を聞くことが楽しい。先ほども、見ていて飽《あ》きない客が来た。

長い布包《ぬのづつ》みを背負った背の高い金髪《きんぱつ》の男と、長い髪《かみ》も瞳《ひとみ》も朝焼けのような色をした娘《むすめ》の男女二人連れで、微笑《ほほえ》ましくもずっと手を繋《つな》いでいた。

店の隅《すみ》の席に着いてからも、それは変わらなかった。四人掛けの席でわざわざ隣《とな》り合わせて座《すわ》り、肩《かた》を寄《よ》せ合っていたのだ。

注文の料理を運んでいった時も、

「頼《たの》むから、もう俺の傍《そば》を離《はな》れないでくれ」

「いや、ごめん。悪気なかったんだよ、マジで。だからお前もあたしの手ぇ離さないでね」

などと甘《あま》い会話が聞こえてきた。でもきっと、将来《しょうらい》は女房天下《にょうぼう》になるんだろうなと気の強そうな娘を見て思う。妻を思い出させる少女に思わず頬《ほお》が緩《ゆる》んだ。

彼らが店を辞《じ》してからしばらくして、これまた珍《めずら》しい客が来た。しかし、今回はあまり喜べた客ではない。

三人の男たちは揃《そろ》いの制服《せいふく》を着ていた。深い緑の軍服。グラディウスの軍人や兵士を示《しめ》す色だ。これが紺青《こんじょう》になると国軍魔導騎士《まどうきし》を示すものとなる。

「長い金髪の男と、短い赤毛の娘を知らないか。娘は長剣《ちょうけん》を持っている。男は十八、娘は十五のはずなのだが」

厨房《ちゅうぼう》前のカウンターまで歩み寄って、兵士の一人が言う。後ろに控《ひか》えた二人は部下のようだ。

彼はさきほどの客を思い出した。たしかに男は十八か十九に見えたし、娘も男よりは幼《おさな》いようだった。けれど剣——あの布包みがそうなのだろうか——それを背負っていたのは娘ではなく男だったし、何より髪型が違《ちが》う。髪が短かったのは男のほうで、娘は胸《むね》のあたりまである髪を揺《ゆ》らしていた。長い髪は切れば短くなるが、短い髪を伸《の》ばすには時間がかかる。あれはかつらには到底《とうてい》思えなかった。

彼は無言で首を左右に振《ふ》った。兵士たちの尋《たず》ね人に心当たりはなかったから、当然だ。

男女の特徴《とくちょう》を訊《たず》ねた兵士は溜め息をついた。

「知らぬなら、いい。邪魔《じゃま》をして申し訳《わけ》ない」

一礼し、三人は店を出て行った。思いのほか引き際《ぎわ》がいいので、拍子抜《ひょうしぬ》けしたほどだ。

戦争でもおっぱじめる気じゃないのか。そんな噂が頭に浮《う》かんだ。

兵士とて人の子だ。国に殉《じゅん》じて死にたいなどと思っている者はほとんどいない。特に、地方治安のために駐在《ちゅうざい》している末端《まったん》兵などは。

傾《かたむ》きゆく国の民《たみ》は愛国心を失っていく。その筆頭が兵だ。戦争で捨《す》て駒《ごま》になると自覚しているからこそ、兵は民よりも大きな憤懣《ふんまん》を国に抱《いだ》く。

あの兵士たちには覇気《はき》がなかった。倦怠《けんたい》感を漂わせていたようにも思う。兵が国を疎《うと》むようになったらいよいよ危険《きけん》だ。思って、彼はまた身震いをする。嫌《いや》な考えを振り払《はら》い、祈《いの》った。

この国には行方《ゆくえ》知れずの姫《ひめ》がいる。戦の噂と共に、まことしやかに囁《ささや》かれるのが行方不明になった姫君の帰還《きかん》だった。曰《いわ》く、国の荒廃《こうはい》を憂《うれ》えた重臣が姫を隠《かく》し、王城にのさばる凶賊《きょうぞく》を討《う》つために武芸《ぶげい》を学ばせているだとか、町娘として育った王女は自分が姫とは知らずに今もどこかで生きているだとか。眉唾《まゆつば》ものではあるが、不安を紛《まぎ》らわすには充分《じゅうぶん》な噂話だ。

姫様、姫様、どうかお戻《もど》りください。残った王族はあなただけなのです。国を救う〈導《みちび》きの剣〉を振るえるのは姫様だけなのです。だから、どうか——

†

彼は深い溜《た》め息をついた。二人の部下も同様に、うんざりとして肩をすくめる。

「こんな曖昧《あいまい》な情報《じょうほう》だけで、人が見つかるもんか」

「まったくだ。お偉《えら》いさん方は城《しろ》の上でふんぞり返っているから、下々の苦労なんか見えやしないのさ」

「やめないか」

不満を漏《も》らす部下たちを彼は窘《たしな》めた。しかしそれは国への忠誠心《ちゅうせいしん》などではない。

「どこで誰《だれ》が聞いているとも知れん。めったなことは言うものではない」

二人は一様に口を噤《つぐ》んだ。それを見て、彼は再《ふたた》び溜め息をつく。

今日の昼を少し過《す》ぎた頃《ころ》、王城《おうじょう》からの伝令を運ぶ鳩《はと》が数羽、町の詰所《つめしょ》へ飛び込《こ》んできた。緊急《きんきゅう》である旨《むね》と共に、愛想《あいそ》もなく書かれた尋《たず》ね人の特徴。小さな紙面に細かな字で書かれていたが、情報としては微々《びび》たるものだ。尋ね人の似《に》せ絵でもない限《かぎ》り、捜索《そうさく》は困難《こんなん》を極《きわ》めると目に見えていた。正直馬鹿《ばか》らしいと思うが、仕事だから仕方がない。

詰所で座り込んでいたら怠慢《たいまん》だが、出回っていたら任務《にんむ》をこなしていることになる。この国には、長くそういった意識《いしき》が浸透《しんとう》していた。兵役《へいえき》の誰もが己《おのれ》の役目を疎んじている。

王が世を去り、宰相による治世が始まって早十五年。グラディウスは急速に傾きつつある。神具をも失い、もはや神国とも呼《よ》べないと嘆《なげ》く者もいる。ロウヴァースの右腕《みぎうで》——〈導きの剣〉は王女と共に消えた。

王女が生きているのなら、まだ望みはあるだろうか。

ぼんやりと、そんなことを考える。王女の帰還を囁く噂《うわさ》は、民心の不安が生んだ御伽話《おとぎばなし》のようなものだと彼は思っている。けれど今は、その御伽話にすがりたい。

兵を募《つの》る国。地方は加速して貧《まず》しくなる。

戦《いくさ》の足音を、彼は感じ取っていた。

†

ロークフィークは豊《ゆた》かな町だった。トライアンから来る商人が持ち込む物品を各地へ流す物流の町ゆえ、枯渇《こかつ》を知らない。トライアンによって救われている町と言っても過言《かごん》ではないとジェイドが教えてくれた。

町に入る前、ケーナとフロストには森での待機を命じた。彼らに与《あた》える食糧も調達しなければならない。

ロークフィークに入ってまず最初にしたことは変装《へんそう》だった。といっても、大したことはしていないが。

ルビーウルフはズボンをそのままに、上から巻きスカートを巻いて町娘《まちむすめ》を装《よそお》っている。サーベルは売り払い、服の中に隠せる短剣に買い換《か》えた。シーツの帯は短くなって、もう使えそうにないので処分《しょぶん》した。

短かった髪《かみ》には付け毛を施《ほどこ》した。細い束をいくつか用意し、髪の根元に編《あ》みこんで長く見せかけたため、一見しただけでは地毛と判別《はんべつ》はつかない。

ジェイドもざんばらになった髪を整えた。服も血で汚《よご》れてしまったので取り替《か》え、布《ぬの》で包んだ〈導きの剣〉をルビーウルフに代わって背負《せお》っている。

せっかく変装をしても、長剣などという町娘にそぐわないものを背負っていたら明らかに不審《ふしん》人物だ。けれど男なら、雇《やと》われの護衛《ごえい》や賞金稼《かせ》ぎなどで帯刀している者も多く、違《い》和《わ》感はない。金の細工や房飾《ふさかざ》りは目立ってしまうが、布を巻いて隠せばいいことだった。

手を繋《つな》いで歩きながら、ルビーウルフはジェイドの横顔を見上げる。

変装後、離《はな》れなければ大丈夫《だいじょうぶ》だと思っていたのだが甘《あま》かった。ブーツの紐《ひも》の緩《ゆる》みを直そうとルビーウルフが屈《かが》んだ瞬間《しゅんかん》、ジェイドは気づかず前進して〈導きの剣〉に引っ張《ぱ》られ、地面に後頭部を強打したのだ。それ以来、めったなことではジェイドは手を離してくれない。

大柄《おおがら》なモルダに見慣《みな》れていたせいで気づかなかったが、ジェイドは意外と背が高い。至《し》近距離《きんきより》から顔を見ようとすると、なかなか首が疲《つか》れる。――こちらを向いたジェイドと目が合った。

「どうした？」

「いんや、別に。短いほうがすっきりしてて、男前になったなぁ、と思って」

お世辞《せじ》でも何でもなく、正直な感想を述《の》べた。前髪も切って鮮《あざ》やかな翠《みどり》の眼《め》が露《あらわ》になり、以前より断然《だんぜん》、清潔感《せいけつ》がある。

何気ない褒《ほ》め言葉に、ジェイドは顔を背《そむ》けた。照れているらしい。

ふと、ルビーウルフは彼に対する狼《おおかみ》たちの評価《ひょうか》を思い出した。

ケーナは内気な性格《せいかく》だが甘えたがりでもあるので、わりとすぐジェイドに馴染《なじ》んだ。彼が頭を撫《な》でてやると、気持ちよさそうに目を細める。けれどフロストは違《ちが》った。いくらルビーウルフが言い聞かせても、ジェイドがルビーウルフに近寄《ちかよ》ると不機嫌《ふきげん》に唸《うな》る。今、二人が手を繋いで歩けるのも狼たちを森に待機させているからだ。

群《む》れの中でも、もともと気難《きむずか》しい性格だったが、盗賊《とうぞく》たちには決してそんな態度《たいど》を見せなかったのでルビーウルフも困惑《こんわく》している。理由を訊《たず》ねても『気に入らない』の一点張りだ。

ケーナがこっそり耳打ちしてきた言葉によると、フロストはジェイドに嫉妬《しっと》しているとのこと。それを聞いた時は思わず笑ってしまった。何を妬《や》くことがあるのだろう。

たしかにジェイドはガーディアンとして、仲間たちの蹂躙《じゅうりん》に荷担《かたん》した。ルビーウルフの腹《はら》を蹴《け》り、拘束《こうそく》したジェイドはフロストにとって許《ゆる》しがたい存在《そんざい》なのはわかる。けれどあの時、ジェイドが止めなければルビーウルフはアーディスによって手酷《てひど》い傷《きず》を負わされていたはずだ。アーディスの目的は姫君《ひめぎみ》の保護《ほご》などではなく、公《おおやけ》の場に出られない傀儡《かいらい》の王が欲《ほ》しかったのだから。

ジェイドのことは嫌《きら》いではない。彼自身は自分が役に立っていないと思っているようだが、そんなことはない。ジェイドの助けがなければ、ルビーウルフはここまで来ることはできなかった。

それに、豪快《ごうかい》な盗賊たちに慣れていたルビーウルフにとって生真面目《きまじめ》なジェイドは付き合いにくいと思いきや、そうでもない。何気ない問いにも嫌《いや》な顔一つせず答えてくれるし、何よりからかうと面白《おもしろ》かった。

そういったわけでルビーウルフはジェイドを気に入っているし、幸い彼も好意的に見てくれている。匂《にお》いでわかるのだ。

干《ほ》し肉や乾燥《かんそう》豆を最小限《さいしょうげん》だけ買い、食事も済《す》ませて狼たちの所へ戻《もど》ろうとしたその時、二人同時に足を止めた。往来《おうらい》の向こうに、馬に騎乗《きじょう》した紺青《こんじょう》の制服《せいふく》。

緑色の制服を着た兵に何か問いただしているようだった。こちらには気づいていない。振《ふ》り仰《あお》ぎ、ジェイドに目配せをした。さり気なく進路を変え、表通りの露店《ろてん》街を外れて日の当たらない路地へ入った。獣《けもの》の感覚を研《と》ぎ澄《す》ませ、ケーナとフロストの居場所《いばしょ》を探《さぐ》る。

町の外へ出る道を探《さが》すのだ。ルビーウルフは昔から、勘《かん》で仲間を探すことができた。

迷路のような路地を進むうち、ジェイドが足を止めた。表情《ひょうじょう》を曇《くも》らせ、逡巡《しゅんじゅん》して言う。

「この先は、あまりよくない」

「けど、表に出るわけにはいかないだろう。あたしの勘だと、この先を行けば町の外の森に出る」

周囲の建物は壁《かべ》が崩《くず》れ、人の住んでいる気配はない。風が通れば上から瓦礫《がれき》が降《ふ》ってきそうな感じではあったが、ルビーウルフは自分の勘に自信があった。てっきりジェイドも信じてくれていると思っていたのだが……。

「危険《きけん》だとか、そういうことではないんだ。……いや、いい。行こう」

腹を括《くく》ったようにルビーウルフを促《うなが》したジェイドは、しかし渋面《じゅうめん》だった。不審に思いながらも、問いただしている暇《ひま》はないので先へ進む。

表通りをわずかに離れただけで、そこはもう廃墟《はいきょ》の群れだった。他の町村より豊《ゆた》かとはいえ、ロークフィークにも荒廃《こうはい》が迫《せま》っている。

路地の片隅《かたすみ》、袋小路《ふくろこうじ》の陰《かげ》で何かが動いた。日の当たらない闇《やみ》の中から這《は》い出してくる。

それは痩《や》せ細った女だった。髪《かみ》は乱《みだ》れ、服も汚れて擦《す》り切れている。ぼろ布を纏《まと》っている、と言ったほうが正しいかもしれない。

「……ください。食べ物を、パンを……一切れだけでいいんです……この子に……」

掠《かす》れた声で言って、女は腕《うで》に抱《だ》いた黒っぽい人形に頰《ほお》を寄せる。ルビーウルフは眉根《まゆね》を寄せて人形を凝視《ぎょうし》し、息を飲んだ。

女が抱いていたのは人形などではない。赤ん坊《ぼう》だった。皮膚《ひふ》は黒ずみ、裂《さ》けている。閉《と》じられた瞼《まぶた》の縁《ふち》や鼻、口の周りといった柔《やわ》らかい部分には蛆虫《うじむし》が湧《わ》いて、死んでからずいぶん経《た》っていると知れた。女が近寄るにつれ、腐臭《ふしゅう》が濃《こ》くなる。

眼窩《がんか》が窪《くぼ》んで虚《うつ》ろな女の双眼《そうがん》には、もはや正気は見えない。ただ、丸く飛び出すようになった眼がぎらつき、生への執着《しゅうちゃく》だけが強烈《きょうれつ》にルビーウルフを射抜《いぬ》いている。

何もいないように見えた路地のあちらこちらから、闇が盛《も》り上がって人が這い出してきた。ルビーウルフの勘が嗅《か》ぎ取れないほど、彼らの生気は脆《もろ》く、弱かった。女の行動を皮切りに、飢《う》えた人々は食べ物やはした金を乞《こ》いながらルビーウルフとジェイドににじり寄る。

「……走れ」

苦々しく呟《つぶや》き、ジェイドはルビーウルフの手を引いて走り出した。人々は後から後から溢《あふ》れ出て二人に追い縋《すが》るが、痩せて筋肉《きんにく》の衰《おとろ》えた足では到底《とうてい》追いつけるわけもない。ルビーウルフも勘を頼《たよ》りに、町を出る道を探す。

町を囲む塀《へい》の一郭《いっかく》が崩《くず》れていた。どうやら路地の人々はここを通って町に入ってきたらしい。二人は迷《まよ》わずそこから外へ抜《ぬ》け出した。

遠吠《とおぼ》えで呼《よ》び合い、狼《おおかみ》たちとはすぐに合流できた。人目がないので〈導《みちび》きの剣《けん》〉をルビーウルフの背《せ》に戻し、フロストの視線《しせん》が痛《いた》いのか、ジェイドはルビーウルフから距離《きょり》を取った。

「なんなの、あの連中」

ルビーウルフは呟いた。表情が強張《こわば》っているのが自分でもわかる。胸の悪くなる思いに吐《は》き気がしたけれど、それはあの人々に対する嫌悪《けんお》などではない。矛先《ほこさき》不明の怒《いか》りが体中を満たしていた。

「ロークフィークはトライアンからの物流によって他の町村より潤《うるお》っている。言うなれば、現在《げんざい》のグラディウスにとって数少ない光輝《こうき》だ。その光に誘《さそ》われて、住む場所や耕《たがや》すべき畑、財産《ざいさん》を失った者が集まってくる。夫や息子《むすこ》を徴兵《ちょうへい》され、働き手をなくして畑を潰《つぶ》した者がほとんどだな」

言ってジェイドは息を吐いた。悔《くや》しそうに眉を顰《しか》めている。

「国の責任《せきにん》だ。彼らにはどうすることもできない。トライアンとの戦争になれば、彼らにはもう身を寄《よ》せる場所もない」

「あんなに酷《ひど》いなんて、思わなかった」

ベイタスへ行く途中《とちゅう》に見た麦畑。あそこにいた人々も、このままでは路地の住人になるというのか。

「俺《おれ》はあんたにグラディウスの国情を知ってもらいたいと思っていたが、あれはあまりに……」

そこまで言って、ジェイドは唇《くちびる》を引き結ぶ。彼の心中を察し、ルビーウルフは頷《うなず》いた。

「いや、知ってよかった。あたしは大丈夫《だいじょうぶ》。そんなヤワじゃない。――お前、あの人たちの命を全部一人で背負い込《こ》む気だったんだね」

ジェイドは俯《うつむ》き、声を搾《しぼ》り出す。

「俺は、別にそんな……」

「あたしにはそう見えるんだ。馬鹿真面目《ばかまじめ》に、誰一人として見捨《みす》てられないんだろう？」

「……悪いのか」

ルビーウルフをねめつけ、ジェイドは唸《うな》った。ルビーウルフはわずかな笑《え》みを彼に返す。

「ちっとも。あたしは馬鹿が好きだから。あたし自身、馬鹿だからね。――本気でお前に協力したくなったんだ」

怒りの矛先はルビーウルフ自身に向いていた。理由はわからない。王女である事実を拒《きょ》絶《ぜつ》して、彼らの期待を裏切《うらぎ》ろうとしたことへの後悔《こうかい》かもしれないが、そんなことは今さらどうでもいい。あれを見て、知らぬふりをしたのなら、あの世のモルダになんと言われるだろう。

赤ん坊だったルビーウルフをモルダは拾ってくれたが、その恩義《おんぎ》を果たせぬまま彼は逝《い》ってしまった。ならば、せめて彼の信念を貫《つらぬ》くのが道理。小さな子供《こども》が飢えて死ぬなど、モルダや仲間たちは決して許《ゆる》さないはずだ。

「協力というなら、もう充分《じゆうぶん》なほどだが」

「やるなら徹底《てってい》的にだ。あたしを本気にさせといて、ただで済《す》むと思うなよ」

言ってルビーウルフはにまりと笑った。

(それでこそルビーウルフだ)

尾《お》を悠然《ゆうぜん》と揺《ゆ》らし、フロストが言った。ケーナも控《ひか》えめに尾を振《ふ》っている。

ようやくジェイドも笑みを見せた。苦笑《くしよう》だったが。

頼《たの》もしいな、と呟いて彼は歩き出した。ここから西南に行った山の中に、彼の老師《ろうし》は住んでいる。

†

先発としてアシッド・ドールと共に送り出した二人の部下は消息を絶《た》った。おそらく返り討《う》ちに遭《あ》って死んだか、生きていても戻《もど》ってはこないだろう。敗北者に対し、アーディスが無慈悲《むじひ》に死の制裁《せいさい》を与《あた》えるのを彼らは知っている。

本来ならどこへ逃《に》げようと見つけ出し、逃亡《とうぼう》と造反《ぞうはん》の罪《つみ》で刑場《けいじょう》に引き出しているところだが今はそうも言っていられない。王城《おうじょう》にとどまっているガーディアンは、アーディスを含《ふく》めてわずか四人になっている。もとは十五人の隊だったのが、盗賊団《とうぞくだん》との戦いで三人が死傷《ししょう》し、今回二人が消えた。副隊長のジェイドは王女を拐《かどわ》かし、逃亡中。そのジェイドを追い、さらに四人を追跡《ついせき》に向かわせた。

これが限界《げんかい》だった。父に与《くみ》する諸侯《しょこう》らが、姿《すがた》の見えない猛獣姫《もうじゅうひめ》を恐《おそ》れてガーディアンを手放したがらない。近くに潜《ひそ》んでいるわけがないと、いくら言っても聞き入れようとはしなかった。

王城の最下層《かそう》。そこに、罪人《ざいにん》が処遇《しょぐう》の通告を待つ冷たい牢獄《ろうごく》がある。父、ウォルクが十年ほど前に造《つく》ったものだ。無機質《むきしつ》な石壁《いしかべ》に四方を囲まれ、光源《こうげん》はまったくない。

地下独特《どくとく》の黴臭《かびくさ》さと腐臭《ふしゅう》の混在《こんざい》した房《ぼう》の前を素通《すどお》りし、月光の胡蝶《こちょう》の光を頼《たよ》って歩を進める。並《なら》んだ房の最奥《さいおう》、そこは魔導師《まどうし》を拘束《こうそく》するための独房だった。床《ゆか》に大きく、魔導を封《ふう》じる印が描《えが》かれている。

「気分はどうかな、ロベール」

薄《うす》い笑みを浮《う》かべ、アーディスは牢の中の男を見下ろした。残るもう一人の部下を。纏《まと》った紺青《こんじょう》の制服《せいふく》は彼自身の血で汚《よご》れ、黒く変色している。顔中に紫《むらさき》の痣《あざ》が散り、やはり血がこびりついていた。拘束される際《さい》、同僚《どうりょう》たちによって浴びせられた暴行《ぼうこう》の痕跡《こんせき》だ。傷《きず》の痛《いた》みを堪《こら》え、ロベールは気丈《きじょう》にも姿勢《しせい》を正し、座《ざ》した状態《じょうたい》でアーディスを迎《むか》えた。

「良くも悪くもありません。——いくら問われても、私には副隊長の居場所《いばしょ》などわからないのです。無駄《むだ》なことですよ、公務《こうむ》にお戻りくださいませ」

口内が切れ、喋《しゃべ》りにくいのか、いささか不明瞭《ふめいりょう》な声でロベールが言った。

厩舎《うまや》で馬の世話をしていた者の通告で、ロベールがジェイドの協力者であることが判明した。もとより、ゲイリーを慕《した》っていた彼がマリンベルに反感を抱《いだ》くのは当然の成り行きで、造反の危険性《きけんせい》があると警戒《けいかい》していたから捕《とら》えるには良い機会だった。

城内はじめ、国中にコルコット派《は》が潜んでいる。それらの人々を率《ひき》いているのがジェイドで、副官とでもいうべきなのがロベールだった。この二人を謀反人《むほんにん》として正当に裁《さば》き、市井《しせい》に屍《しかばね》を晒《さら》せば対する勢力《せいりょく》は萎《な》えて衰退《すいたい》する。燻《くすぶ》る火種は残るだろうが、それは鼠《ねずみ》を駆《く》除《じょ》するようなもの。大層な労力は必要ない。

しかしながら、世の中とはそうそう巧《うま》く事が運ばないものだ。わざと泳がし、ジェイド

が助けを求めるであろう仲間の居場所を探そうとしたのだが、部下から芳《かんば》しい報告《ほうこく》は入ってこない。ジェイドも王女も、目立つ容姿《ようし》のわりに雲隠《くもがく》れが巧妙《こうみょう》なようだった。盗賊育ちの王女の知恵《ちえ》かもしれない。

けれど、この程度《ていど》の不測《ふそく》は考慮《こうりよ》のうえだ。一度動き出した以上、ジェイドは必ず仕掛《しか》けてくる。父親の無念を晴らし、トライアンへの侵略《しんりゃく》を止めるために。

焦《あせ》る必要はない。どう見てもマリンベルに分があった。

「私は殿下《でんか》の身が心配でたまらないのだよ、ロベール。あの方にはいずれ女王として国を担《にな》っていただくゆえ、今すぐに連れ戻して王族たる振る舞《ま》いを身につけていただかなければ。これ以上、下賤《げせん》な下々の民《たみ》との馴《な》れ合いは殿下のためにならない」

アーディスの言葉に、ロベールは苛烈《かれつ》な眼差《まなざ》しで彼をねめつけた。

「民を下賤とおっしゃるか。彼らの耕《たがや》した畑で実る、作物を食《く》らうその口で」

「君こそ何を言っている。グラディウスの痩《や》せた土壌《どじょう》で育ったものが、王侯貴族《きぞく》の食卓《しょくたく》に並《なら》ぶとでも？　父上も諸侯方も、トライアンから取り寄せた物しか口に合わんようでな」

「……ゆえに欲《ほっ》しているのですか。かの土地を」

苦々しく呟《つぶや》いたロベールに、アーディスは冷笑を向ける。

「〈導《みちび》きの剣《けん》〉さえあれば他国を掌握《しょうあく》するなど容易《たやす》いこと。それに、トライアンは一年ほど前に先王が王子に王位を譲《ゆず》ったばかりで治世が脆《もろ》い。新王の兄弟も病弱な妹姫がいるだけで頼りにはならんだろう。我《わ》が国の古い王は金脈を掘《ほ》り当てるために〈導きの剣〉を使ったというが、剣とはもともと戦道具《いくさどうぐ》だ。それを神から与《あた》えられたのなら蹂躙《じゅうりん》もまた天意。神国がそうでない国より貧《まず》しく、劣《おと》るなどあってはならないことなのだ」

「身分の差はあれど、人が人として世にあるうえで優劣《ゆうれつ》などございません。それと同じく、国もまた等しく尊重《そんちょう》されるべきです。それに、トライアンも神国ですぞ。それを侵《おか》すことは天意に背《そむ》くのではないのですか」

「トライアンの神具は、たしか〈裁《さば》きの天秤《てんびん》〉だったな。あれほど不要なものはない。人の世には法があり、法に律《りっ》されてこそ人間だ。法がある以上、天秤など必要ない。意味のない神具を持つ国が、はたして神国と呼《よ》べるかな」

「……屁理屈《へりくつ》を」

「たしかに。しかし、父上や諸侯方には納得《なっとく》していただけた。——奪《うば》ってまで得た権威《けんい》に溺《おぼ》れ、それで満足している姿は見ていてもどかしくてね。助言を差し上げなければ、戦に臆《おく》して足踏《あしぶ》みばかりなさっていただろう」

ロベールは弾《はじ》かれたように膝立《ひざだ》ちになった。けれど傷に障《さわ》ったのか、再《ふた》びうずくまる。

それでも声を絞《しぼ》り出し、問うた。

「権威を奪ったとは……。では、やはり閣下《かっか》が国王王后両陛下《おうこうりょうへいか》を……」

さてね、というアーディスの声は笑いを含《ふく》んで響《ひび》いた。

「私はその頃《ころ》、五つか六つだった。覚えていると思うか？」

歯嚙《はが》みし、ロベールは唸《うな》った。アーディスに向けられた憤怒《ふんぬ》の眼差しには、確信《かくしん》の色が濃《こ》く滲《にじ》んでいる。

「なんという恐《おそ》ろしいことを……！　ならば、まさか姫《ひめ》殿下までも手に掛けようと……」

色めき立つロベールに、アーディスは笑《え》みを深める。それはいつの間にか、嘲笑《ちょうしょう》へと変わっていた。

「あの娘《むすめ》も哀《あわ》れなものだ。何も知らず、王城《おうじょう》で育っていれば五体満足でいられたものを。私とて、勿体《もったい》ないと思っているんだ。大人しくさえしていれば、なかなか見目良い姫だったからな。どうせ抱《だ》くなら醜《みにく》く顔の焼け爛《ただ》れた女よりも美姫《びき》のほうがいいに決まっている」

あまりの言葉に、ロベールは蒼白《そうはく》になって喘《あえ》いだ。両手の爪《つめ》を腿《もも》に食い込ませ、かろうじて我《われ》を保《たも》っている。

「殿下に対し、なんと無礼な！　いいえ、それ以前に人として恥《はじ》を知りなさい！」

「あれはもう、姫や女王としては使いものにならん。それならば、せめて〈導きの剣〉を持つことの適《かな》う新たな王族を産《う》み落としてから死んでもらわねば」

「とんだ下郎《げろう》だ、あなたは……！」

掌《てのひら》を返したようなアーディスの態度《たいど》に、ロベールは怨色《えんしょく》を深めた。それを見てアーディスは笑う。低い天井《てんじょう》に反響《はんきょう》して、その哄笑《こうしょう》はロベールの耳を劈《つんざ》いた。

「では、その下郎にむざむざ囚《とら》われた君はどのような目に遭《あ》っても文句《もんく》は言えんな」

「死はもとより覚悟《かくご》の上です」

真《ま》っ直《す》ぐで力強い眼差しがアーディスを捉《とら》えていた。けれど、彼の笑みは消えない。

「いい心がけだ。ジェイドが戻《もど》って来ることがあれば、奴《やつ》の前で君の首を切り落としてやろう。――いや、それでは足りんな。ロベール、君の細君の名はなんといったか」

愉快《ゆかい》げに口角を吊《つ》り上げ、斜《しゃ》に構《かま》えたアーディスは目の端《はし》でロベールの血の気が失《う》せていく様を眺《なが》めていた。

傷《きず》の痛《いた》みを失念したように、ロベールは立ち上がって格子《こうし》にしがみついた。怒《いか》りと怨嗟《えんさ》と絶望《ぜつぼう》を表情《ひょうじょう》に張《は》り付かせて。

「おやめください！　妻《つま》は……タニアは関係ありません！　見せしめの晒《さら》し者にしたいのならば、私一人で充分《じゅうぶん》ではありませんか！」

「そうだな、哀れな女性《じょせい》だ。夫が謀反《むほん》に荷担《かたん》したばかりに、不名誉《ふめいよ》な死罪《しざい》を受けるとは。

御子息《ごしそく》と御息女もかわいそうなことだ」

声を残し、アーディスはロベールに背《せ》を向けた。

「せめてジェイドの向かった先に心当たりでもあれば見逃《みのが》してやらんこともないが。困《こま》ったことに、ジェイドは縛印《ばくいん》を皮膚《ひふ》ごと剝《は》ぎ取るか焼くかして、居所《いどころ》が摑《つか》めないのだ」

かつかつと靴《くつ》の底を鳴らして表へ向かう。その背に、悲鳴混《ま》じりの叫《さけ》びが掛《か》かった。

「ジェイド様は……ジェイド様は老師殿《ろうしどの》のもとに向かっておられる！　トライアンとの国《こっ》境《きょう》に！　私は本当に、それだけしか知らない！」

†

地下から上がって奥庭《おくにわ》に出ると、守衛《しゅえい》の兵が二人、敬礼《けいれい》でアーディスを見送った。

入り組んだ様相のグラディウス王城で、最も奥まった位置にあるのがこの奥庭だった。

地下牢《ちかろう》への門や、魔導《まどう》に使用する薬草毒草の栽培場《さいばいじょう》も設《もう》けられている。

棟《とう》に囲まれた一郭《いっかく》で、夏の陽光が柔《やわ》らかく差し込《こ》んでくる。片隅《かたすみ》には寂《さび》しげな様子でひっそりと繁《しげ》る薔薇《ばら》の垣根《かきね》があった。白い薔薇の花が、ぽつりぽつりと咲《さ》いている。

十五年前まで、ここは王后《おうこう》が茶をたしなむ場所としていた薔薇園だった。その名残《なごり》だ。

奥庭を抜《ぬ》けて城内へ戻り、緋《ひ》の絨毯《じゅうたん》の上を歩く。

自室へ向かう途中《とちゅう》、ウォルクと出くわした。階段《かいだん》の踊《おど》り場に飾《かざ》られた骨董品《こっとうひん》を手にとって眺《なが》め、満足そうに微笑《ほほえ》んでいる父と。

「おお、戻ったかアーディス。コルコットの息子《むすこ》と姫は見つかったのか？」

「いいえ、今のところは」

それだけ言って口を噤《つぐ》んだ。嘘《うそ》は言っていない。向かう先の目星がついただけだ。けれど正直にそれを言えば、ウォルクはアーディスの思惑《おもわく》を踏《ふ》みにじる。わかっているから黙《だま》っていた。

ウォルクは十五年前、王と王后に毒をもって暗殺し、政権《せいけん》を奪取《だっしゅ》した。あの頃《ころ》は、まだ金の採《と》れる鉱山《こうざん》がわずかながら残っていた。それを欲《ほう》した凶行《きょうこう》だったが、すべての金鉱が涸《か》れて久《ひさ》しい。けれども手を打つこともなく、漫然《まんぜん》と贅《ぜい》を尽《つ》くす姿《すがた》を見ていると胸《むね》の悪くなる思いがした。それが実の父であっても。

トライアンへの侵略《しんりゃく》を、ウォルクははじめ、乗り気ではなかった。グラディウスは神国として諸国《しょこく》から敬《うや》われていたため、戦《いくさ》らしい戦の経験《けいけん》がなかったということもあるのだろうが、それはただの臆病《おくびょう》だとアーディスは思っている。

国を滅《ほろ》ぼしてはならない。貧《まず》しさから国を救うには、他国から土地と土民を奪《うば》うしかないのだ。

父はしばし目線を彷徨《さまよ》わせ、やがて再《ふたた》びこちらを見た。何か、迷《まよ》っている態《てい》だ。

「アーディス。実は先ほど皆《みな》で話し合っていたのだが、トライアンへの侵略は、やはり無《む》謀《ぼう》ではなかろうか」

「父上、何をおっしゃいます。兵は有り余《あま》るほど徴《ちょう》しております。負けはしません」

微笑《ほほえ》みながら、アーディスは辟易《へきえき》していた。今さらになって尻込《しりご》みするなど、何を考えているのか。大義名分もくれてやったというのに。もう後戻りできるほど、グラディウスに残された時間などないというのに。

「しかし、いくらトライアンから土地を奪えても、他の国々から睨《にら》まれるような結果になっては……」

「ご心配には及《およ》びません。私にお任《まか》せを」

言ってアーディスは敬礼《けいれい》し、父に背を向けた。逃《に》げた、と言ったほうが正しいかもしれない。

ウォルクは小物だ。彼に尻尾《しっぽ》を振《ふ》る貴族《きぞく》たちも。相手をするのさえ煩《わずら》わしい。一度納得《なっとく》したことを、何度も懸念《けねん》しては尻込みする。言い包《くる》めて一旦《いったん》は黙《だま》らせても、また別のことに怯《おび》えて騒《さわ》ぎ立てる。どれだけ潰《つぶ》しても、彼らの不安は家畜《かちく》につく蚤《のみ》のように湧《わ》いて出るのだ。

国を豊《ゆた》かさへ導《みちび》けない支配者《しはいしゃ》は、国にとって毒だ。

緋の絨毯に足音は吸収《きゅうしゅう》される。その静けさが、より一層《いっそう》心の声を響《ひび》かせた。胸中《きょうちゅう》で思った言葉がアーディスの中で暴《あば》れている。

役立たずは、いらない。

†

英雄譚《えいゆうたん》に憧《あこが》れていた。

子供《こども》の頃《ころ》の話だ。

滅亡寸前《めつぼうすんぜん》の国を救い、最後には王女との愛を成就《じょうじゅ》させた騎士《きし》。

今思えば子供騙《だま》しの夢《ゆめ》物語で、単純《たんじゅん》な童話だ。けれど子供だったアーディスにとっては、それは絶対的なものだった。現実《げんじつ》にそのような英雄がいたのだと信じていた。自分も同じような英雄になれるのだと、信じていた。

王女が生まれたと聞いた時、確信《かくしん》は強固になった。やはり自分は英雄になるべく生まれてきたのだと、王女と結ばれる運命にあるのだと、ただ無邪気《むじゃき》にはしゃいでいた。

子供だった。

愚《おろ》かだった。

王女の誕生《たんじょう》によって起こり得《う》る権力者《けんりょくしゃ》同士の摩擦《まさつ》など、その頃のアーディスには想像《そうぞう》すらできなかった。己《おのれ》が、渦巻《うずま》きはじめた嵐《あらし》のただ中にいたというのに。

当時の王と王后《おうこう》は長く子宝《こだから》に恵《めぐ》まれず、王后はこの時すでに齢《よわい》三十五を越《こ》えていた。妾《しょう》腹《ふく》でもよいから後継者《こうけいしゃ》をと臣下たちが王に訴《うった》えはじめた頃の吉報《きっぽう》。国中が歓喜《かんき》した。

しかし王后の年齢《ねんれい》を考えると、これより先に子が生まれる可能性は低い。そして王にも兄弟がなかった。つまり、生まれたばかりの姫《ひめ》が次期国主だと、ほぼ確定したのだ。

「マリンベルとコルコット。王はどちらをお選びになるのだろう」

「アーディス様とジェイド様、姫君の心を射止《いと》めるのはどちらかしら」

城内《じょうない》はそのような囁《ささや》き声で溢《あふ》れていた。

宰相《さいしょう》の息子とガーディアン隊長の息子。そのどちらかが王女の伴侶《はんりょ》として選ばれることは当然のなりゆきだった。

神国であるグラディウスは自国の血統《けっとう》に誇《ほこ》りを持っている。国内で家柄《いえがら》の良い者や優《ゆう》秀《しゅう》な者から、国主は夫ないし妻《つま》を選ぶのが慣例《かんれい》となっていた。

年下のジェイドなど、アーディスの眼中《がんちゅう》になかった。だって自分は英雄になるのだから。王女に慕《した》われる運命にあるのだから。

無条件《むじょうけん》にそう信じ込んでいた。

幼《おさな》い頃の、記憶《きおく》。

✝

執務室《しつむしつ》を兼《か》ねた自室の扉《とびら》を閉《し》め、アーディスは本棚《ほんだな》の前に立った。分厚《ぶあつ》い辞書《じしょ》や魔導書《まどうしょ》、軍学書を手に取り、次々に床《ゆか》へと投げ落とす。毛足の長い絨毯が、重い音を包み隠《かく》してくれる。

邪魔《じゃま》なものを取り払《はら》った棚の奥《おく》から現《あらわ》れたのは、汚《よご》れて煤《すす》けた薄《うす》っぺらな本。それを手に取り、今にも取れてしまいそうな表紙を慎重《しんちょう》に開いた。

中のページは破《やぶ》り取られていた。それを丁寧《ていねい》に修復《しゅうふく》し、貼《は》り合わせた痕跡《こんせき》が痛々《いたいた》しい。それに子供の手で糊《のり》づけされたから、文字がずれてしまい、とても読めたものではない。文章に添《そ》えられた挿絵《さしえ》に描《か》かれている二人の人物も、首と胴体《どうたい》が切れて斜《なな》めにずれてしまっている。

そっと、アーディスはその傷跡《きずあと》を撫《な》でた。己の心の傷に、触《ふ》れるかのように。

挿絵の人物は物語の英雄と王女。アーディスが憧れた大団円《だいだんえん》。英雄の騎士は地位も名誉《めいよ》も愛する女性も、すべて手に入れた。

何度も読み返し、表紙もページも手垢《てあか》で汚れてしまった本。母親からの贈物《おくりもの》だった。

アーディスの母は体が弱く、出産を機に体調を崩し、彼が物心ついたころに亡《な》くなった。記憶《きおく》の中での母はいつも微笑《ほほえ》んでいて、この物語を読み聞かせしてくれた。母を失ってからのアーディスにとって、この本は母と自分を繋《つな》ぐ唯一《ゆいいつ》の思い出だった。

アーディスが五歳《さい》の頃、この国に次期国主となる王女が誕生した。誰《だれ》もが諸手《もろて》を上げて歓喜《かんき》する中、ウォルクだけが焦燥《しょうそう》を募《つの》らせていた。常《つね》に苛々《いらいら》として、周囲に当たり散らす。自分より弱い者に対して、平気で暴力《ぼうりょく》を振《ふ》るう人だった。

父の機嫌《きげん》を損《そこ》ねないようにと、アーディスは大人しく、同年代の子のような悪戯《いたずら》をしない、良い子でいた。部屋で一人きり、大好きな物語だけを読んで過《す》ごしていた。

けれどウォルクにとっては、それさえ気に入らなかったらしい。めったに訪《おとず》れないアーディスの部屋に押《お》しかけ、本を取り上げて破り捨《す》てた。

「こんなものばかり読んでいたら、馬鹿《ばか》になる！　女官たちが噂《うわさ》しているのを知らないのか？　お前は気難《きむずか》しいから、王女に気に入られるのはコルコットの息子《むすこ》だと、好き勝手なことを。いいか、アーディス。コルコットの息子に負けるな。王に、王女に選ばれるんだ。誰よりも強く、賢《かしこ》くなれ。いいな、父の言うことが聞けるな」

アーディスは、ただ頷《うなず》いた。そうすることしかできなかった。

ウォルクは満足したように微笑んで、アーディスの小さな手に分厚《ぶあつ》い軍学書を押し付けて出て行った。あとに残ったのは、絨毯《じゅうたん》の上に散った英雄譚《えいゆうたん》の残骸《ざんがい》と、冷たくて硬《かた》くて重い、戦争の方法を記《しる》した本だけ。

幼い夢《ゆめ》は打ち砕《くだ》かれた。そして同時に、生まれたものは父への憎《にく》しみ。

望みどおりにしてやろう。どこまでも良い子を演《えん》じよう。そして最後に蹴落《けお》としてやる。

自分は何がなんでも国を救う。

たとえどんな方法であっても、『英雄』になるのだ。

第6章　白い魔女《まじょ》と狼王女

ロークフィークから西南に進み、数日が経《た》った朝。すでに小山を三つ越《こ》え、四度目の登りに挑《いど》んでいる。この山を越えるとトライアンの町を俯瞰《ふかん》できるんだ、とジェイドが教えてくれた。

この短期間でここまで来れたのは、鍛錬《たんれん》を重ねていたジェイドと獣並《けものな》みの運動能力《のうりょく》を持つルビーウルフの体力があったからこそ。普通《ふつう》の人間ならば倍以上はかかっていただろう。

ここへ来るまでに小さな村をいくつか通り過ぎたが、なかなか悲惨《ひさん》な状態《じょうたい》だった。生きている者さえいない村もあり、屍骸《しがい》がそのまま放置されて烏《からす》に突《つ》つかれていることもあった。他の村人たちはトライアンへ逃《に》げたのだろうとジェイドは言う。

どの村にも畑はあったが作物は痩《や》せていて売り物になりそうではない。自足としても充《じゅう》分《ぶん》ではないだろう。

連なった墓標《ぼひょう》に刻《きざ》まれた、幼《おさな》い年齢《ねんれい》。それを見る度《たび》に湧《わ》き起こる吐《は》き気のような怒《いか》りを腹《はら》の中に抑《おさ》え込み、ひたすら足を動かす。

藪《やぶ》から立ち上がる草いきれに汗《あせ》を滲《にじ》ませ、枝葉《えだは》を掻《か》き分けて斜面《しゃめん》を登る。時折休んでジェイドが作った氷を口に含《ふく》んだ。

トライアンに近づくにつれ、わずかではあるが気温は上がっていた。グラディウスの北方であるレターナで育ったルビーウルフと狼《おおかみ》たちは、それだけで余分《よぶん》に体力を奪《うば》われる。対してジェイドは平然としたものだった。育った土地なので慣《な》れているのだろうが、なんだか悔《くや》しいような気がする。

彼が見ていない時にこっそり襟《えり》を掴《つか》み、はためかせて服の中に風を送った。汗の雫《しずく》が流れる胸《むね》の間に清涼《せいりょう》な空気が触《ふ》れ、その瞬間《しゅんかん》だけ溜《た》め息が出るほど心地《ここち》いい。けれどしばらくすると、また汗が滲んで服が肌《はだ》に張《は》り付くようになり、気持ちが悪い。

もちろん我慢《がまん》できないことはないが、なまじ鼻がいいだけに汗臭《あせくさ》くなるのは勘弁《かんべん》だ。こう暑いと、滝壺《たきつぼ》の冷たい水に飛び込んで涼をとっていたのが懐《なつ》かしくてたまらない。

「もう少しだ。がんばってくれ」

背《せ》を向けたまま、ジェイドが言う。こういうタイミングの良さにルビーウルフは感心しきりだった。まるで心を読まれているようで肌がむず痒《がゆ》くなり、同時に同じ匂《にお》いを感じる。

彼の態度《たいど》は常《つね》に真面目《まじめ》で真摯《しんし》なものだから、多少疲《つか》れた程度《ていど》では我《わ》がままを言う気も起きない。だから今回も、

「あいよ」

と極力明るい声で答えたのだった。

そういうことを何度も繰《く》り返すうち、陽《ひ》は天頂《てんちょう》を過《す》ぎてわずかに傾《かたむ》く頃《ころ》になっていた。これは今夜も野宿だろうか、と思い始めた時だった。待ちに待った言葉をジェイドが発したのは。

「着いた。あれだ」

つい小走りになってジェイドの隣《となり》に立った。けれど家らしきものは見当たらない。眉《まゆ》をひそめて刮目《かつもく》し、それをみとめて絶句《ぜっく》した。

木の間に見え隠《かく》れする丸い巨岩《きょがん》は山の一部と思いきや、扉《とびら》らしきものがあった。よく見れば煙突《えんとつ》も窓《まど》も。門扉《もんぴ》の近くには筒井戸《つついど》もあり、人の住んでいる気配があったが、ルビーウルフはこんな奇抜《きばつ》な人家を見たことはない……いや、ある意味よく見知った様相かもしれなかった。レターナ廃鉱《はいこう》の、あの粗野《そや》な住居《じゅうきょ》に似《に》た雰囲気《ふんいき》を持っている。

けれども森の中にごろりと転がった岩の家はやはり奇妙《きみょう》だった。岩肌《いわはだ》がそのままになっているのに窓や門扉は異様《いよう》なほど豪奢《ごうしゃ》で、きらきらしい。こうなるとセンスがいいのか悪いのか、ルビーウルフにはわからなかった。

傍《かたわ》らを見れば、フロストは明らかに不機嫌《ふきげん》な顔で警戒《けいかい》しているし、ケーナは怯《おび》えてルビーウルフの背後《はいご》に隠れてしまっている。同じくルビーウルフも、できれば近寄《ちかよ》りたくないような気がしていた。嫌《いや》な匂いがするわけではないが、畏怖《いふ》を感じる。

けれど行かないわけにはいかないので、しかたなしにジェイドの後を追う。ルビーウルフを含む三頭の獣が悄然《しょうぜん》としているのを疲労《ひろう》のためと思ったのか、ジェイドは気遣《きづか》うように何度も声をかけてくれた。だが、そのジェイドの表情《ひょうじょう》もどこか暗い。一行は明らかに元気がなかった。

蔦《つた》に絡《から》め取られた門扉をくぐり、玄関《げんかん》の戸に取り付けられた、これまた奇抜な蛇《へび》を模《も》したノッカーをジェイドが叩《たた》く。けれども反応《はんのう》はない。

「おかしいな。老師《ろうし》？」

首を傾《かし》げつつドアノブを握《にぎ》る。あっさりと回った。

「老師」

戸を開けてジェイドは中を覗《のぞ》きこむ。狼たちを中に入れていいものかわからないので、家人が出てくるまでルビーウルフは外で待つことにした。

「老師……ぅあ⁉」

三度目の呼《よ》びかけのすぐあと、ごがんっという鈍《にぶ》い音がして、家の中に踏《ふ》み込《こ》んだジェイドが呻《うめ》いて仰向《あおむ》けに倒《たお》れた。一瞬のことで、何が起きたのかわからない。

「ジェイド！　どうした？」

駆《か》け寄り、彼が押さえている額《ひたい》を診《み》る。血は出ていないが、赤く腫《は》れていた。これはこぶになるかもしれない。

「その呼び方はやめなさいと何度も言っているでしょう！　ほんとにもぅ、覚えの悪い子ね！」

苛立《いらだ》たしげな声に、ルビーウルフは家の中に目線をやる。そこには女が立っていた。
二十四、五と思われるその女は白い細身のドレスに身を包み、仁王立《におうだ》ちでこちらを見下ろしていた。裾《すそ》に散りばめた色とりどりの宝石《ほうせき》が輝《かがや》き、目に眩《まぶ》しい。けれど大きく開いた襟元《えりもと》は豊満《ほうまん》な胸を強調し、深いスリットからは艶《つや》めく脚《あし》が覗いていて、宝石よりもそちらに目が吸《す》い寄せられてしまう。手にした杖《つえ》にも宝石があしらわれていて、いかにも豪奢《ごうしゃ》だ。
どうやらこの杖でジェイドを殴《なぐ》ったらしい。

そして更《さら》に印象的なのが彼女の容貌《ようぼう》だった。腰《こし》まで達する髪《かみ》は一点の曇《くも》りもない白。雪の、グラディウスの冬の色だ。同色の睫毛《まつげ》が影《かげ》を落とす切れ長の瞳《ひとみ》は菫色《すみれいろ》で、唇《くちびる》は肉厚《にくあつ》な薔薇の花弁のように艶めいている。

「しかし、老師……」

「言い訳《わけ》するんじゃないわ！　だいたいね、あなたが出て行ってから部屋が散らかり放題で大変なの！　さっさと掃除《そうじ》して……あら」

この時になってようやくルビーウルフの存在《そんざい》に気づいたのか、女は目を丸くする。

「もしかしてあなた、シャティナ？　王女にしては随分《ずいぶん》ちんちくりんねぇ」

容姿《ようし》やなんかを悪評《あくひょう》されて激昂《げっこう》する神経《しんけい》をルビーウルフは持ち合わせていないが、他の人間なら間違《まちが》いなく敵意《てきい》を抱《いだ》くことだろう。この女がこんな山奥《やまおく》に隠れるようにして住んでいるのも、わかるような気がした。

「生まれた時はシャティナかもしれないけど、今はルビーウルフだよ。王女じゃなくて、盗賊団《とうぞくだん》ブラッディ・ファングのルビーウルフ」

ジェイドを助け起こしつつ、ルビーウルフは名乗った。

女は一瞬《いっしゅん》あっけに取られたように口を開け——すぐ愉快《ゆかい》そうにころころ笑った。上品かつ優雅《ゆうが》な素振《そぶ》りで。

「盗賊？　本当なの？　ぜひ話を聞かせてちょうだい。お茶を淹《い》れるから中に入って」

†

女の名はエリカ・ブルーノといった。魔導《まどう》に携《たずさ》わる者ならば知らぬ者はいない、『魔導の女神《めがみ》』という通り名を持つ人だそうだ。

「老師なんて言うから、爺《じい》さんか婆《ばあ》さんだと思ってた」

ルビーウルフが言うのに、本を本棚《ほんだな》に戻《もど》しながらジェイドが声をひそめて答える。

「老師は師匠《ししょう》という意味だ。けれど、あの人は間違いなく老師だが」

「どういう……？」

問いかけ、ルビーウルフは首を傾《かし》げた。ジェイドの師匠にしては、エリカは若《わか》すぎる。

「あの人は俺《おれ》の母方の祖母《そぼ》の従姉妹《いとこ》の夫の姉にあたる人だ」

「あああん？　さっぱりわからん。てか、それ親戚《しんせき》？　そもそもあの人、歳《とし》いくつさ」

「知らないほうが身のためだ」

言ったジェイドの声には苦いものが混《ま》じっていた。哀愁《あいしゅう》さえ漂《ただよ》わせ、大きな背を丸めてしまっている。

と、扉《とびら》に仕切られた向こうからエリカがジェイドを呼んだ。本をその場に放置し、一目散に駆けて行く。そのあまりに滑《なめ》らかな動作に、ここでのジェイドの生活が偲《しの》ばれた。

「弟子《でし》、つーか下僕《しもべ》でやんの」

ルビーウルフの呟《つぶや》きに、床《ゆか》に伏《ふ》せていた狼《おおかみ》たちが同意して頷《うなず》いた。

狼たちを家に入れるのを、エリカは拒《こば》まなかった。細かなことに頓着《とんちゃく》する性格《せいかく》ではないことは部屋の中を見てもわかる。

外観からは予想できないほど、家の中は立派《りっぱ》だった。テーブルも椅子《いす》も金属《きんぞく》の骨組《ほねぐ》みに、やたらと発色鮮《あざ》やかな空色の薄《うす》い板で出来ている。板の素材は謎《なぞ》。わずかに透《す》け感があるが、硝子《ガラス》ではない。ルビーウルフが見たことのないものだった。

それに、締《し》め切った部屋なのに涼《すず》しい風が巡《めぐ》っている。天井《てんじよう》近くの壁《かべ》に長方形の白い箱が貼《は》りついていて、その箱に空いた横長の穴《あな》から涼風が出ているのだ。ジェイドによると、エリカが作った魔導具《まどうぐ》だそうだ。

小さな窓《まど》を飾《かざ》るカーテンは総《そう》レースだし、枠《わく》にはめ込まれた硝子には傷《きず》一つない。天井のシャンデリアも球体で珍《めずら》しいものだった。

けれど床には本や衣服が散らばり、四隅《よすみ》には埃《ほこり》が溜《た》まっている。ジェイドが黙々《もくもく》とやっていた掃除《そうじ》を引き継《つ》ぎ、本を数冊《すうさつ》拾い上げた時だった。

「あら、いやだ。そんなことジェイドにやらせればいいのよ。座《すわ》っていなさい」

茶器や焼き菓子《がし》を載《の》せた盆《ぼん》を持つジェイドの背後《はいご》から顔を出し、杖をついたエリカが微《ほほ》笑《え》んで言った。

テーブルの上に盆を置いたジェイドは溜《た》め息を零《こぼ》して掃除に戻ろうとした。が、

「あとにしなさい。埃が立ったらお茶どころではないでしょう」

やれと言ったりやるなと言ったり、本当に我《わ》がままだ。けれどジェイドは文句《もんく》も言わず

に席に着く。この二人にとって、きっとこれが当たり前なのだろう。本を床に放置し、ルビーウルフも席に着いた。

エリカは金縁《きんぶち》のカップに茶を注ぎ、狼たちには温めたミルクを振る舞《ま》ってくれた。無頓着なのではなく、狼たちを気に入ってくれたらしい。いい毛皮ねぇ、こんなコートが欲《ほ》しいわとか呟いていたけれど、そこは聞き流すことにした。

「それにしたって、よくジェイドについて来る気になったわね。この子、頼《たよ》りないでしょ」

ことの成り行きを荒削《あらけず》りながら説明し、エリカが最初に言ったのがそれだった。

華奢《きゃしゃ》なカップを割《わ》らないよう丁寧《ていねい》に両手で持ち、熱いのでちびちびと飲んでいたルビーウルフは苦笑《くしょう》して首を左右に振る。

「そんなことはない。ずいぶん助けられたよ。ただ、気にしすぎるとこは良くないけど」

「そうなのよ。私が軽い冗談《じょうだん》で『デコッパゲ』なんて言ったら本気で禿《は》げると思い込んじゃって。女々《めめ》しく髪《かみ》を伸《の》ばして見苦しいったらなかったわ。ジェイドの髪、あなたが切ったんですってね。すっきりしたわ、ありがとう」

ジェイドの抜《ぬ》け毛恐怖症《きょうふしょう》、この人が原因《げんいん》か。

隣《となり》で小さくなっているジェイドをちらりと見て、なんだか哀《あわ》れに思えてきた。

「だけどウォルクも馬鹿《ばか》よね。小物は小物らしく地べたを這《は》っていればよかったのに。不出来な人間ほど欲深《よくぶか》いんだから嫌《いや》になるわ」

「ウォルクを知ってるのか？」

「もちろんよ。あの青二才、悪趣味《あくしゅみ》な魔導《まどう》兵器ばかり作るくせして私の魔導具を役に立たない、なんてこき下ろしたのよ。まぁ、向こうの魔導兵器にも散々悪評《あくひょう》叩《たた》きつけてやったけどね。そういえばあれ以来、魔導研究評議会に出てないわ」

ウォルクを青二才ときた。やはり彼女、外見と年齢《ねんれい》が比例《ひれい》していないようだ。しかし、若作《わかづく》りにしても無理がある。

「エリカさん、だっけ？　歳はあえて訊《き》かないけど、ずいぶんお姉様なんだね。それも魔法なわけ？　魔導の女神《めがみ》なんて呼《よ》ばれるだけあって、すごいね。そんな魔法知ったら、世の女たちは飛びつくだろ」

際《きわ》どい言葉にジェイドが身震《みぶる》いする。エリカは肩《かた》をすくめた。

「エリカ、でいいわ。私もルビーと呼ぶから。――魔導の女神、ね。白魔女なんて呼ぶ奴《やつ》もいるけど……。歳については黙秘《もくひ》だけど、想像《そうぞう》に違《たが》わないと思うわ。でも、自分のために編《あ》み出した術《じゅつ》だから普通《ふつう》の女には効《き》かないわね。私の才能《さいのう》があって初めて成立するの。私は精霊《せいれい》に祝福されているんだもの」

言ってエリカは哄笑《こうしょう》した。いつかジェイドが言っていた通り、相当な自信家だ。

「それより老師《ろうし》、見ていただきたい物が。――ルビーウルフ、〈導《みち》きの剣《けん》〉を」

今まで黙していたジェイドが機を見いだして口を開いた。『老師』と呼ばれたことにエリカは一瞬頬《いっしゅんほお》を引きつらせたが、ジェイドの真剣な眼差《まなざ》しを見て抑《おさ》えたらしい。黙《だま》って対《たい》座《ざ》した二人を見ている。

ここへ来た目的は剣にかけられた封印《ふういん》を解《と》いてもらうためだ。思い出し、下《さ》げ緒《お》ごと外してテーブルの上に載《の》せる。

「これが〈導きの剣〉……。トライアンの神具に比《くら》べたら、ずいぶん派手だわ。――封印されているのね」

「トライアンの神具をご覧《らん》になったことが？」

ジェイドが問うのに、エリカは頷《うなず》いた。けれどこちらを見ようとはしない。〈導きの剣〉を整った指先でつつきながら、もう片手《かたて》で顎《あご》の先に触《ふ》れている。

「一年ほど前、城《しろ》に呼ばれたの。大した用事ではなかったけど……嫌ね、この赤い印。触れるだけで反発するわ、生意気。術者は誰《だれ》？」

「ガーディアンの隊長、アーディス・マリンベル。ウォルクの息子《むすこ》です」

「なるほど、親子して根性悪《こんじょうわる》なのね」

苦笑し、エリカは唇《くちびる》を引き結んだ。菫色《すみれいろ》の両眼《りょうめ》が火花を散らせると思えるほどに、力が高まっている。

ぞくりとした。この感覚は明らかな畏怖《いふ》だ。けれど、恐《おそ》ろしいけれど、彼女から目を離《はな》せない。不思議な高揚感《こうようかん》だった。

〈導きの剣〉に両手で触れたまま、エリカは瞼《まぶた》を完全に閉《と》じている。手探《てさぐ》りで何かを探《さが》しているような、そんな感じだ。

ふ、と息を吐《は》き、彼女はおもてを上げる。唇は不機嫌《ふきげん》に歪《ゆが》んでいるが、瞳はいかにも愉《ゆ》快《かい》そうだった。難解《なんかい》な知恵《ちえ》の輪を与《あた》えられた子供《こども》の顔だ。

「なかなか強情《ごうじょう》そうだわ。解《と》くには一晩《ひとばん》かかるかも」

髪をかきあげ、こちらを見たエリカは微笑《ほほえ》んだ。女神と呼ばれるに相応《ふさわ》しい美しさで。

「というわけだから、今夜はここでゆっくりしていきなさいね、ルビー。ジェイド、あなたの部屋、残してあるから掃除《そうじ》して彼女に使わせてあげなさい。あなたは物置で充分《じゅうぶん》でしょう？　それから晩御飯《ばんごはん》作ってちょうだい。でも、その前にお風呂《ふろ》ね。二人とも臭《にお》うわ」

逆《さか》らうという選択肢《せんたくし》を持たないジェイドは頷くしかない。

いくらなんでもかわいそうなので掃除は手伝ってあげようとルビーウルフは思った。

†

掃除といっても、溜《た》まった埃《ほこり》を拭《ふ》き取るくらいだった。三年前に辞《じ》して以来そのままになっている、とジェイドは苦笑した。

岩の家の中は二階建てになっていた。階上にはジェイドとエリカ、それぞれの部屋と洗《せん》面所《めんじょ》があり、あとは白壁《しらかべ》の通路と階段《かいだん》があるだけだった。

飾《かざ》り気のない机《つくえ》にベッド、カーテンや本棚《ほんだな》。味気なくて狭《せま》いし、いかにも男部屋といった感じだが、城《しろ》で見た『王女の部屋』より断然《だんぜん》印象が良かった。華美《かび》なのは好きでないし、何より男の——ジェイドの匂《にお》いが染《し》み付いているのがいい。盗賊《とうぞく》たちと違って粗野《そや》な匂いではなく、爽《さわ》やかというか上品な感じがしたが、それでもルビーウルフにとって男臭《おとこくさ》い空間は過《す》ごしやすい。

掃除のあと、念願の風呂に入れたのは本当に嬉《うれ》しかった。しかも、沸《わ》かさなくても湯が出るなど、さすがは魔導師の自宅《じたく》だ。

ルビーウルフにとって風呂といえば、夏場は滝壺《たきつぼ》での水浴び、冬場は沸かした湯をたらいに入れて仲間に背中《せなか》を流してもらっていたのが普通《ふつう》だったから、見るものすべてが珍《めずら》しかった。殊《こと》に長い管の先から如雨露《じょうろ》のように湯を出す道具は便利だった。管の尻《しり》は壁に埋《う》めこまれているのにどうして湯が出るのか不思議だったが、エリカが作ったものらしい。理論《りろん》は聞いてもわからないので、それだけで納得《なっとく》しておいた。

その後すぐに二人で夕食の準備《じゅんび》に取り掛《か》かった。ジェイドが鮮《あざ》やかだけれど繊細《せんさい》な包丁さばきを見せるのにもどかしく思いつつ、ルビーウルフは目分量の豪快《ごうかい》な味付けを施《ほどこ》した。それを見てジェイドは真っ青になっていたが盗賊の料理はそんなものだ。エリカにも好評《こうひょう》で、実際美味《じっさいおい》しかったから問題はない。

そんな一日を終え、ルビーウルフは寝支度《ねじたく》を整えていた。ジェイドの部屋だ。

付け毛のない頭が軽く感じた。風呂に入る前に外したのを机《つくえ》の上に置いてある。寝巻《ねまき》としてエリカが提供《ていきょう》してくれた化粧着《けしょうぎ》は紗綾《さや》で、ルビーウルフが着ると胸元《むなもと》にずいぶん余裕《よゆう》があった。寝苦しくならずにすみそうだ。

「狭くて申し訳《わけ》ないのだが」

床《ゆか》に毛布《もうふ》を敷《し》きながらジェイドが言う。毛布は狼《おおかみ》たちの寝床《ねどこ》だ。二頭は今、部屋の隅《すみ》で寄《よ》り添《そ》って伏《ふ》せている。ケーナはぼんやり眠《ねむ》そうだが、フロストは相変わらず不機嫌だった。

「いや、至《いた》れり尽《つく》せりで文句《もんく》も言えない。狼たちが一緒《いっしょ》なら安心して眠れるし」

「それは良かった。では、また明日」

「待ちなよ」

部屋を退出《たいしゅつ》しようとしたジェイドをルビーウルフは引き止めた。彼は振《ふ》り返り、首を傾《かし》げている。

「別に出ていかなくても。ここで一緒に寝ればいいじゃないか」

もともとこの部屋の主はジェイドだ。それを物置に追いやって自分がベッドで眠るのは、さすがに後ろめたい。

けれどジェイドは絶句《ぜっく》した。しばらく無言でいたかと思うと、片手《かたて》で顔の半分を覆《おお》い、困《こま》ったような恨《うら》めしそうな、言い表しようもない感情のこもった眼差《まなざ》しを向けてくる。

「あんたは時々、本当にとんでもないことを言う……」

「どうして。雑魚寝《ざこね》なんか普通《ふつう》のことじゃないか。野宿の時と何が違《ちが》うって言うんだ」

そういう問題ではない、とジェイドは呟《つぶや》く。

「よく考えてくれ。盗賊は……あんたの仲間はあんたを娘《むすめ》や妹だと思っていたんだ」

「当たり前だ。家族なんだから」

「それなら俺と彼らの違いもわかるはずだ。——頼《たの》むから、紳士《しんし》でいさせてくれ」

苦笑《くしょう》して、ジェイドは今度こそ出て行った。

「なんだよ、そんなに師匠《ししょう》の言いつけが大事なのか？　それとも盗賊差別？」

（それはきっと、違う）

彼が去ったドアに向かって言うと、ケーナが控《ひか》えめに呟いた。ジェイドが敷いた毛布の上に移動《いどう》して、腰《こし》を下ろしている。

「何がさ」

(彼は優《やさ》しい。ルビーも、それはわかっているよね。彼が優しすぎるから混同《こんどう》してしまうのはわかるけれど、それでは彼がかわいそう)

「何が言いたいのさ」

床に腰を下ろし、ケーナと目線を合わせる。ヴィアンカの面影《おもかげ》が残る、柔《やわ》らかな顔立ちだ。

(ルビーはジェイドをモルダたちのように思っているのじゃない？　あなたに決して危害《きがい》を加えないと、匂《にお》いで知っているから。けれど感情《かんじょう》はどうあれ、彼にとってルビーは女なの)

ベッドの縁《へり》に寄《よ》りかかり、ルビーウルフは天井《てんじょう》を仰《あお》いだ。放光を施《ほどこ》した硝子《ガラス》の球が目に入る。溜《た》め息が漏《も》れた。

「だよねぇ。なのに『紳士でいさせてくれ』だとよ。気取り屋め」

ケーナは驚《おどろ》いたように目を見開く。

(彼の言葉の意味、知っていたの？　では、困《こま》らせて楽しんでいたのね？)

ルビーウルフは顔を背《そむ》けた。窓《まど》の外には闇《やみ》が広がっている。

（隠《かく》しても駄目《だめ》よ。匂いでわかるわ）

とうとう観念してルビーウルフは笑い出した。転げるようにベッドへ這《は》い上がり、枕《まくら》を抱《かか》えて可笑《おか》しそうに言う。

「だって、からかうと面白《おもしろ》いんだ。あいつ」

（意地悪なのね。彼、かわいそう）

そうは言うけれどケーナは苦笑していた。仕方のない悪戯《いたずら》っ子を見守る、優しい目で。

（けれど、それで彼が誘《さそ》いに応《おう》じていたらどうするつもりだったの？）

少しばかり真剣《しんけん》になったケーナの問いに、ルビーウルフは肩《かた》をすくめる。

「どうもしない。あいつにも言ったけど、雑魚寝と一緒だ」

（当たり前だ。あんな男と共寝など許《ゆる》さない。あいつが誘いに応じていたら、俺《おれ》はあいつの喉笛《のどぶえ》を嚙《か》み砕《くだ》いていた）

部屋の隅で伏せていたフロストが苛立《いらだ》たしげに吐《は》き捨《す》てた。ジェイドが用意した毛布の上で眠りたくないらしい。

「フロストはなんだって、あいつを毛嫌《けぎら》いするんだ？　たしかにジェイドはガーディアンだけど、あたしを助けようとした結果、ああなったんだ。もちろん、あたしだってモルダたちが死んだことは悲しいし、悔《くや》しい。でも、ジェイドを嫌いにはなれないんだよ」

(俺はルビーウルフの意思を尊重《そんちょう》する。お前があいつを求めるなら、それも許そう)

あんまり真剣で、つらそうに言うものだからルビーウルフは笑ってしまった。悪いと思ったけれど。

「そんな真面目《まじめ》に考えないでよ。あたしがジェイドを求める？　あり得ない」

自分で言って、言葉に出したらよけいに可笑しかった。胡座《あぐら》をかいた膝《ひざ》を叩《たた》き、声を立てて笑う。ジェイドのことはいい奴《やつ》だと思うが、それだけだ。

「お前、ジェイドに似《に》てるな。生真面目なところがそっくりだ。似た者同士は反発しあうものなのかな？　磁石《じしゃく》みたいにさ」

ルビーウルフが真剣に取り合わないのを悟《さと》ってか、フロストは深い溜め息をついた。わずかに目を伏《ふ》せる。

(俺は悔《く》やんでいるんだ。命令があったとはいえ、あの場から逃《に》げ出してしまったことに)

だから再会《さいかい》した時、ルビーウルフがジェイドと懇意《こんい》にしているのが悔しかったと言う。

今度は笑うわけにはいかなかった。知らず、フロストを傷《きず》つけていたのを反省しなければならなかった。居《い》ずまいを正し、向き直る。

「命令したのはあたしだ。お前が気に病《や》むことはない。もしあの時、お前が逃げなかったら一生恨《うら》んでたよ。お前とケーナが生きていてくれたのがどんなに嬉《うれ》しかったか、わかるか？　あたしたちはたくさんのものを奪《うば》われたけど、全部じゃなかったんだ。お互《たが》いがいる」

言ってルビーウルフは膝を叩き、おいで、と呼《よ》ぶ。二頭の狼《おおかみ》はベッドに飛び乗って、それをルビーウルフは掻《か》き抱《いだ》いた。少し硬《かた》い夏毛に顔を埋《うず》めると獣臭《けものくさ》くて安堵《あんど》する。乳飲《ちの》み子だった頃《ころ》から、何より安心できる匂いだ。

「昔、よくこうしてヴィアンカに甘《あま》えた。あたしには、お前たちがいなきゃ駄目《だめ》なんだよ」

くぅん、とケーナが甘えた声を出した。フロストは黙《だま》ったまま、目を閉《と》じている。生きていて良かったと、ルビーウルフは心底実感した。

戸を叩く音がした。狼たちから身を離《はな》し、気配を読む。エリカだ。

「どうぞ」

「夜分にごめんなさいね。あなたの服、洗《あら》ったのが乾《かわ》いたから届《とど》けにきたの」

入ってくるなり机《つくえ》に向かい、その上に畳《たた》んだルビーウルフの服を置いた。空気を含《ふく》んで膨《ふく》らんでいて、たしかに乾いているようだ。

ずいぶん乾くのが早いと思ったけれど、エリカなら何か特別な洗濯《せんたく》方法をしていてもおかしくないので深く考えるのはやめにする。

「ちょっと話をしてもいいかしら」

言いながらもエリカは机に備《そな》え付けられた椅子《いす》を引き、ルビーウルフに向き合って座《すわ》る。否《いな》とは言わせない気なのだろう。拒《こば》む理由もないので、ルビーウルフは頷《うなず》いた。狼たちは彼女の意思に従《したが》う。

「深刻《しんこく》なことではないのよ。ただ、息抜《いきぬ》きがしたくて」

〈導《みちび》きの剣《けん》〉の封印《ふういん》はまだ解《と》けていないのだそうだ。

杖《つえ》を膝《ひざ》の上に載《の》せ、エリカは微笑《ほほえ》む。

「自慢《じまん》ではないけど私は天才なのよ。謙虚《けんきょ》にするとよけいに嫌味《いやみ》っぽいから堂々と言うことにしているのだけど、どっちにしたって妬《ねた》む奴《やつ》はいるのよね。だから凡人《ぼんじん》って嫌《きら》いだわ」

エリカは肩をすくめた。話が長くなりそうな気がしてうんざりしたが、年寄《としよ》りは自慢話が好きなもの。適当《てきとう》に相槌《あいづち》を打って聞き流そうとルビーウルフは思ったが、エリカの話は意外な方向へ向かっていた。

「そんな私の弟子《でし》だもの。ジェイドは誰にも負けないわ。だから信じてあげて欲《ほ》しいの」

一度、彼は追っ手のガーディアンに負けそうになったのだが、あれはルビーウルフが動《どう》揺《よう》させてしまったのだし、告げ口をするのも気が引けたので黙っておくことにした。代わりに微笑んで頷く。

「どうしてかわからないけど、あたしはあいつを疑《うたが》う気になれないんだよね。匂《にお》いで嗅《か》ぎ分けてるのもあるけど、どうもそれだけじゃないみたいだ。育ちがいいらしい」

「あら、意外とお世辞《せじ》が上手《うま》いのね」

エリカが笑ったので、つられてルビーウルフも笑う。しかし、なぜ彼女がそんな話をしようと思ったのか、真意が摑《つか》めない。ただの息抜きではないということは確《たし》かなのだが。

エリカは居ずまいを正し、じっとルビーウルフの目を見つめた。

「〈導きの剣〉が見つからないことで、グラディウスの王女が生きている可能性《かのうせい》は高いと思われていたわ。あの子も信じて疑わなかった。——あの子は私のもとへ来た直後から『王女を守る』が口癖《くちぐせ》だったの。私はね、あの子に魔導師《まどうし》になれと強要していないのよ。望むから教えただけ。あの子はあなたのために強くなりたいと願ったの」

「あたしのため？」

「そう。父親の遺志《いし》を継《つ》ぐ、というのはあとからついてきたことよ。三つの子供《こども》が理解《りかい》できないことも、成長すれば当時のことがわかるようになるものね」

背《せ》が伸《の》びるにつれて魔導を学ぶ目的が増《ふ》えたのだとエリカは言う。

「あの子があなたを守るのは『ガーディアンだから』じゃないわ。『ジェイドだから』よ。——本当を言うと、あの子がガーディアンに入隊することを私は反対したのよ。あなたには悪いけど、もしかしたら死んでいるかもしれない王女のために、人生を棒《ぼう》に振《ふ》ることなんかないじゃないって思ってしまったの。結局は止められなかったのだけど」

「いいや、あんたは正しい」

正直にそう思った。だから隠《かく》さず、そのまま伝える。ありがとう、と呟《つぶや》いてエリカは笑みを深めた。

「身内の贔屓目《ひいきめ》もあるけど、あの子はとても優《やさ》しいわ。そのぶん頼《たよ》りなく見えてしまうこともあるだろうけど、機会があれば私が鍛《きた》えなおしてやるから、今は大目に見てやって」

天井《てんじょう》の球から放たれる光を弾《はじ》き、菫色《すみれいろ》の瞳《ひとみ》が輝《かがや》いていた。

ひどく、それは懐《なつ》かしい。ヴィアンカと同じ柔和《にゅうわ》な輝きだった。

「問題ない。あいつの足りない部分はあたしが埋《う》めるし、逆《ぎゃく》もまた然《しか》りだ」

ベッドの上で胡座《あぐら》をかいたまま胸《むね》を反らせた。余裕《よゆう》たっぷりに口角を吊《つ》り上げてみせる。

「王女があなたでよかったわ。あの子も守り甲斐《がい》があるでしょうね。親戚《しんせき》中たらい回しにされてここへ来た時はなんて可哀想《かわいそう》な子かしらと思ったけれど、そうでもなかったみたい」

雪色の髪《かみ》を揺《ゆ》らし、エリカは嬉《うれ》しそうに笑った。ひとしきり笑い、杖にすがって立ち上がる。

「そろそろお暇《いとま》するわ。——私がジェイドを褒《ほ》めてたなんて、あの子には言わないでちょうだいね。甘やかすのは嫌《きら》いなの」

わずかに肩《かた》をそびやかし、彼女は部屋を出て行った。その後ろ姿《すがた》にひらひらと手を振って見送り、ルビーウルフはごろりと横になる。枕元《まくらもと》の壁《かべ》にあった印に触《ふ》れると、放光が消えて部屋に闇《やみ》が落ちた。

「ね。やっぱり嫌いになれない。あんな人に育てられた奴をさ」

笑いを含《ふく》んで言うと、声が震《ふる》えた。

答えるように笑ったのはケーナで、複雑《ふくざつ》そうに唸《うな》ったのはフロストの声だった。

†

幼《おさな》いころの夢《ゆめ》を見た。

十歳《さい》になるより以前。春のことだったろうか。雪解《ゆきど》けのせせらぎと、顔を覗《のぞ》かせた土の匂いを覚えている。

吹《ふ》く風はまだ冷たかったけれど、日差しは暖《あたた》かで気持ちは自然と高揚《こうよう》していた。いつも、春はそうだった。グラディウスの春は熟睡《じゅくすい》から飛び起きたように晴れ晴れしく、人も動物も浮かれ気味になる。そして盗賊《とうぞく》たちは、いそいそと宴《うたげ》の準備《じゅんび》に取り掛《か》かるのだ。何かにつけて酒を飲みたがる、祭り好きな連中だった。

朝だろうが昼だろうが、かまわずモルダは酒を食《く》らっていた。もちろん夜は当然といわんばかりに豪快《ごうかい》に飲んでいた。仲間たちの中心になって、それはもう陽気に。

そんなモルダに、そっと寄《よ》り添《そ》っていたのはヴィアンカだった。幼かったルビーウルフが、一番好きだった光景。

ヴィアンカは美しかった。胡座をかいたモルダの膝《ひざ》に、ふわりと頭を乗せた姿はたおやかで綺麗《きれい》だった。

そして同時に悔《くや》しくもあった。

自分は、あの光景の中には入れない。モルダがヴィアンカを見る目はルビーウルフに向ける眼差しと同じく優しかったけれど、それでもどこか印象は違《ちが》ったし、ヴィアンカの純《じゅん》白《ぱく》の被毛《ひもう》に触れる手つきは、ルビーウルフの頭を撫《な》でる時とは明らかに違った。

そしてモルダを見るヴィアンカの微笑《ほほえ》みは、他《ほか》の誰《だれ》かに向けるものよりずっと優しくて特別だった。大好きなのに、ルビーウルフには決して手に入れられない微笑み。

それが悔しくて悲しくて、宴のあとに駄々《だだ》をこねては、よくヴィアンカに甘《あま》えたものだ。

（あなたは私の自慢《じまん》の娘《むすめ》よ、ルビーウルフ）

ルビーウルフがどんなにひどい癇癪《かんしゃく》を起こしても、ヴィアンカはいつでも微笑みながらそんなふうに言う。ゆったりと細められた空色の瞳を見ていると、べたべた甘えて我《わ》がまま言うのが恥《は》ずかしくなるから不思議だ。それでも温かいヴィアンカに触れて抱《だ》きしめるのは大好きで、甘ったれだとモルダにからかわれても手を離《はな》したくはなかった。

(私にはたくさんの子供《こども》たちがいるけれど、あなたは特別。それはあなたが人間だからじゃないわ。あなたは私と彼の娘なのですもの。だから特別、愛《いと》おしいわ)

モルダに向けるのとは違う微笑み。けれど、それは充分《じゅうぶん》に温かくて、ルビーウルフの心は満たされていく。

(あなたは変だと思うかもしれない。私が女として彼を慕《した》っているのは、本当はすごくおかしなことよね。けれど、私は彼のそばにいられるだけで幸せなの。彼の役に立てるなら、そんなに誇《ほこ》らしいことは他にないわ。――それだけで充分だったのに、彼が連れてきた人間の赤ん坊《ぼう》を育てられるなんて……それも、こんなに私を大切に思ってくれる子だもの。本当に幸せよ)

ヴィアンカはモルダを愛していた。その気持ちがモルダに伝わっていなくても、そばに置いてくれるだけでいいのだと言って絶《た》えず微笑みを浮かべていた。

「変じゃないよ。だって、あたしもモルダのこと、好きだもん。ヴィアンカも仲間たちも、みんな大好きだよ」

ルビーウルフのそんな言葉に、ヴィアンカはくすくすと笑う。

(そうね、私もみんなのことが大好きよ。けれど、モルダへの『好き』は少し違うの)

「何それ。わからないよ」

首を傾《かし》げてルビーウルフはヴィアンカを見つめた。蒼穹《そうきゅう》を切り抜《ぬ》いたような、穏《おだ》やかな青い瞳《ひとみ》が優《やさ》しく潤《うる》んでいた。

（いつかあなたにも、その日はやって来る――いいえ、あなたなら、きっと自分で見つけるのでしょうね。心配いらないわ。だから今はまだ、わからなくていいのよ）

「ふぅん？　まぁいいや。あたしはヴィアンカたちと、ずっと一緒《いっしょ》にいられたらそれでいいよ」

相変わらずヴィアンカは微笑んでいた。穏やかに優しく、笑っていた。

老いて死ぬ間際《まぎわ》まで、それは変わらなかった。

そして、その時が最初で最後。大泣きしてぼやけた視界《しかい》の中で、ルビーウルフはモルダの頰《ほお》に流れる涙《なみだ》を見た。

†

（ルビー、朝よ。起きましょう）

ケーナの声に目を覚ました。けれど頭はまだ上手《うま》く働かない。ずいぶん深く眠《ねむ》り込《こ》んでいたようだ。こんなことは珍《めずら》しい。いつもなら眠気が残ることなんてないのに、少しだけ二度寝《ね》したい気分だ。

枕《まくら》を抱《だ》いて毛布《もうふ》に潜《もぐ》り込む。深呼吸《しんこきゅう》するとジェイドの匂《にお》いがした。それが心地《ここち》良くて、体から力が抜ける。この匂いとヴィアンカの夢《ゆめ》から離れるのが嫌《いや》だった。

（ルビー？　どうしたの？）

もう一度、ケーナの声。窓《まど》の近くで鳴いている鳥の声もして、日はすでに昇《のぼ》っているらしい。

毛布を足で払《はら》いのけ、必要以上に勢《いきお》いをつけて跳《は》ね起きた。驚《おどろ》いたケーナが飛び上がってベッドからずり落ちる。

「あー……うん。起きた」

口元のよだれを手で拭《ぬぐ》いながら、少し寝ぼけた声を出す。

（顔を洗《あら》え。髪《かみ》にも寝癖《ねぐせ》がついてる）

部屋の隅《すみ》でフロストが呆《あき》れたように言った。

（よっぽど寝心地が良かったのね）

ベッドの縁《へり》に前脚《まえあし》をかけたケーナがくすくす笑う。さきほど見た夢と重なる微笑み。

「まぁね」

笑みを返してベッドを降《お》りる。

石鹸《せっけん》の香《かお》りがする服に着替《きが》え、洗面所《せんめんじょ》で身なりを整えてから階下へ下りた。ことっこと、と爪《つめ》を鳴らして狼《おおかみ》たちもついてくる。階段《かいだん》の壁《かべ》にある明り取りの窓から朝日が射《さ》し、目をすがめたら欠伸《あくび》が出た。

「おはよう。剣《けん》の封印《ふういん》、解《と》けたわよ」

階段の下から顔を出したエリカが『パンが焼けたわよ』というような軽さで放った言葉に、出た欠伸が思わず止まった。かくん、と顎《あご》を元《もと》に戻す。

「さすが私よね。仕事が早いわぁ」

胸《むね》を張《は》って自身を称《たた》えるエリカの横をすり抜け、大急ぎで昨日の部屋へ向かった。気が逸《はや》る。ばたばたと足音を立て、勢いよく扉《とびら》を開け――

ルビーウルフは固まった。

彼女に集まる目、目、目。男ばかりが十数人、それも強面《こわもて》の中年が〈導《みちび》きの剣〉を置いたテーブルを取り囲むようにして室内にひしめいている。剣がもとに戻った喜びで、この異常《いじょう》に気づかなかった。

ざわめきが波立ったかと思った瞬間《しゅんかん》、彼らは慌《あわ》だしくひざまずいた。胸に手を当て、奇《き》跡《せき》を見るような目でルビーウルフを仰《あお》ぎ見る。

「姫殿下《ひめでんか》……！　よくぞご無事で……！」

「お美しくお育ちになられましたな……。王后陛下《おうこうへいか》によく似《に》ておられる……ううっ……」

男泣きに袖《そで》を濡《ぬ》らす者までいて、たじたじするやらうんざりするやらだった。王城《おうじょう》でもウォルクや貴族《きぞく》らに同じようなことを言われたが、勢いというか、熱意が違《ちが》う。少し怖《こわ》いかもしれない。

「皆《みんな》、立ってくれ。彼女は姫や殿下と呼《よ》ばれて仰がれることが嫌《きら》いなんだと、さっき説明しただろう？」

声に誘《さそ》われてそちらを見ると、ジェイドがテーブルを挟《はさ》んだ向かいに立っていた。一気に安堵《あんど》し、息が漏《も》れる。

「ルビーウルフ、彼らは俺《おれ》の協力者たちだ。皆、父と親しかった、信頼《しんらい》できる人たちだから安心していい。疑《うたが》わしいなら匂いで探《さぐ》ってくれ」

なるほど、とルビーウルフは思った。たしかにジェイドは城《しろ》を抜け出す時、そんなことを言っていた。それに、探らずとも彼らが向ける敬愛《けいあい》の眼差《まなざ》しは疑いようもない。

「えと、ジェイドが言ったようにひざまずかれるのは苦手だから立ってくれないか？　あと、テーブルに寄《よ》れないからどいてほしい」

言うと、彼らは押《お》し合いへし合い壁に寄り、道を作った。ルビーウルフ、〈導きの剣〉、ジェイドが一直線上に並《なら》ぶ。

両側の人垣《ひとがき》が注目する中、テーブルの前まで歩み寄った。そこに横たえられている〈導きの剣〉に、あの刻印はない。

迷《まよ》わず手に取り、勢いよく抜き放《ぬ》った。抜けた。窓から差し込む光を弾《はじ》き、白銀の刀身が厳《おごそ》かに輝《かがや》いている。

途端《とたん》に歓声《かんせい》が沸《わ》いた。男たちが手を打ち鳴らし、本物の姫だと言っては歓喜する。

「お祭騒《さわ》ぎね。喜ぶのはいいけど、手足をぶつけて物を壊《こわ》したりしないでちょうだいよ」

開けたままにしていた扉に寄りかかって傍観《ぼうかん》していたエリカが苦笑《くしょう》して言った。

「ありがとう。さすがは女神様《めがみ》だ」

「ふふん、まぁね」

彼女は本当に謙遜《けんそん》という言葉とは無縁《むえん》のようだ。ここまで高慢《こうまん》だと、いっそ清々《すがすが》しい。

けれども目元がわずかに疲《つか》れを見せているのは、きっと徹夜《てつや》をしたからだ。

もう一度深く礼をしてから剣を背負《せお》い、ルビーウルフはこちらを注視《ちゅうし》している男たちに向き直って眺《なが》め渡《わた》した。誰もかれもが歓喜の中に、隠《かく》しきれない疲労《ひろう》を滲《にじ》ませている。

「ここに集まったのはグラディウスで職人《しょくにん》として働き、王城に出入りがあった者たちだ。宰相《さいしょう》だった父の死後すぐにウォルクを糾弾《きゅうだん》したのだが、兵を使われてはどうしようもない。多勢《たぜい》に無勢で国を追われてしまった。今は皆、この国境《こっきょう》で身を隠しながら暮《く》らしている」

ジェイドが淡々《たんたん》と説明すると、中の一人が一歩、歩み出た。顔も体も角張っていて、なかなかいい体軀《たいく》をしている。

「殿下……いえ、ルビーウルフ様。グラディウスをお救いください、あなたしかいないのです。祖国《そこく》のためならば、我《われ》らは命をも賭《と》す覚悟《かくご》でございます」

彼の言葉に男たちが力強く頷《うなず》いた。

彼らの言いたいことはよくわかる。だからこそ呆《あき》れた。頭をがりがり搔《か》きながら、どこから話を切り出そうかと考えていた、その時。

表で女の悲鳴が響《ひび》いた。次いで、男の怒号《どごう》も。室内に一気に緊張《きんちょう》が走る。

玄関《げんかん》の扉を壊れるほどの勢《いきお》いで押し開いて入ってきたのは、やはり中年の、熊《くま》のような髭面《ひげづら》をした男だった。小脇《こわき》に抱《かか》えた小さな生物——少女がじたばたと暴《あば》れている。

「ジェイド様っ、エリカ様！　表に妙《みょう》な小娘《こむすめ》が！」

男は見張りとして外に出ていた者だった。その熊男に抱えられている少女——歳《とし》は十三か十四。ルビーウルフとそう変わらないだろう。鮮《あざ》やかな若草色《わかくさいろ》のドレスは一目でわかる絹《きぬ》。緩《ゆる》く波打つ飴色《あめいろ》の髪《かみ》を美しく結《ゆ》い上げ、ドレスと同系色《どうけい》の髪留《かみど》めで飾《かざ》っている。

砂糖《さとう》で出来た菓子《かし》細工のような、嫌味《いやみ》でない華《はな》やかな美貌《びぼう》であった。しかし今は抱えられ、不自然な体勢《たいせい》になって苦しいのか、丸みの強い琥珀《こはく》の瞳《ひとみ》を涙《なみだ》で潤《うる》ませている。

「お放しになって！　わたくしは妖《あや》しい者ではありませんわ！」

仔猫《こねこ》が鳴くような声で少女は訴《うった》えた。

「あら、あなた性懲《しょうこ》りもなくまた来たの？」

「エリカ様ぁ、助けてください！」

「老師《ろうし》のお知り合いですか？」

ジェイドの問いを無視してエリカは熊男に歩み寄る。男も少女がエリカの顔見知りとわかると、慌《あわ》ててその手を離《はな》した。

「馬はどうしたの？　護衛《ごえい》もつけずに危《あぶ》ないこと。忠実《ちゅうじつ》な騎士《きし》様が心配するわよ」

「馬は近くに繋《つな》いであります。騎士のことはお気になさらず。心配することが彼らの仕事ですから」

解放《かいほう》されて安心したのか、少女は微笑《ほほえ》みながらドレスの裾《すそ》についた土埃《つちぼこり》を叩《たた》き落とす。

あんな格好《かっこう》で山を登ったのかと思うと、ルビーウルフはげんなりした。狩《か》りの罠役《わなやく》としてドレスを着たことが何度かあったが、あれは動きにくくてたまらない。

「で、誰？」

男衆《おとこしゅう》が訊《き》くのをためらっているので、ルビーウルフが代表して問う。と、少女ははっとしたように目を丸くし、優雅《ゆうが》な動作で片手《かたて》を口元へ当てた。

「まぁ、大勢の方がいらっしゃいますのね。どなたかのお誕生日祝《たんじょうび》いか何かの席にお邪魔《じゃま》してしまったのでしょうか？　だとしたら、お騒がせして大変失礼致《いた》しました。申し遅《おく》れましたが、わたくしの名はミレリーナ・フィリス・トライアンと申します」

「トライアン⁉　では、あなたはまさか……」

沸いたざわめきの中で声を上げたのはジェイドだった。動揺《どうよう》で口の中が乾《かわ》いてしまったのか、声がわずかに掠《かす》れている。

「職業はトライアンの王族ですわ。兄が戴冠《たいかん》して間もないので、わたくしがお助けしてさしあげなくてはなりませんの」

ざわめきは一層膨《いっそうふく》れ上がった。いいかげんうるさいとルビーウルフが思った瞬間《しゅんかん》、エリカが杖《つえ》で床《ゆか》を突《つ》き鳴らして男たちを黙《だま》らせた。

「静かになさい。こんなことで動揺して、それでよく国に喧嘩《けんか》を売ろうだなんて言えるわね。あなたたちの姫《ひめ》を御覧《ごらん》なさい。肝《きも》が据《す》わっているようじゃないの」

彼女の言葉に全員がルビーウルフに注目する。たしかにルビーウルフは落ち着き払《はら》った様子で腕組《うでぐ》みをしたまま少女――ミレリーナを目に捉《とら》えていた。だが、それは決してミレリーナが警戒《けいかい》に値《あたい》しないというわけではない。むしろ逆《ぎゃく》だ。この少女に間隙《かんげき》を見せてはいけないと、ルビーウルフの鼻は嗅《か》ぎ取っていた。

そんなルビーウルフのわずかな緊張《きんちょう》を感じ取ったのか、狼《おおかみ》たちが足に纏《まと》わりついてくる。いつでも臨戦態勢《りんせんたいせい》になれる構《かま》えだ。

大きな獣《けもの》をみとめたミレリーナが手で口元を覆《おお》い、きゃあっ、と声を上げた。

「かわいらしいですね！　わたくし、大好きなんです、犬！」

「いや、狼ね」

ルビーウルフの訂正《ていせい》を聞いているのかいないのか、ミレリーナは駆《か》け寄《よ》って狼たちの前でしゃがみ、上目遣《づか》いで、撫《な》でても構いませんか？　と訊《たず》ねてきた。

どうしたものかと思った。油断《ゆだん》ならないけれども悪い匂《にお》いではない。その証拠《しょうこ》に狼たちも困惑《こんわく》している。腹《はら》に一物《いちもつ》あってこちらに危害《きがい》を加えようとしているのなら獣は間違《まちが》いなく勘《かん》づいて威嚇《いかく》をしているはずだが、二頭とも耳をぴくぴく動かして判断《はんだん》に迷《まよ》っているようだった。

「いいけど、フロスト——白いのは気難《きむずか》しいからやめときな。ケーナ、触《さわ》らせてやって。いい？」

(かまわないわ。悪い子ではないと思うの)

ケーナの返事はルビーウルフ以外の者には、くぉん、という鳴き声にしか聞こえなかったことだろう。男衆は黙《もく》したまま、少女と獣の戯《たわむ》れを眺《なが》めている。

ジェイドが口を開いた。

「トライアンの王女殿下《でんか》は病床《びょうしょう》にあられて滅多《めった》に人前にはお姿《すがた》を現《あらわ》さないとか。そのような方が、なぜこんな場所へ？」

ケーナの胸元《むなもと》の柔《やわ》らかい毛がいっとう気に入ったらしく、頬擦《ほおず》りをしていたミレリーナが立ち上がった。けれど彼女が何かを言う前にエリカが前に歩み出る。

「この子の父親――トライアンの先王が倒《たお》れた時に私が城《しろ》に呼《よ》ばれたの。それ以来ずいぶん気に入られてしまって、こうしてたまに顔を見せるのよ」

「トライアンの国王陛下《へいか》が玉座《ぎょくざ》を退《しりぞ》かれたのは病がもとと聞いていましたが……。それほどまでに？」

娘《むすめ》の手前、悪いのか、とは口に出せないようだ。そんなジェイドの配慮《はいりょ》など関係ないといった感じでエリカは不機嫌《ふきげん》に口元を歪《ゆが》ませる。

「とんでもないわ。たかがギックリ腰《ごし》でこの私を呼びつけるなんて。そんなもの湿布《しっぷ》でも貼《は》っていれば治るっていうのに、王様業に飽《あ》きたとか言って玉座を息子《むすこ》に押し付けたのよ。私を呼んだのだって、大事《おおごと》にして隠居《いんきょ》する口実を作りたかっただけだって言うんだから呆《あき》れるわね」

「父はそういう人ですもの」

くすくす笑ってミレリーナが言う。いたって明るい様子だったので、一同は揃《そろ》って安堵《あんど》した。けれど、次に彼女が発した言葉で全員が凍《こお》りつくことになる。

「だからこそ、わたくしが国を支《ささ》えなければなりませんの。父は惰弱《だじゃく》ですし兄は朴訥《ぼくとつ》なので頼《たよ》りないですし。母はそんな父と兄に甘《あま》いので困《こま》っているのです。それで、ぜひともエリカ様を懐柔《かいじゅう》してトライアンに来ていただこうと思いまして。魔導《まどう》の女神《めがみ》様を召《め》し抱《かか》えればトライアンは安泰《あんたい》。他国も我《わ》が国に攻《せ》め入ろうなどという愚《おろ》かな考えは捨《す》てるはず。でしょう？」

全員が息を飲んでトライアンの王女を凝視《ぎょうし》した。幼《おさな》い顔立ちには不似合《ふにあ》いの、殺伐《さつばつ》とした物言いに唖然《あぜん》としたというのはもちろんある。けれど、それ以上に驚《おどろ》いたのは──

「グラディウスがトライアンの土地を狙《ねら》っていると、ご存知《ぞんじ》で……？」

知られているのなら、おそらく迎《むか》え撃《う》つ準備《じゅんび》が整っているはずだ。両国の兵と武器《ぶき》が増《ふ》えれば増えるだけ民《たみ》の不安は膨張《ぼうちょう》し、いざ戦《いくさ》となった時には暴徒《ぼうと》となって被害《ひがい》を拡大《かくだい》する恐《おそ》れがある。

もう、自分たちの手には負えない域《いき》に、事は達してしまったのだろうか。

ジェイドの顔には、そのような色が浮《う》かんでいた。けれどミレリーナはきょとんとして、丸みの強い目をさらに丸くしている。

「まさか、気づいていないと？　グラディウスから流れてくる貧《まず》しい人々が最近になって急激《きゅうげき》に増えましたもの。おかしいと思うのが当然ですわ。それで彼らに話を聞いてみれば、夫や息子を徴兵《ちょうへい》されて暮《く》らしがままならず、着の身着のまま逃《に》げてきたと言うではありませんか」

いつのまにか、琥珀《こはく》の瞳《ひとみ》から笑《え》みは消えていた。表情《ひょうじょう》が硬《かた》く、どっしりかまえた様子は紛《まが》う方なく王女の威厳《いげん》であった。

「あなたがたはグラディウスの方ですね。どうか戦など無益《むえき》なことはおやめください。忠《ちゅう》告《こく》として申し上げておきます。グラディウスは、決してトライアンには勝てません」

この言葉に男たちは色めき立った。彼らとて、戦を止めたいと思っている。けれど今のミレリーナの発言を、彼らは祖国《そこく》を侮辱《ぶじょく》されたと受け取ったのだろう。室内が一気に険悪《けんあく》な空気に包まれる。それを打ち破《やぶ》ったのは今まで黙して様子を見守っていたルビーウルフの哄笑《こうしょう》だった。

「なるほどねぇ、そういう匂《にお》いか。こりゃあ食えないや」

くっくっと笑いの余韻《よいん》を残しつつ、ルビーウルフは呟《つぶや》いた。違和《いわ》感だったのだ。ミレリーナに感じた奇妙《きみょう》な匂いは。

そう、たとえば中に唐辛子《とうがらし》の粉末《ふんまつ》を詰《つ》め込《こ》んだ砂糖菓子《さとうがし》の殻《から》のような。甘い外見に油断《ゆだん》して口に含《ふく》んだ瞬間《しゅんかん》、のた打ち回ることになる、強烈《きょうれつ》な爆弾《ばくだん》といったところか。病弱という噂《うわさ》の一人歩きも、わざと放置しているのだろう。もしくは、自ら流した噂か。弱者を装《よそお》って敵《てき》を油断させるのはルビーウルフも使う手段《しゅだん》だ。トライアンに行ったことのないルビーウルフにもわかる。ミレリーナあってのトライアンなのだ。油断ならないと感じても仕方ない。

男たちやミレリーナはきょとんとしている。『匂い』の意味がわからなかったのか、服の袖《そで》を鼻に近づける者がいるのは何度か見た光景だったので、もう珍《めずら》しいとも思わない。さんざんルビーウルフの『嗅覚《きゅうかく》』の鋭《するど》さを見てきたジェイドは得心したように肩《かた》から力を抜《ぬ》いていた。エリカも年の功か、泰然としたものだ。

「たしかに、あんたがトライアンにいたんじゃあグラディウスには勝ち目がないね。無謀《むぼう》もいいところだ」

ウォルクをはじめとするマリンベル派《は》の連中とは、あまりに器《うつわ》が違《ちが》いすぎる。立ち方や身のこなし、さり気ない動作ひとつひとつからして格《かく》が違う。色んな意味で十年後が楽しみな少女だ。

「まぁ、お話のわかる方ですのね。さきほどエリカ様に『姫《ひめ》』と呼ばれてらっしゃいましたが、ご出自をお伺《うかが》いしてもよろしいですか？」

「盗賊《とうぞく》だ。盗賊団《だん》ブラッディ・ファングのルビーウルフ。けど——」

ルビーウルフは両掌《りょうてのひら》を天井《てんじょう》に向け、肩をすくめた。

「実は血統《けっとう》書つきの王族らしい。神具を持てるんだから言い逃《のが》れはできないそうだ。昔の名前はシャティナ……えぇっと……」

「シャティナ・レイ・スカーレット・グラディウス」

「そう、それ」

ジェイドの助け舟《ぶね》で自分の名前を思い出した。けれど昔の名はルビーウルフにとって他人の名も同然だ。やたら長ったらしくて覚えにくいし、『ルビーウルフ』は盗賊たちに貰《もら》った大事な名前。今となっては形見のようなものなのだ。偽名《ぎめい》を除《のぞ》き、これ以外の名を名乗る気は一切《いっさい》ない。

ミレリーナはわずかに驚いた様子だった。探《さぐ》るような、幽霊《ゆうれい》を見るような目でルビーウルフを見つめている。

「……シャティナ殿下《でんか》は先の宰相《さいしょう》が起こした謀反《むほん》により、幼くして亡《な》くなられたのでは？」

「違います！　逆賊《ぎゃくぞく》は父ではない！」

ジェイドが声を荒《あら》げた。自分の父親が悪党《あくとう》だと、他国にも伝わっていることを知って堪《たま》らない気持ちなのだろう。握《にぎ》った拳《こぶし》が震《ふる》えている。

厳《きび》しい顔つきになったものの、ミレリーナは何かを悟《さと》ったようだった。一同を見渡《みわた》し、涼《すず》やかな声で言う。

「事の次第《しだい》をお聞かせ願えますか？　内容《ないよう》によっては、トライアンもあなた方に協力いたします」

†

カップをソーサーに戻《もど》す、その仕草も優雅《ゆうが》で上品だった。とてもではないが真似《まね》できないとルビーウルフは思う。真似したいとも思わないけれど。

テーブルに着いているのはルビーウルフ、ジェイド、エリカ、ミレリーナの四人だけ。ルビーウルフがミレリーナ、ジェイドがエリカに対座《たいざ》する形だ。男たちはルビーウルフとジェイドの後ろに立っている。圧迫《あっぱく》感があるが、椅子《いす》が足りないので仕方ない。

エリカが淹《い》れた茶を上品に飲みながら話を聞いていたミレリーナが口を開いた。

「信じましょう。エリカ様がおっしゃるんですもの、疑《うたが》うわけにはいきませんわ」

ジェイドが安堵《あんど》の溜《た》め息をついた。父の無実が証明《しょうめい》できて、気が楽になったのだろう。

「それにしても許《ゆる》せませんね。民《たみ》あっての国ですのに、それを虐《しいた》げて平気な顔とは」

苦々しいミレリーナの言葉に、ルビーウルフは数日前に見た光景を思い出した。死んで腐《くさ》りかけた赤ん坊《ぼう》を抱《だ》いて食べ物を乞《こ》う、みすぼらしい女。

トライアンに逃《に》げた人々をミレリーナは知っているのだ。だからこそグラディウスの国《こく》情《じょう》を憂《うれ》いている。

「シャティナ様……ルビーウルフ様とお呼《よ》びしたほうがよろしいでしょうか」

「そうしてくれ。ルビーって呼んでくれてかまわない。けど、『様』は気持ち悪いから嫌《いや》だな」

ミレリーナは微笑《ほほえ》んだ。

「では、ルビーさん。ルビーさんはどのようにお考えです？　養い親の盗賊《とうぞく》方を殺され、いきなり王女と呼ばれては、さぞかし戸惑《とまど》われたでしょう？　それでも彼らに協力するおつもりですか？　彼らが望むことを、あなたも望んでいらっしゃる？」

ちら、と男たちとジェイドに目をやり、ミレリーナが言った。彼女の考えていることを悟り、ルビーウルフは口角を上げてみせる。

つまり、ミレリーナはこう言いたいのだ。『彼らはあなたが玉座《ぎょくざ》に着くことを望んでいる』と。

「問題ない。それはあたしなりに考えてるからね。――あたしはね、マリンベル派《は》とやらが気に食わないんだよ。仲間の仇《かたき》もとってみせる。だから『協力する』ってのは間違《まちが》いだ。『協力してもらう』が正しい」

ルビーウルフの堂々たる口ぶりに、男たちの緊張《きんちょう》が解《と》きほぐれた。背後《はいご》で微笑《びしょう》を交《か》わす、わずかな気配を感じる。

細く息を吐《は》き、ミレリーナはルビーウルフを見つめた。琥珀《こはく》色の双眼《そうがん》を穏《おだ》やかに細め、頷《うなず》く。

「わかりました。ご協力いたします」

背後でざわつく歓喜《かんき》の気配。けれどミレリーナは笑みを深めて言葉を続ける。

「ただし、無償《むしょう》というわけにはまいりませんわ。こちらから、いくつか条件《じょうけん》を出させていただきます」

「それは、どのような？」

ジェイドが問う。他の者は無言だ。全員が、爆弾《ばくだん》発言を吐き出すかもしれないミレリーナの引き締《し》まった口元に注目している。

「一つは、もし皆《みな》さんが敗戦した場合のことです。協力するとは申しましたが、共謀者《きょうぼうしゃ》になるつもりはございませんのよ。あくまで、手を貸《か》すだけです。もし我《わ》が国に危険《きけん》が及《およ》ぶようでしたら、無関係であると主張《しゅちょう》します。あなた方が断頭《だんとう》台に立つことになろうと、いっさい干渉《かんしょう》しませんので。どうか恨《うら》まないでくださいな」

言って、優雅に茶を一口。ジェイドは苦笑した。

「それは覚悟《かくご》のうえです。ルビーウルフさえ生き残ってくれるなら、命など惜《お》しくはありません。彼女の安全は死守します」

「あら、すてき。騎士《きし》の鑑《かがみ》ですわ」

ふふ、と笑うミレリーナの正面で、ルビーウルフはこっそり溜め息をつく。テーブルの下でジェイドの足を蹴《け》ってやろうかと思ったけれど、今は抑《おさ》えることにした。

「では、ふたつめの条件を。──エリカ様に」

ミレリーナは、隣《となり》に座《すわ》っているエリカの腕《うで》に絡《から》みついた。エリカは仰《の》け反って顔をしかめる。

「また何か、無茶《むちゃ》なことを言い出すつもり？」

「そんな、無茶だなどと。以前よりお願いしている件を承諾《しょうだく》してくだされば良いのです。どうか我が国の王室付きになってくださいな。エリカ様がいらっしゃれば、たとえ戦《いくさ》にことが発展《はってん》しても枕《まくら》を高くして寝《ね》ていられますもの。それとも、お弟子《でし》さんたちをお見捨《みす》てになります？　わたくし、自国を守るためでしたら武力《ぶりょく》をもった防衛《ぼうえい》線をこの国境《こっきょう》に張《は》りますわよ」

最後の一言はまるで悪魔《あくま》の声。

エリカは全員の顔を見渡《みわた》して、顔をそむけた。

「いやよ。私はこの家が気に入っているの。王城《おうじょう》なんかに住みたくないわ。堅苦《かたくる》しいのは嫌《きら》いなの」

「そんな、老師《ろうし》……」

ジェイドが呻《うめ》いた。

今ここでミレリーナを敵《てき》に回したら、グラディウスは完膚《かんぷ》なきまでに潰《つぶ》される。この姫《ひめ》は慈悲《じひ》深《ぶか》くもあり、それでいて冷徹《れいてつ》で、何より狡猾《こうかつ》なのだ。自国の安全と利益《りえき》を最優先《さいゆうせん》に考えている、トライアンの陰《かげ》の指導者《しどうしゃ》。

「その呼び方はやめなさい。何度言わせるつもり？——いいこと、ジェイド。人の話は最後までよく聞くのよ。私はただ、こちらからも条件を出したいだけ」

エリカはミレリーナを横目で見ながら不承不承《ふしようぶしよう》に言った。

「あなたの城《しろ》の広い敷地《しきち》内に、この家を移築《いちく》してくれるのなら引越《ひっこ》してもかまわないわ。召使《めしつか》いが勝手に部屋に入ってきて、掃除《そうじ》されるのが嫌《いや》なのよ」

ジェイドには掃除させるくせに。

思ったけれど、ルビーウルフは黙《だま》っていた。エリカは実は、激《はげ》しい人見知りなのかもしれない。だから山の中に引きこもっているのかも。難《むずか》しい性格《せいかく》だ。

「ありがとうございます、老師……うぐっ」

性懲《しょうこ》りもなく老師と呼《よ》んで、ジェイドはエリカの杖《つえ》で頬《ほお》をぐりぐり小突《こづ》かれた。とばっちりを食らわないよう、ルビーウルフはさり気なく身をかわす。

「では城に戻《もど》り次第《しだい》、兄に事情《じじょう》を説明します。必要でしたら兵もお貸ししましょう。この人数では、さすがに分《ぶ》が悪いでしょうから」

エリカの腕を解放したミレリーナは満足そうに微笑《ほほえ》んでいた。

たしかに彼女の言うとおりだ。たかだか十数人で国を相手に戦うなど自殺行為《こうい》でしかない。ただし、それは真っ向勝負をする場合だ。

「どうして皆、そう真面目《まじめ》なのかな。あたしは盗賊《とうぞく》だからさ、少しばかり卑怯《ひきょう》な手も使いたいわけ。それに、ここにいる連中に戦わせる気もないしね」

再《ふたた》び、背後《はいご》の男たちに緊張《きんちょう》が戻った。ざわつき、動揺《どうよう》が手に取るようにわかる。

「ルビーウルフ様、それはどういう……？」

男たちの一人が言った。戸惑《とまど》いと疑心《ぎしん》が綯《な》い交ぜになった感情を含《ふく》んだ声で。

ルビーウルフは立ち上がり、男たちに向き合った。テーブルの下に伏《ふ》せていた狼《おおかみ》たちがすかさず従い、足元に纏《まと》わりつく。

「あんたら職人《しょくにん》なんだろう？　大工なら大工道具、彫刻家《ちょうこくか》なら鑿《のみ》。あんたらの手に、それ以外の道具はふさわしくない。ましてや大事な商売道具を血で汚《よご》すなんてもってのほかだ」

「ルビーウルフ、そんな奇麗事《きれいごと》を言っている場合では……」

「誰《だれ》が奇麗事なんて言ってるか。デコッパゲは黙《だま》ってな」

口を挟《はさ》んだジェイドは返り討《う》ちにあい、ついでに急所を突かれてがっくりと肩《かた》を落とした。それを見た男たちの、髪《かみ》が激しく後退《こうたい》している数人が思わず目頭《めがしら》を押《お》さえたが、無視《むし》して話を続ける。

「ジェイド、お前さっき言ってたよね。命が惜しくないだって？　あたしを死守する？　ふざけんじゃないよ、死んでどうなるってんだ。お前たちも同じだよ。『命をも賭《と》す覚悟』だって？　冗談《じょうだん》じゃないね。あたしだけ生き残ったって意味ないだろうが。敵《てき》を全滅《ぜんめつ》させた後の血腥《ちなまぐさ》い国をあたし一人に押し付けて『あとは任《まか》せた』ってんじゃあ、ちっと無責任《むせきにん》なんじゃないの？」

男たちは何も言わない。いや、言えないのだろうか。唇《くちびる》を引き結び、俯《うつむ》いてしまっている。

わずかな沈黙《ちんもく》を挟み、ルビーウルフは笑った。穏やかに、そして豪然《ごうぜん》と。

「あたしは頭が悪いんだ。読み書きだってまともに出来ないし、政《まつりごと》なんかさっぱりだ。だから助けがいる。今も、これからもね。さて、その場合、誰があたしを助けてくれる？」

ルビーウルフが言わんとしていることを悟《さと》り、男たちはおもてを上げた。誰の顔にも誇《ほこ》りと自信が浮《う》かんでいる。

ジェイドが立ち上がって男たちの先頭に立った。ルビーウルフに向かって騎士《きし》らしく一礼する。

「すまなかった。考えなしに、不快《ふかい》な思いをさせてしまって。——どうか俺《おれ》と……俺たちと共に、生き残ってくれ」

「何を今さら」

にかっ、と笑ってルビーウルフはジェイドの胸板《むないた》を拳《こぶし》で叩《たた》いた。けっこうな力で叩いたのに、びくともしない。これだけ鍛《きた》えてあるのだからもっと自信を持っていいのに、と思ってしまう。

そんな自己《じこ》評価《ひょうか》の低い弟子《でし》を育てた、自信家な師匠《ししょう》が高慢《こうまん》にふんぞり返って言う。

「つまり、武力《ぶりょく》行使はしたくない、ということなのね。そう言うからには何か考えがあるのでしょう？」

さすが、長く生きているだけのことはある。我《わ》が意を得たりとルビーウルフは頷《うなず》いた。

「こけ脅《おど》しさ。集団《しゅうだん》を作って城《しろ》を取り囲めばいい。武器も必要ない。ただ、人の数が揃《そろ》えばいいんだ。兵が出てきて剣《けん》を振《ふ》り回すようなことがあれば、一目散に逃《に》げろ。戦おうなんて考えるな」

「しかし、集団と言いましても……」

男衆《おとこしゅう》の中から湧《わ》いた声を、ルビーウルフは肯《がえん》ずる。

「そうだね。今のままじゃあ、ちっと足りない。そのための人集めをしてもらいたいんだ。協力者は揃いの何かを身につけるってのもいいかもね。同胞意識《どうほういしき》が高まるから。『皆《みんな》でやれば怖《こわ》くない』ってやつさ」

何を身に付けるかはあとで考えるとして、と言って、ルビーウルフは作戦のすべてを語って聞かせた。

†

エリカが溜《た》め息をついた。呆《あき》れたような、感心したような溜め息だった。

「驚《おどろ》いたこと。あなたの度胸《どきょう》はまさしく女王様にふさわしいわ」

「そりゃあどうも。あんまり嬉《うれ》しくないけど」

肩《かた》をすくめ、おどけた口調で答えた。隣《となり》ではジェイドが難《むずか》しい顔で唸《うな》っている。

「危険《きけん》ではないのか。ふとした拍子《ひょうし》にばれることだってあるかもしれない。いや、隠《かく》し通すことのほうが難しい」

「わかってるさ、そんなこと。それも計算のうちだよ」

黙《だま》ったものの、まだジェイドは納得《なっとく》がいかないようだ。ルビーウルフの身を案じているのだから、少し申し訳《わけ》ない気もする。

「心配するな。巧《うま》くやる」

腰《こし》に手を当て、昂然《こうぜん》と言った。虚勢《きょせい》を張《は》っているのではなく、本当に自信があるからだ。

「用意するものは馬一頭。できるだけ大人しいやつだね。あとは顔料か……。まぁ、それはあんたらのほうでよろしく頼《たの》むよ。さっき教えた図柄《ずがら》、そんなに難しくないだろう？」

男たちは頷いた。ジェイド同様に不安の隠し切れない顔だが、納得はしてくれたようだ。

正直なところ、彼らには傍観者《ぼうかんしゃ》でいてほしい。慣《な》れていない者に戦場をうろつかれると邪魔《じゃま》になるのと同じことだ。そして、もしもルビーウルフたちが失敗をやらかした時、ミレリーナが言うように無関係を装《よそお》って逃げられるところにいてほしい。

そんな気持ちを隠しつつ、ルビーウルフは話を進める。

「それから……これは私事《わたくしごと》で申し訳ないんだけど、頼みたいことがある。誰か、レターナの廃鉱《はいこう》に行ってあたしの仲間を弔《とむら》ってやってくれないか。本当ならあたしが行きたいんだけど、そんな余裕《よゆう》はないし、だけど野ざらしってのは忍《しの》びないから」

「では、私が」

挙手し、身を乗り出したのは鬢《びん》に白いものが混《ま》じった背《せ》の低い男だった。

「私は彫刻《ちょうこく》を生業《なりわい》としています。立派《りっぱ》な石碑《せきひ》を建立《こんりゅう》いたしましょう。ルビーウルフ様を十五年護《まも》り抜《ぬ》いた豪傑《ごうけつ》として、彼らはきっと伝説となるでしょうから」

厳《おごそ》かな調子で男が言うものだから、ルビーウルフは吹《ふ》き出した。柳眉《りゅうび》を歪《ゆが》め、困《こま》ったように髪《かみ》を指に絡《から》める。

「やだな。そんな豪勢《ごうせい》なことされちゃ、あいつら恥《は》ずかしくて悶絶《もんぜつ》しちゃうよ」

そうは言うけれど彼の申し出は嬉《うれ》しかった。ずっと気に掛《か》かっていたことだから、胸《むね》のつかえが取れて自然と体から力が抜けた。けれど己《おのれ》を律《りつ》し、今度は背後《はいご》のミレリーナに問う。

「最後にミレリーナ、確認《かくにん》しておきたい。トライアンの神具は……」

「ええ。国主は兄ですが、もちろんわたくしにも使えます」

「よし、なら大丈夫《だいじょうぶ》だ。あとはあたしたちの演技力次第《えんぎりょくしだい》だね」

ちらりと横目でジェイドを見やる。諦《あきら》めたように彼は溜め息をついた。苦笑《くしょう》し、ルビーウルフは目の前に居並《いなら》ぶ屈強《くっきょう》な男たちを眺《なが》め渡《わた》す。紅玉《こうぎょく》の瞳《ひとみ》を好戦的に輝《かがや》かせ、唇《くちびる》に弧《こ》を描《えが》いて言い放った。

「覚悟《かくご》はいいか。――国ひとつ、盗《と》りにかかるぞ野郎《やろう》ども！」

『応《おう》！』

第7章　お姫様《プリンセス》ごっこ《・ゲーム》

王城《おうじょう》の階段《かいだん》をアーディスは駆《か》け下りた。

そんな馬鹿《ばか》な。

頭に浮《う》かぶのは否定《ひてい》の言葉ばかりだった。

王女がジェイドによって連れ出されてから、すでに半月以上経《た》っていた。ロベールが言うジェイドの師《し》についても名がわからず、彼らが向かった先に住む魔導師《まどうし》を虱潰《しらみつぶ》しに捜索《そうさく》している状況《じょうきょう》だった。

魔導に携《たずさ》わる者の多くは貴族《きぞく》の出身。教育に莫大《ばくだい》な費用が掛かるからだ。けれど、見返りとして優秀《ゆうしゅう》な者は王城に召《め》し抱《かか》えられる。没落《ぼつらく》した貴族などは、こぞって子女を魔導師に育てあげ、再興《さいこう》する機会を窺《うかが》っているわけだ。実際《じっさい》、ガーディアンに所属《しょぞく》する魔導師たちも全員が立派な家柄《いえがら》の出身者ばかりだ。

よって、その筋《すじ》で探《さが》していけば洗《あら》い漏《も》れなどあり得るはずがない。あり得るはずがないのに進展《しんてん》が見えないのは、なぜなのか。

今日も自室としている執務室《しつむしつ》で部下の報告書《ほうこく》に目を通していた昼過《す》ぎのこと。伝令兵は敬礼《けいれい》するなり口早に言った。『王女殿下《でんか》を名乗る少女が城門でお待ちです』と。

一階の広間を抜け、前庭に出る。城門の前で衛兵《えいへい》に囲まれている娘《むすめ》の姿《すがた》には、確《たし》かに見覚えがあった。葡萄酒《ワイン》色の短い髪《かみ》と紅玉の瞳。

「いよぅ。久《ひさ》しぶり」

こちらの接近《せっきん》に気づいた娘が軽く手を上げて言った。にへら、と笑った顔からは以前に見た険《けわ》しさは感じられない。

「どうした。あたしが戻《もど》って来たの、そんなに不満？」

「まさか、そのような。私がどれほど殿下《でんか》の身を案じたことか……。ご無事でなによりです」

「いやいや、心配かけてごめんねぇ」

小柄《こがら》な娘の無防備《むぼうび》な笑顔《えがお》に薄気味《うすきみ》悪さを感じつつ、それでもアーディスは相手を探《さぐ》った。戻ってくるはずのない彼女が戻ってきたということは、何か思惑《おもわく》があるに違《ちが》いない。

娘には連れが四人いた。一人は馬の口取り縄《なわ》を牽《ひ》いた白い服の女。容姿《ようし》は若《わか》く美麗《びれい》だが、銀髪《ぎんぱつ》というには純《じゅん》すぎる真っ白な長髪だ。手には宝石《ほうせき》をあしらった豪奢《ごうしゃ》な杖《つえ》を持っている。

他の三人は戦士姿だった。栗毛《くりげ》の優《やさ》しげな青年と、白銀の髪《かみ》を逆立《さかだ》てた壮年《そうねん》の威丈夫《いじょうふ》。

そして砂色《すないろ》の髪を肩《かた》で切りそろえた若《わか》い娘だ。

その他に連れが見当たらず、アーディスは眉根《まゆね》を寄《よ》せた。

「殿下、この者たちは？　ジェイド・コルコットは一緒《いっしょ》ではなかったのでしょうか」

「こっちの三人は雇《やと》いの護衛《ごえい》だよ。女だけで旅なんてしてたら、盗賊《とうぞく》に襲《おそ》われる。あたしが言うんだから間違いない」

言ってグラディウスの王女は笑った。盗賊に育てられたことを誇《ほこ》りに思っている、奇妙《きみょう》な少女だ。獣《けもの》じみた行動をするため、どうにも扱《あつか》いにくい感がある。

次いで王女が白服の女を目線で示《しめ》した時、衛兵に呼《よ》ばれた若い厩舎番《うまや》がやってきた。女が牽いていた栗鹿毛《くりかげ》の馬の口取り縄を受け取り、城内の厩舎へ牽いていく。鬣《たてがみ》は伸《の》び放題で手入れもあまりされていない馬だ。

縄を強く引かれたのを不快《ふかい》に思ったのか、いきなり馬が暴《あば》れて厩舎番の男に頭突《ず》きを食《く》らわせた。馬の、怒《いか》りの籠《こも》った眼差《まなざ》しに一瞬気圧《いっしゅんけお》された男だったが、獣に気負けしてはこの仕事は勤《つと》まらない。また乱暴《らんぼう》に口取り縄を引き、服従《ふくじゅう》させようと試みる。しかし。

「あたしの馬だよ。丁寧《ていねい》に扱《あつか》ってよね。怪我《けが》なんかさせたら許《ゆる》さない」

強い口調で王女に言われ、厩舎番は怯《ひる》んだ。幸い、さきほどの一撃《いちげき》だけで馬は大人しくなり、牽かれるままに厩舎へ向かっていった。

「どうぞ、城内へ。お話は歩きながらでも」

王女と連れの四人を促《うなが》し、アーディスは歩き出した。王女と白服の女を先頭に、護衛の三人が左右と後方を護《まも》るように並《なら》んでついてくる。

「そうそう、紹介《しょうかい》しないとね。この人はエリカ・ブルーノっていって、魔導師のすごい人なんだってさ」

その名にアーディスは聞き覚えがあった。魔導の女神《めがみ》と呼ばれる、伝説に近い女魔導師の名だ。彼女の数多《あまた》ある偉功《いこう》は、さまざまな国で記録に残されている。

大陸のはるか南、砂漠《さばく》の国にて国民の四割《わり》が命を落とすという疫病《えきびょう》が流行《はや》った。病原菌《きん》の媒体《ばいたい》となる害虫を特定し、駆除《くじょ》と特効薬《とっこうやく》の開発を行った魔導師の名がエリカ・ブルーノだというのは有名な話だ。それこそ、まさに英雄譚《えいゆうたん》。

けれど、その疫病が彼女によって根絶《こんぜつ》されてからすでに五十年が経っている。杖を使っているものの、この女の外見はせいぜい二十五前後。それに、どうしてそんな魔導師が王女と共にいるのか説明がつかない。

そんなアーディスの心のうちを見透《みす》かしたように、女はくすりと笑った。

「はじめまして。ガーディアン隊長のアーディス・マリンベルさん、よね。あなたのお父様には以前、とってもお世話になったわ」

父が魔導の女神と面識《めんしき》があったなど、はじめて聞いた。一瞬生まれた焦《あせ》りに鳩尾《みぞおち》のあたりが熱くなったが、表情《ひょうじょう》には出さずに振《ふ》り返り、女に向かって微笑《ほほえ》んでみせる。

「そうですか。あなたのような美しい女性《じょせい》と父が知り合いとは、驚《おどろ》きです」

「でしょう？　この姿に戻る術《じゅつ》を開発するのは本当に大変だったわ。あなた、魔導《まどう》研究に興味《きょうみ》はあって？　よければ教えて差し上げるわ。うちの馬鹿弟子《ばかでし》が迷惑《めいわく》をかけてしまったお詫《わ》びに、授業料《じゅぎょうりょう》は無料よ」

女の言葉にアーディスは素早《すばや》く反応《はんのう》した。歩調を緩《ゆる》め、女の隣《となり》に並んでその表情を窺《うかが》い見る。

姿を変える魔導はある。けれど生半可《なまはんか》な術者には到底《とうてい》使えない術だ。しかも彼女の言葉は、この美貌《びぼう》は昔の彼女の容姿《ようし》であって今は老いぼれだ、ということを示《しめ》しているように思った。そして何よりアーディスの気を引いたのが、弟子という言葉。

王女の逃亡《とうぼう》に手を貸《か》したのはジェイド。彼が向かったのは魔導の師のもと。そして王女と共に現《あらわ》れた、アーディスに縁《えん》のある弟子を持つ魔導師。

ここから導《みちび》き出される答えは一つしかない。

「もしや、ジェイドの師匠殿《ししょうどの》で？」

「ええ、本当に馬鹿な子だわ。国にたてついて、何になるっていうのかしら」

神妙《しんみょう》な面持《おもも》ちで頷《うなず》いた女の隣で王女も不機嫌《ふきげん》に眉をしかめていた。

「そうだよ。頑固《がんこ》だし馬鹿真面目《まじめ》すぎて付き合いきれないね。――あたしだって、仲間を殺されたことを許《ゆる》すわけじゃないけどさ……。城《しろ》で暮《く》らしたら食うに困《こま》らないよなって言ったらジェイドのやつ、マリンベル派《は》につく気かって、すごい剣幕《けんまく》でさ。ひもじいのは嫌《いや》だって思うのは当然じゃないか。なぁ？」

同意を求められ、どう答えたらいいものかアーディスは迷《まよ》った。相手の真意がわからない以上、不用意な発言はできない。

けれど王女はこちらの返答を求めてはいないようだった。エリカと二人、姦《かしま》しく喋《しゃべ》りつづけている。

「長いものには巻《ま》かれろって言葉知らないのかな。たった二人で国に喧嘩《けんか》売ろうなんて頭悪いよね。あたしはまだ死にたくないんだ」

「ほんと、私の教育が悪かったのかしら。もっと協調性があるとよかったのだけど」

「それで、そのジェイド・コルコットは今どこに？」

会話に介入《かいにゅう》し、問うた。そうでもしなければ、いつまでも無駄《むだ》に喋りつづけるような気がしたから。アーディスにとって今、何より欲《ほ》しい情報《じょうほう》は謀反人《むほんにん》であるジェイドの行方《ゆくえ》だ。

「エリカの家についてから、喧嘩してわかれた。どこに行ったかなんて、わかんないよ」

「私も知らないわ。〈導きの剣《けん》〉の封印《ふういん》を解《と》いて欲しいってことで戻《もど》ってきたのだけど飛び出していってしまったから、仕方なく私が姫様《ひめさま》をここまで送ってきたのよ」

確《たし》かにエリカの言う通り、アーディスが〈導きの剣〉にかけた封印は解かれている。やはりこの女魔導師、ただ者ではない。

魔導の発動に大きく関《かか》わるため、魔導師は名を偽《いつわ》ることはできない。同姓同名《どうせい》でないかぎり、この女は本物のエリカ・ブルーノ——魔導の女神だ。

まさかジェイドの師が伝説級の魔導師とは。しかもエリカ・ブルーノの出自や過去《かこ》を知る者は少なく、かっこうの隠《かく》れ蓑《みの》になる。これは大きな誤算《ごさん》だった。

「あんな奴《やつ》のことなんか、もういいじゃないか。あたしはあんたの言うこと聞いて、大人しく姫でも女王でもやってやるよ。だから美味《おい》しい物、好きなだけ食わせてね。作法やなんかの先生はエリカに頼《たの》むから」

アーディスはただ、微笑んで頷くしかない。下手に探《さぐ》りを入れたり、相手を疑《うたが》うような真似《まね》をしては警戒《けいかい》される恐《おそ》れがある。

なおも好き勝手に喋りつづけるエリカと王女に曖昧《あいまい》な相槌《あいづち》を打ちながら歩を進めた。緋《ひ》の絨毯《じゅうたん》を辿《たど》り、玉座《ぎょくざ》の間へ向かう。

王女がこちらに寝返《ねがえ》ったなど、信じられるわけがない。あの獣《けもの》の眼差《まなざ》しは復讐《ふくしゅう》を誓《ちか》っていた。魔導の女神という予想外の伏兵《ふくへい》には驚《おどろ》かされたが、伝説など概《がい》して一人歩きしているもの。女が二人、どう足掻《あが》こうと国家に勝てるわけがない。ジェイドもどこかで、こちらの寝首を掻こうと息を潜《ひそ》めているはずだ。

引きずり出し、造反者《ぞうはんしゃ》は全員まとめて始末してくれる。

†

ガーディアンを引き連れて玉座の間に現れた貴族《きぞく》たちは、ルビーウルフとエリカの顔を見た瞬間《しゅんかん》、顔を青くした。恐怖《きょうふ》の感情が匂《にお》いとなって伝わってくる。

ウォルクはぼんやり、胡乱《うろん》な眼差しをこちらに向けていた。恐怖も焦《あせ》りも嗅《か》ぎ取れない。以前とはまったく違《ちが》う匂いに思わず眉《まゆ》をひそめたが、これはどこかで嗅いだことのある匂いだ。どこだったか……。

ルビーウルフが記憶《きおく》を掘《ほ》り返している間にアーディスが父親に駆《か》け寄《よ》った。その身を支《ささ》えるようにして寄り添《そ》う。

「宰相閣下《さいしょうかっか》——父も殿下《でんか》の御身《おんみ》を案ずるあまり、ここしばらく体調が思わしくないのです。お見苦しいとは存《ぞん》じますが、どうかご容赦《ようしゃ》を」

宰相をわざわざ父と言い直したのに、強調の意図を感じた。まるで父想《おも》いの息子《むすこ》を印象づけるような……。

「おお、殿下……。よくぞお戻りになられました。十五年前と同じ悪夢《あくむ》に、心臓《しんぞう》が張《は》り裂《さ》けんばかりでございましたよ」

アーディスから離《はな》れ、力なく歩み寄るウォルク。抑揚《よくよう》はついているものの、言葉のどこにも感情は感じられない。噛《か》みあわないパズルのピースを持った時のように、腹《はら》の底が気持ち悪くなる。

ウォルクはエリカに目線を移《うつ》し、懐《なつ》かしそうに眼《め》を細めた。

「これはこれは女神殿《めがみどの》。相変わらずお美しい——以前お会いしたのは何年前でしたかな」

一瞬、エリカは驚いたように片眉《かたまゆ》を吊《つ》り上げた。しかしすぐ、艶《つや》やかな紅《あか》い唇《くちびる》に弧《こ》を描《えが》いて会釈《えしゃく》する。

「お久《ひさ》しぶり。二十五年ぶりよ。あなたもすっかり白髪《しらが》が増《ふ》えたわね」

二人の穏《おだ》やかな対話に、なぜか貴族らは動揺《どうよう》を見せた。その動揺を見て、アーディスの表情が険《けわ》しくなる。何かを探っているような、そしてそれを悟《さと》られまいとする緊張《きんちょう》。心が発する匂いをルビーウルフは嗅ぎ取っていた。

「ランサー公爵《こうしゃく》にオストワルト伯爵《はくしゃく》。それからクライス将軍《しょうぐん》。あなたたちもお久しぶりね」

貴族らの名を順番に呼び、エリカは艶《あで》やかに微笑《ほほえ》む。女のルビーウルフでさえも無条件《むじょうけん》に美しいと思ってしまう、その笑み。しかし貴族らはまるで化け物を見るような怯《おび》えた目をエリカに向けていた。もっとも、彼女の性格《せいかく》や歳不相応《としふそうおう》の外見を考えれば、それも不思議でない気はするが。

「昔と、変わりませんな。ブルーノ殿」

おずおずと言ったのは額《ひたい》に三本の深い皺《しわ》を刻《きざ》んだ、クライス将軍と呼ばれた初老の男だ。彼らの中では一番背《せ》が低いが、一番度胸《どきょう》があるらしい。ウォルクに並《なら》び、ルビーウルフに恭《うやうや》しくこうべを垂《た》れる。

「殿下もご無事で何よりです。しかしながら、どういった縁《えん》でブルーノ殿とご一緒《いっしょ》に？　後ろの三人は護衛とお見受けしますが……」

当然投げかけられるだろう問いに、ルビーウルフとエリカは淀《よど》みなく答えた。さきほどアーディスに語ったものとほぼ同じ、ジェイドに対する不満や文句《もんく》を交えた説明を。

「ジェイド・コルコットは親類縁者のもとに身を寄せていたとは聞いていましたが、まさかブルーノ様とは……。いやはや、世間は狭《せま》いですな」

言って、軽く笑いを漏《も》らすウォルク。その笑い声もどこか無機質《むきしつ》で、気味が悪いとすらルビーウルフは思った。

「ところで殿下、疑うわけではありませんが、どうしても検《あらた》めておきたいことが……」

談話に割《わ》って入り、アーディスはルビーウルフに向き合った。冷たい青の眼差しをルビーウルフの背後《はいご》——三人の護衛に向けている。

「護衛のお三方に、失礼とは存じますが右肩《みぎかた》を見せていただきたい」

ルビーウルフの身が強張《こわば》る。エリカの表情《ひょうじょう》から笑みが消える。

「どうしてさ」

問うまでもなく、理由はわかっている。けれどルビーウルフは訊《たず》ねずにいられなかった。

「姿《すがた》を変える魔導《まどう》というものが存在《そんざい》します。密偵《みってい》などが用いる術《すべ》なのですが、それは術の対象者が常《つね》に変化する姿を強く念じ続けなければならないのです。しかし大きな傷痕《きずあと》や火傷《やけど》傷痕《ど》などは痛《いた》みの記憶《きおく》を簡単《かんたん》に払拭《ふっしょく》しきれるものではありませんから、変化後も残ってしまうのです」

「よく知っているわね。若《わか》いのに偉《えら》いわ」

笑みを戻したエリカが賞賛《しょうさん》した。

「けれど、護衛と何が関係あるの？」

「ジェイド・コルコットは逃亡《とうぼう》の際《さい》、私が行動を監視《かんし》するために施《ほどこ》していた縛印《ばくいん》を焼くか皮膚《ひふ》を剝《は》ぎ取るかして消したはず。親子二代に亘《わた》って殿下を拐《かどわ》かすような者です。護衛に混《ま》じって再《ふた》び殿下の御身を狙《ねら》っているかもしれません」

「なるほど」

おもわず口角を吊《つ》り上げ、ルビーウルフは呟《つぶや》いた。予想通り、侮《あなど》れない男だ。

「よし、わかった。お前たち、ちっと袖《そで》を捲《まく》って右肩見せてみな」

護衛の三人に声をかけ、こっそりと目配せをする。

まず、白髪《はくはつ》の屈強《くっきょう》な男が肩を出す。筋肉《きんにく》の発達した浅黒の肌《はだ》は張りがあり、傷一つない。

次いで砂色《すないろ》の髪《かみ》の娘《むすめ》が肩を披露《ひろう》する。細いけれど鍛《きた》えられ、それでいて娘らしい滑《なめ》らかな曲線を失っていない肩には、やはり傷など見当たらない。

最後に、ぼんやりと突《つ》っ立っている栗毛の青年の袖を女護衛が捲り上げる。他の二人に比《くら》べて幾分貧相《いくぶんひんそう》な体格《たいかく》ではあったものの、それなりに張った上腕筋《じょうわんきん》は見事なものだ。その肩には傷も火傷もない。

「ついでに、これも見てみるかい？」

ルビーウルフがおどけた口調で言い、袖をまくって肩を晒《さら》した。綺麗《きれい》な素肌《すはだ》だ。エリカなどはわざとらしく、服の胸元《むなもと》まではだけて一回転。ふわりと髪がひるがえり、艶やかに潔白《けっぱく》を証明《しょうめい》してみせた。

アーディスは細く溜《た》め息をついた。予想が外れて不満、といったところか。

「失礼致《いた》しました。取り越《こ》し苦労だったようです」

深々と頭を下げ、淡々《たんたん》と詫《わ》びる。なんとも感情の起伏《きふく》を嗅《か》ぎ取りにくい男だ。

「ね、ところでさ。あたしの戴冠式《たいかんしき》って、いつ？」

声を弾《はず》ませ、明るく言った。ちょっとわざとらしかったかなと内心焦《あせ》る。しかし予想外だったろうルビーウルフの台詞《せりふ》に、誰《だれ》もが言葉に詰《つ》まった。

「なにぶん急なことですから。諸《しょ》外国よりお招《まね》きする国賓《こくひん》のご招待状《しょうたいじょう》や準備《じゅんび》を含《ふく》めて……そうですね、一か月後を予定しておきましょう。ブルーノ様、その期間で殿下《でんか》に作法のご指南をよろしくお願いします」

「まかせて」

いち早く対応《たいおう》に出たアーディスがエリカに頭を下げ、エリカは快《こころよ》く引き受けた。

「他国の賓客ってことは、トライアンの大使も呼ぶんだよね？」

ここが一番の勝負どころだ。こちらの真意を悟《さと》られぬよう、表情を柔《やわ》らかくする。

トライアンの名に貴族《きぞく》らは明らかな動揺《どうよう》を見せた。ウォルクとアーディスは眉《まゆ》ひとつ動かさない。アーディスの眼《め》はルビーウルフの考えを読み取ろうと、鋭利《えいり》に輝《かがや》いている。

「もちろん、お招《まね》きしますとも。隣国《りんごく》にして、同じ神国ですからね。しかし、トライアンがどうかなさいましたか？」

「どうかした、ってわけじゃあないんだけど……。トライアンにはあたしと歳《とし》の近いお姫《ひめ》様《さま》がいるってエリカに聞いたからさ。会ってみたいと思って。できればトライアンの大使はそのお姫様を指名してほしいんだけど、だめかな？」

屈託《くったく》なく笑ってみせる。『同世代、同性《どうせい》の友達が欲《ほ》しい少女』の笑顔《えがお》だ。

「トライアンの王女といえば、ミレリーナ姫でしょうか？　しかしながら、あの方は深窓《しんそう》にあられて、トライアンにおける祭事にもお出ましにならないとか。噂《うわさ》ではお体が弱く、幼《おさな》い頃《ころ》より臥《ふ》せっていらっしゃると……」

クライス将軍《しょうぐん》がトライアンの姫に対し、言葉を選びながら言う傍《かたわら》、ルビーウルフは俯《うつむ》いて唇《くちびる》を噛《か》み締《し》めた。ちらりと隣《となり》を見てみれば、エリカも同じようにしている。泣きそうな、情《なさ》けない顔だ。

そんな二人の様子に貴族らは焦《あせ》った。アーディスまでも柳眉《りゅうび》を歪《ゆが》め、困惑《こんわく》をおもてに滲《にじ》ませている。

しかし、なんのことはない。二人は笑いを堪《こら》えているだけだ。あのミレリーナを儚《はかな》げな姫のように言われては、どうしても可笑《おか》しさが込《こ》み上げてくる。

「一応《いちおう》、招待状はご用意致《いた》しましょう。ですから、そう気落ちなさらずに」

取り繕《つくろ》うようにアーディスが言うと、貴族らも頷《うなず》いて賛同《さんどう》した。ルビーウルフは内心、ほくそ笑《え》む。

けれど視界《しかい》の端《はし》に捉《とら》えたウォルクには相変わらず奇妙《きみよう》な匂《にお》いを感じていた。飾《かざ》りのように浮《う》いた笑みを、ちらりちらりとルビーウルフは覗《のぞ》き見る。

——思い出した。

匂いの正体を悟《さと》った瞬間《しゅんかん》、戦慄《せんりつ》が走った。きっと、それをやっただろうアーディスに摑《つか》みかかり、問い質《ただ》したいのを必死で堪えた。そんなルビーウルフの様子に気づいたエリカが歩み出て、アーディスらの注意を引く。

「それじゃあ、戴冠式に関する諸事は任《まか》せるわね。私、普段《ふだん》が出不精《でぶしょう》だから疲《つか》れてしまったわ。姫様《ひめさま》の部屋の近くに私の部屋を用意してちょうだいな。作法のお勉強は明日からにしましょう」

アーディスは承知《しょうち》し、部下に女官を呼《よ》びつけさせた。現《あらわ》れた三人の女官は見覚えのある顔。彼女らはルビーウルフを見たとたん、目を瞠《みは》って息を飲んだ。感情《かんじょう》の噴出《ふんしゅつ》を堪えているものの、瞳《ひとみ》を覆《おお》う涙《なみだ》の膜《まく》は隠《かく》し切れない。

彼女らに付き添《そ》われ、ルビーウルフは王女の部屋へと向かった。別の女官たちが部屋を用意する間、エリカと三人の護衛《ごえい》も王女の部屋で待つことになる。

部屋に入り、扉《とびら》を閉《し》めたとたんに女官たちは泣き出した。ルビーウルフにすがりつき、涙に咽《むせ》ぶ。

「また戻ってきてくださったのですね！　わたし、もしかしたら夢《ゆめ》でも見ていたのではないかと……！　本当はルビーウルフ様は、一度だってお戻りにはならなくて、ただ一日の幻《まぼろし》だったのだと思っていたのですよ！」

アーリアが言うのにエルミナとキャスが何度も頷いて同意した。

「お怪我《けが》はございませんか？　空腹《くうふく》ではございませんか？　何なりとお言いつけくださいませ」

エルミナがルビーウルフの顔を撫《な》で回しながら言い、キャスは何かを言おうとしているけれど、しゃくりあげているので意味の通じる言葉になっていない。

「ごめん、心配かけたね。黙《だま》って出て行ったことは悪いと思ってるよ。でも、あんたたちもジェイドからの伝言を持ってきてくれたんだ。覚悟《かくご》くらい、できてたんだろう？」

ルビーウルフの言葉に弾《はじ》かれ、女官たちは顔を上げた。張《は》り詰めた様子でアーリアが問う。

「ジェイド様は……ジェイド様はどうなさったのです？　どうしてご一緒《いっしょ》ではないのですか？　ご無事なのですか？」

もしや、と言葉を切る。声が詰まって、それ以上喋《しゃべ》れないのだ。

できるだけ微笑《ほほえ》みを柔《やわ》らかくし、ルビーウルフは言う。

「大丈夫《だいじょうぶ》だよ、生きてる。すぐに会えると思うけど、これは極秘《ごくひ》だよ」

おどけた調子で片目《かため》を瞑《つむ》ってみせる。女官らは安堵《あんど》したように笑みを浮かべて顔を見合わせた。

「あの、あの、私たちにできることがあれば協力させてください！　ルビーウルフ様のお力になりたいんです！」

嗚咽《おえつ》から脱《だっ》したキャスが洟《はな》を啜《すす》りながら訴《うった》えた。十指を胸《むね》の前できつく組み、そばかすの頬《ほお》を赤くして。

「もちろん、そのつもりさ。戴冠式《たいかんしき》までの一か月、マリンベル派《は》の連中が大人しくしているとは思えないからね。どうしたって、あんたたちを頼《たよ》らなきゃいけない」

食事や衣服、その他の世話。マリンベル派の息の掛《か》かった者が介入《かいにゅう》すれば、命さえ危《あや》うい。なにせ今のグラディウス王城《おうじょう》は賊臣《ぞくしん》の巣なのだ。その巣の中に、ルビーウルフらは無謀《ぼう》にも飛び込んだ。

危険《きけん》は承知だ。けれど、やらなければならない。売られた喧嘩《けんか》を買わないとあっては盗賊《とうぞく》の名が廃《すた》る。

頼りにされて興奮《こうふん》し、頬を高潮《こうちょう》させる女官らは姦《かしま》しく騒《さわ》ぎ立てる。一眠《ねむ》りしたいから、などと理由を並《なら》べて三人を部屋から出し、ルビーウルフは天蓋《てんがい》付きのベッドで仰向《あおむ》けに倒《たお》れた。予想以上に気が疲れてしまう。

護衛《ごえい》の三人は床《ゆか》に座《すわ》り込んで指示《しじ》を待っている。彼らにとって、ルビーウルフの命令は絶対《ぜったい》だ。

「まぁ、靴《くつ》も脱《ぬ》がずにはしたないこと。これからは『女の子らしく』を演《えん》じなくてはならないのよ、気をつけなさい」

ナイトテーブルの椅子《いす》に腰掛《こしか》けたエリカが苦笑《くしよう》を含《ふく》んで窘《たしな》めた。けれど一転、表情を険《けわ》しくさせ、声をひそめる。

「あなた、さっき何かに気づいたわね。もしかして、ウォルクのこと？」

脚《あし》で反動をつけ、上半身を起こした。だらけた体勢《たいせい》で話せるようなことではない。

「エリカも気づいたの？」

「ええ」

「……アーディス、かな」

問うでもなく呟《つぶや》いたルビーウルフの言葉に、エリカは瞼《まぶた》を伏《ふ》せて黙《だま》った。わからない、という意味か、それとも――

「まぁいい。ここで答えを出したって、すべては推測《すいそく》の域《いき》だ。今のところは予定通りにい

って る。このまま続けよう」

そうね、とエリカは頷《うなず》く。

戴冠式まで一か月。長い『お姫様ごっこ』が始まった。

†

自室兼執務室《けんしつむ》へ戻《もど》る途中《とちゅう》、回廊《かいろう》の突《つ》き当たりでアーディスは王女と出くわした。今は昼間に着ていた粗末《そまつ》な服ではなく、正絹《しょうけん》の光沢《こうたく》が輝《かがや》くライラックのドレスを纏《まと》って姫君《ひめぎみ》らしい装《よそお》いだ。背負《せお》った〈導《みちび》きの剣《けん》〉も、その繊細《せんさい》な細工で彼女を飾《かざ》る装飾品《そうしょく》となっていた。背後《はいご》には魔導《まどう》の女神《めがみ》と護衛《ごえい》を伴《ともな》っている。

「殿下《でんか》、どちらへ？」

「厩舎《うまや》だよ。馬の様子が気になってね」

「このような夜分に、ですか？」

思わず眉根《まゆね》を寄《よ》せ、問いを重ねた。すでに時刻《じこく》は深夜に近い。城内《じょうない》のほとんどの者は眠《ねむ》りにつき、少しばかりの兵と女官が緊急時《きんきゅうじ》のために起きているだけだ。けれど王女は平然としたもので、両手を腰《こし》に当て、つぃっとわずかに顎《あご》を上げる。

「夜だからさ。どうも慣《な》れない所じゃ眠りにくくてね。獣臭《けものくさ》いと気持ちが落ち着くんだ」

言って口角を吊《つ》り上げる。語尾《ごび》に含みがあったのは、軽い挑発《ちょうはつ》だろう。どんなに表情《ひょうじょう》を隠《かく》しても、この王女は人の感情を聡《さと》く読み取るように思う。獣臭いのがいいなんて、というアーディスの胸《むね》に生まれた一瞬《いっしゅん》の嫌悪《けんお》に彼女は勘《かん》づいたのだ。

「狼《おおかみ》に育てられたもんだから、しょうがないよ。悪い癖《くせ》だってわかってるし、徐々《じょじょ》に直していくから今は勘弁《かんべん》して」

ちろ、と舌《した》を出して肩《かた》をすくめる。上目遣《づか》いに煌《きらめ》く紅玉《こうぎょく》の瞳《ひとみ》は実に美しいが、彼女が猛《もう》獣《じゅう》であることを忘《わす》れて油断《ゆだん》してはならない。

「わかりました。ブルーノ様と護衛もご一緒《いっしょ》でしたら心配はないでしょう。けれど、夜に徘徊《はいかい》なさるのは感心いたしません。今後はお控《ひか》えくださいませ」

動向は気になったが、厩舎に何があるわけでもない。それに、アーディスは獣臭いのが苦手だった。移動《いどう》の道具として馬には乗るが、自分で世話をするなど考えられない。異臭《いしゅう》漂《ただよ》う厩舎に近寄るなど、御免蒙《ごめんこうむ》る。

「そういえば」

王女は思い出したように言う。

「城《しろ》を出てからガーディアンに襲《おそ》われたんだけど。しかも、あんたの命令だって」

アーディスは内心ひやりとした。けれど、いずれ問われるだろうことは予測済《よそくず》みだ。

深々と頭を下げ、用意していた答えを述《の》べる。

「マクレイとディズレーリのことでしょうか。お探《さが》しするよう命じたのは確《たし》かです。殿下を害するような不届《ふとど》き者を王城に召《め》し上げていたのは私の監督《かんとく》不行き届き。深く反省しております。マクレイ、ディズレーリの両名は現在《げんざい》行方《ゆくえ》不明ですが、すでにガーディアンから除名《じょめい》しております。発見次第《しだい》、厳《きび》しく処罰《しょばつ》いたしましょう」

「そう。隊長さんも大変だね」

「いいえ、仕事ですから」

丁寧《ていねい》に礼をし、王女を見送った。ドレスの裾《すそ》をばさばさと捌《さば》きながら、赤毛の娘《むすめ》は回廊の向こうに去る。すれ違《ちが》い様に魔導の女神は優雅《ゆうが》に微笑《ほほえ》み、会釈《えしゃく》をよこした。こちらのほうが、よほど気品に満ちている。

護衛らは礼をするでもなく、無言のままだった。その無礼さに些《いささ》かむっとしたが、所詮《しょせん》は雇《やと》われの傭兵《ようへい》か何かだろう。礼金目的の無頼漢《ぶらいかん》が礼儀《れいぎ》を弁《わきま》えているというのも妙《みょう》な話だ。

邪魔《じゃま》ならば機を見て追い出してしまえばいい。

いずれ、王女は抵抗《ていこう》も反論《はんろん》もできない生き人形になるのだから。

突然《とつぜん》の王女の訪問《ほうもん》に、厩舎番の男は跳《は》ね上がって驚《おどろ》いた。

「あたしの馬は気難《きむずか》しいんだ。外に出ててくれない？」

つんけんと言い、男を厩舎から追い出した。砂色《すないろ》の髪《かみ》の娘に見張《みは》りを命じてその場に残し、目的の馬を探《さが》す。

よく手入れのされた馬たちは王城仕えの誉《ほま》れを自覚しているのか、皆《みな》気高そうだった。堂々と落ち着いた様子で、並《なら》ぶ馬房《ばぼう》の前を過《す》ぎ行くルビーウルフらを観察している。そんな中でただ一頭、首を伸《の》ばして蹄《ひづめ》を踏《ふ》み鳴らした馬がいた。

「よう、馬ご苦労」

ルビーウルフは房の前で立ち止まり、ひょいと手を上げて労をねぎらった。馬は何かを訴《うった》えるように頭を揺《ゆ》する。伸《の》び放題の鬣《たてがみ》に隠《かく》された右前脚《まえあし》の付け根には焼印のような痕《あと》があった。

「あの厩舎番が裏切《うらぎ》り者だったんだね。頭突き食《く》らわして、胸《むね》がすっとしたろ？」

白髪《はくはつ》の威丈夫《いじょうふ》が栗毛《くりげ》の青年に服を脱《ぬ》ぐように命じている傍で、愉快《ゆかい》そうに言うルビーウルフ。その肩に手を置き、エリカが無理《むり》やり回れ右をさせた。

「さぁさぁ、若《わか》い娘さんは後ろを向いていなさいね。いいと言うまで振《ふ》り向いてはだめよ」

言われてルビーウルフは肩をすくめる。男所帯で育ったのだから今さら男の裸《はだか》など見て、きゃあだのいやんだの言うわけがないのだが。

それでも大人しく従《したが》ったのは、当の男の方が恥《は》ずかしがるだろうから。好んで見たいとも思わないし。

背後《はいご》から聞こえるエリカの呪文《じゅもん》。唄《うた》のようで、美しい旋律《せんりつ》。しばし聞き惚《ほ》れる。

唄が終わると同時に光が瞬《またた》いた。まだか、と急《せ》かしたい気持ちをこらえる。こらえてから首を捻《ひね》った。どうして自分はそんなに焦《あせ》っているのだろう。

考えながら背後に耳をそばだてる。衣擦《きぬず》れの音がした。栗毛の青年が着ていた服を、彼が着ているのだ。

「ルビーウルフ」

低く優《やさ》しい声に呼《よ》ばれて、エリカの許可《きょか》を待たずに振り返ってしまった。この声に呼ばれたのが、どうしてか嬉《うれ》しかった。そんな気持ちも不思議で、また首を捻りたくなる。けれど表情《ひょうじょう》は自然と綻《ほころ》んでいた。

金糸のような髪。生真面目《きまじめ》そうで、けれど柔《やわ》らかく微笑む翠《みどり》の瞳。彼は間違いなくジェイド・コルコットだった。

はじめ、ルビーウルフが提案《ていあん》した作戦ではジェイドは最初から護衛《ごえい》に変装《へんそう》して城内《じょうない》へ潜《もぐ》り込《こ》む、ということになっていた。しかしただの変装では危険《きけん》が大きすぎるとの指摘《してき》で断《だん》念《ねん》しようと思ったのだが、エリカに救われた。変化後の姿《すがた》を念じ続けなくてもいい術《じゅつ》を、彼女は開発済《ず》みだったのだ。

けれど残ったのは火傷痕《やけどあと》の問題。こればかりは心に深く関係することだから人の手を下すわけにはいかないとエリカは言った。彼女ならばあるいは可能《かのう》だったのかもしれないが、弟子《でし》とはいえ他人の心をいじくるような行為《こうい》は断固《だんこ》として拒否《きょひ》したのだ。無理強《むりじ》いはできないし、する気もない。エリカの倫理《りんり》意識《いしき》はルビーウルフの満足に足るものだった。

そしてエリカやジェイドに添削《てんさく》されつつ仕上がった作戦がこれ。ジェイドを馬に、馬を青年に変え、一旦《いったん》アーディスに縛印《ばくいん》の痕跡《こんせき》がないかどうかを確認《かくにん》させてから馬の青年とジェイドを入れ替《か》えるというものだった。一度調べた以上、二度まで肩を見せろということはないだろう、というのはジェイドの言葉だ。

不問であればそもそも問題はないし、見せろと言うなら見せればいい。ルビーウルフたちの誰《だれ》にも縛印の痕《あと》などないのだから。

しかしあの時、本当にアーディスが縛印の痕を調べたいと言ったものだから少しばかり驚《おどろ》いた。エリカやジェイドの知恵《ちえ》がなければ、あの時点でルビーウルフは負けていたのだ。もとの姿に戻《もど》った栗毛の馬を馬房に入れ、ジェイドがちらりとルビーウルフを見た。そしてなぜか、眼《め》を伏《ふ》せる。

「何さ?」

「いや……」

もごもごと言い淀《よど》む様子に思わずルビーウルフは苦笑《くしよう》した。

「似合《にあ》わないだろう?」

脛《すね》まで隠《かく》すスカートは脚に絡《から》みついて歩きにくい。エリカに締《し》められたコルセットは緩《ゆる》めだけど苦しい。踵《かかと》の高いショートブーツは油断《ゆだん》すると転びそうになる。薄《うす》く化粧《けしよう》された顔は変に白くて気味が悪いし、膨《ふく》らんだスカートの尻《しり》はアヒルの仮装《かそう》をしているみたいだ。

鏡に映《うつ》った自分は滑稽極《こつけいきわ》まりなかったけれど、貴族《きぞく》の女はこんなふうに着飾《きかざ》って悦《えつ》に浸《ひた》るというのだから呆《あき》れる。狩《か》りでドレスを着た時にもそう思った。けれどジェイドは慌《あわ》てた様子で首を横に振る。

「そんなことはない。綺麗《きれい》だし似合っている」

本心ではない。匂《にお》いでそう悟《さと》る。ルビーウルフはまた苦笑した。

「あたしに嘘《うそ》は無意味だよ」

別に似合わなくてもいい。褒《ほ》められても嬉《うれ》しくはない。だけどジェイドの顔を見て、自分の言葉を少し後悔《こうかい》した。――悲しそうだ。

「嘘じゃない。綺麗だと、本当に思う。ただ……」

「ただ？」

「着飾るよりも、粗末《そまつ》な服で堂々と胸を張っているほうが生き生きしていたと思ってしまったんだ。失礼な男だな、俺《おれ》は。すまない」

本心だ。今度は間違《まちが》いなく。

「ありがとう。最高の褒め言葉だ」

微笑《ほほえ》んで言うとジェイドも笑みを見せた。

エリカはくすくす笑う。

様子を見守っていた白髪《はくはつ》の護衛は不機嫌《ふきげん》に口元を歪《ゆが》めていた。しかし一言も喋《しゃべ》らない。喋れないのだ、人間の言葉は。

「さぁ、のんびりしていられないわよ」

エリカの声が談話を止めた。これでまた、しばらくジェイドの姿は見納《みおさ》めになる。栗色《くりいろ》の髪《かみ》の青年に姿を変えるのだ。ジェイドの額《ひたい》に触《ふ》れ、エリカは呪文を唄う。

「人に血、流れ。獣《けもの》にも等しく生あれ。君おわすは現世《うつしよ》、隠《こも》り世、天地の狭間《はざま》。導《みちび》くのはエリカ・ブルーノ。呼《よ》ばれしものは夢幻《むげん》の外套《がいとう》」

ジェイドの輪郭《りんかく》がほのかに輝《かがや》き、歪《ゆが》んだ。わずかに背《せ》が縮《ちぢ》み、金の髪は栗色になって、翠の瞳《ひとみ》は鳶色《とびいろ》に変わる。

我《われ》知らずルビーウルフは溜《た》め息を漏《も》らした。目の前の青年はジェイドだけれど、ジェイドじゃない。目を閉《と》じて、ジェイドの匂《にお》いがして、それで少しだけ安心した。しかし、それを見た白髪の護衛がさらに不機嫌になり、そっぽを向く。

「どうしたの、フロスト。怖《こわ》い顔になって」

(どうもしない。ただ、その男は本当に役に立つのかと思っただけだ)

うおぉん、と野太い声にはそれだけの意味が込められていた。エリカとジェイドが問いたげに視線《しせん》を投げてくるが、内容《ないよう》が内容なだけに笑ってごまかし、翻訳《ほんやく》はしないでおいた。

この白髪の男と見張《みは》りに立てた砂色《すないろ》の髪の娘《むすめ》。正体はフロストとケーナである。馬を青年に変えたものと同じエリカの術《じゅつ》で、今は人間の姿《すがた》になっている。

狼《おおかみ》たちとの別行動は、正直心細かった。けれど獣の姿のままでは城《しろ》に入れてもらえても、庭に小屋でも作られて鎖《くさり》に繋《つな》がれかねない。ましてやルビーウルフに伴《ともな》って城内《じょうない》をうろつくなど許《ゆる》されないだろう。

この問題もまた、エリカが解決《かいけつ》してくれた。人間だろうが獣だろうが、彼女が施《ほどこ》す術の前では単なる対象物にすぎない。ただし、対象者が変化後の姿を念じなくていいかわりに術の負担《ふたん》はすべてエリカが負うことになるのだが。

それでも、姿が人間になっても言葉までは話せない。狼たちはルビーウルフと育つことで大まかな人間語は理解《りかい》できるのだが、話す技術《ぎじゅつ》までは持っていないのだ。馬に至《いた》っては、いつ馬らしい行動が出るか内心冷や冷やしていた。鈍足《どんそく》だけれど大人しい性格《せいかく》を厳選《げんせん》して買ってよかったと心底思う。

「お前もケーナも頼《たよ》りにしてるよ。あたしのことを一番よく理解してくれてるのはお前たちなんだから」

言いながら、ルビーウルフはフロストの腹筋《ふっきん》をぽんっと叩《たた》いた。体格でいえばモルダによく似ている。フロストにしてもケーナにしてもジェイドにしても、知らない人の顔だけれどそれぞれの匂いがするのはなんとも妙《みょう》な感じだ。

「あたし耐《た》えられるかなぁ」

本音がぽろりと小声で漏《も》れた。

†

三日目で、すでに限界《げんかい》を感じた。

一番の打撃《だげき》が食事の問題だった。座《すわ》り方から始まって、フォークの握《にぎ》り方だとかパンはいつ食べるのだとか、立ち上がる時は脚《あし》を前後に開いて垂直《すいちょく》に立たないと駄目《だめ》だとか。どうせ本当にお姫様《ひめさま》になるわけじゃないのだから少しくらい手を抜《ぬ》いたっていいじゃないかと思ったりするのだが、そういう妥協《だきょう》はエリカが許さなかった。ルビーウルフにしても『やるなら徹底的《てってい》に』と言った以上、我慢《がまん》するしかない。

しかし、きついと思ってしまうのは毎日着せられる綺麗《きれい》な服。というかコルセット。男物の服を好んで着ていたルビーウルフにとっては拷問《ごうもん》に近い。エリカはわりと緩《ゆる》めに締《し》めてくれるけれど、女官の時は容赦《ようしゃ》なくぎゅうぎゅうに締め上げられる。文句《もんく》を言おうものなら、これが普通《ふつう》ですと怒《おこ》られる始末だ。

「私もコルセットは苦手なのよね」

そう言うエリカはコルセットなしで細身のドレスを着て、見事なくびれを見せている。

「そりゃ、あんたなら締める必要ないもんね」

ルビーウルフの返答は恨《うら》みがましかった。

ルビーウルフは決して太っていない。むしろ痩《や》せすぎだ。そして女として必要な肉も少々不足がちだった。バランスのいい体格に見せるためには細い腰《こし》をさらに絞《しぼ》らなければならない。

コルセットを外したいがためにルビーウルフの就寝《しゅうしん》時間は毎夜早くなっていった。

眠《ねむ》る時は変化を解《と》いたフロストとケーナをベッドに入れている。エリカとジェイドは同じ階に、それぞれ宛《あて》がわれた部屋で休んでいた。

やるべきことは他《ほか》にもある。というよりも、作法の勉強は真の目的を隠《かく》すためにやっているだけだ。

ロベール・エルカインド。ジェイドの恩人《おんじん》であり、ルビーウルフらの出奔《しゅっぽん》を手助けしてくれた人物だ。そのために彼の生死はわからなくなってしまった。アーディスに探《さぐ》りを入れてみても、はっきりした答えは返ってこない。独自《どくじ》に調査《ちょうさ》するしかなかった。ジェイドの案内でウォルクが作ったという地下牢《ろう》へ赴《おもむ》いたのは城に戻《もど》ってから五日後のことである。

広い敷地《しきち》のほぼ中央。ぽつぽつと、どこか寂《さび》しげに咲《さ》いた白い薔薇《ばら》の香《こう》が漂《ただよ》う庭を抜け、辿《たど》り付いた地下へ続く門の前。門の左右に立つ二人の衛兵《えいへい》は槍《やり》を交差させてルビーウルフらの進行を妨《さまた》げた。

「城内を散策《さんさく》してるんだ。あたしはここの城主なんだから、城のどこに何があるか知っておかなきゃだめだろう？」

「申し訳《わけ》ありません。お通しするわけにはいかないのです」

「お引取りくださいませ」

ルビーウルフは顔をしかめた。地下から昇《のぼ》ってくるわずかな異臭《いしゅう》を嗅《か》ぎ取ったのだ。腐臭《ふしゅう》と汚臭《おしゅう》。死んだ人間と不衛生な環境《かんきょう》で生きることを強《し》いられた人間が、この下にいる。ルビーウルフは食い下がった。

「どうしてだめなのさ。あたしに見られちゃ困《こま》るものでもあるわけ？」

「お答えできない規則《きそく》です。お許しください」

答えた衛兵の顔つきは険《けわ》しかった。ルビーウルフが詰問《きつもん》の体勢《たいせい》に入ったのを悟《さと》ってか、もう一人の衛兵が言う。

「これ以上は、どうかご勘弁《かんべん》を。殿下《でんか》もご自重なさいませ……いいえ——」

一度言葉を切り、衛兵は懇願《こんがん》の眼差《まなざ》しをルビーウルフに向けた。

「ご自愛なさいませ」

見せれば彼らは処罰《しょばつ》され、ルビーウルフの身が危《あや》うくなる。そういうことか。

「……わかったよ」

一行は引き下がるしかなかった。ただし、諦《あきら》めたわけではない。

「困《こま》ったな。どうするよ」

一旦《いったん》自室に引き返し、ルビーウルフは思案顔で呟《つぶや》いた。その様子にジェイドは急《せ》いて早口になる。

「ロベールは生きているのか？　あの場所にいるのか？」

「さてね、そこまで詳《くわ》しくはわからないよ。だけど、誰かが投獄《とうごく》されてるのは間違《まちが》いない。

ずいぶん酷《ひど》い扱《あつか》いを受けてるかもしれないし」

ジェイドは悔《くや》しげに唇《くちびる》を噛《か》んだ。ロベールを罪人《ざいにん》にしてしまったのは自分だと、責任《せきにん》を感じているのだ。

「……俺に考えがある。少し、待っていてくれ」

†

「許可《きょか》が出た。中に入れて」

快活《かいかつ》に笑うルビーウルフを、衛兵たちはぽかんと口を開けて見下ろした。そして隣《となり》に並《なら》ぶ人物へ、慌《あわ》ただしく敬礼《けいれい》を送る。

一行を引き連れて現《あらわ》れたのは、紺青《こんじょう》の制服《せいふく》を着た黒髪《くろかみ》の青年――アーディス・マリンベルだった。

衛兵たちは地下へと続く扉《とびら》を開け、わけがわからないといった顔でルビーウルフとアーディスを通した。そしてエリカと二人の護衛《ごえい》が立ち止まったまま動かないのに気づいて対《たい》応《おう》に困《こま》る。

「暗所恐怖症《きょうふしょう》なの。気にしないで」

「はぁ……」

エリカの艶《あで》やかな微笑《ほほえ》みにごまかされ、彼らは護衛の数が一人足りないことにも気がつかなかった。

扉を内側から閉《し》め、ルビーウルフは溜《た》め息をついた。月光の胡蝶《こちょう》に照らし出された地下への階段《かいだん》はじめじめしてかび臭《くさ》い。

先行して階段を下りはじめたアーディスの背中《せなか》に向かって、ルビーウルフは声をかける。

「なぁ、せっかくその顔なんだから、一発殴《なぐ》ってもいいかな」

「勘弁してくれ」

即答《そくとう》された。当然だけれど。でも、そういう真面目《まじめ》な回答《かいとう》が彼らしくて安堵《あんど》する。ここは臭気がきついうえ、今の彼は姿《すがた》も違うし、ルビーウルフの嫌《きら》いな制服を着込《きこ》んでいるのだ。わかっていても確認《かくにん》したくなる。——彼はジェイドなのだと。

王城《おうじょう》内にあるジェイドの自室にはガーディアンの制服が残されたままだった。それを持ち出し、姿をエリカの術《じゅつ》でアーディスに変えた。それだけのことだ。

見張りにエリカと狼《おおかみ》たちを置いてきたとはいえ、あまりゆっくりはしていられない。足早に階段を駆《か》け下りる。

格子《こうし》で仕切られた独房《どくぼう》が並《なら》ぶ中、人の気配を探《さぐ》って進む。ルビーウルフは無意識《むいしき》に口元を手で覆《おお》っていた。かび臭さに混《ま》じる腐臭が濃《こ》い。

ふいにジェイドが立ち止まり、呻《うめ》いた。その視線《しせん》の先にある闇《やみ》の中で、たしかに何かが動いた。

それはこちらに気づいたようで、這《は》いずりながら格子にしがみつく。痩《や》せ衰《おとろ》えた姿が蝶の光に照らし出された。

「頼《たの》む……家族には、手を出さないでくれ……！」

「すまない、ロベール」

ジェイドは格子の前で膝《ひざ》をつき、こうべを垂《た》れた。その様子に異変《いへん》を感じたのか、ロベールはびくりと身を震《ふる》わせた。困惑《こんわく》の表情《ひょうじょう》で彼を見つめ、ゆっくりと視線を巡《めぐ》らせて——

「殿下《でんか》……」

眼窩《がんか》のくぼんだ眼《め》を見開き、かすれた声を上げた。ルビーウルフはジェイドの隣《となり》で膝をつき、格子を握《にぎ》るロベールの手に触《ふ》れる。骨《ほね》ばって、かさついて、垢《あか》で汚《よご》れた手だった。

「よく生きてくれた。あたしのために、こんなことになって……ごめん」

「なぜ、殿下がここに？　ジェイド様は……ジェイド様はどうなさったのですか」

ルビーウルフの手を強く握り返し、ロベールは詰問《きつもん》した。ルビーウルフは黙《だま》って、傍《かたわ》らで俯《うつむ》く男に目線を移《うつ》す。

「俺だ、ロベール。あなたには本当に、すまないことをした。申し訳《わけ》ない」

深々と頭を下げるその姿に、ロベールはようやく彼の正体を察したようだった。ルビーウルフから手を離《はな》し、力なく床《ゆか》に手をついた。

「ジェイド様、なのですか？」

頷《うなず》き、ジェイドは顔を上げた。蝶の淡《あわ》い光の中、青い瞳《ひとみ》には自責《じせき》の念がにじんでいた。アーディスの顔をしているけれど、生真面目で柔《やわ》らかなその表情は間違《まちが》いなくジェイドのもの。ロベールはうずくまって嗚咽《おえつ》した。ジェイドが懐《ふところ》から取り出した水入りの革袋《かわぶくろ》を受け取ることもなく、肩《かた》を震わせて泣いた。

「あなたが生きていることを確認できてよかった。計画通り、〈導《みちび》きの剣《けん》〉の封印《ふういん》も解《と》けた。ルビーウルフが王城にいるかぎり、アーディスも下手な動きはできないはず。あなたの家族は俺たちが必ず守ると約束するから、安心してくれ。——さぁ、水を」

革袋を指し出すジェイドに、なぜかロベールは首を左右に振《ふ》った。

「私は、ジェイド様と殿下を裏切《うらぎ》ったのです。妻《つま》を殺すと脅《おど》されて、お二人がトライアンとの国境《こっきょう》へ向かうとアーディス様に……！　もう、合わせる顔などございません……！」

ジェイドよりもさらに生真面目な男だ。裏切りの自責《じせき》に、ここで餓死《がし》するつもりだったのだろう。頬《ほお》がこけ、腕《うで》も枯《か》れ木のようになっている。

ジェイドは困ったように、そして懸命《けんめい》に笑みを作った。怯《おび》えて震える野犬を懐へ招《まね》き入れるような、優《やさ》しい声色《こわいろ》で語りかける。

「それなら、俺もあなたに合わせる顔などない。父の形見を渡《わた》してくれたあなたを、俺は一度だけ疑《うたが》ったんだ。逃亡《とうぼう》用の馬に毒を仕込んだのは、あなたかもしれないと」

「いいえ、いいえ違います！　私は決して、そのようなことは！」

わかっている、とジェイドは穏《おだ》やかに彼をなだめた。

「あなたは捕《と》らえられたとき、共謀者《きょうぼうしゃ》として疑われないように情報《じょうほう》をすべて吐《は》いてよかったんだ。だからあえて、俺は多くを語らず出て行った。あなたが気に病《や》む必要はない。とにかく、早く水を」

格子の隙間《すきま》から差し入れられた革袋を、ロベールはようやく受け取った。一口含《ふく》んで、あとは一気に飲み干《ほ》す。

「ここの鍵《かぎ》はアーディスが持っているみたいなんだ。本当は早く出してあげたいんだけど」

ルビーウルフの言葉にロベールは深々と頭を下げた。

「いいえ、殿下のお元気な姿をこの目で確《たし》かめることができたのです。このような場所にわざわざおいでくださるとは……」

そこまで言って、ロベールは息を詰《つ》まらせた。慌《あわ》てた様子で周囲を見渡す。

「はやくここからお逃《に》げください。アーディス様に見つかっては、殿下とジェイド様のお命が。あの方は恐《おそ》ろしい方なのです、もはや人間の魂《たましい》を失っておられる……」

ロベールはその場でうなだれた。

立ち上がったルビーウルフは周囲の闇《やみ》に目を向ける。ロベールの独房《どくぼう》から少し離れた、別の房。ひどい異臭《いしゅう》を放つ何かが、そこにあった。腐敗《ふはい》が進んで変色し、どこからか入ってきた羽虫がたかっているそれは、かろうじて人の形をしていた。

「あんたは見ていたんだね、何もかも。それで家族を殺すなんて言われたら、そりゃあ恐ろしかったろうね」

ルビーウルフの言葉にロベールは泣き崩《くず》れた。その肩に触れようとジェイドは手を伸《の》ばしたけれど、格子《こうし》に肘《ひじ》が通らず、わずかに届《とど》かない。仕方なしに、届く範囲《はんい》に転がっていた革袋を回収《かいしゅう》するだけにとどめた。

「俺たちは必ず勝つ。あなたをここから出すためにも。だから、あともう少しだけ耐《た》えてほしい。それも過酷《かこく》な戦いだが、どうか共に戦ってくれないか」

泣きながらロベールは頷《うなず》いた。ルビーウルフらが立ち去る間も、ずっと肩を震わせて。

地下から出た二人はエリカたちを引き連れてルビーウルフの自室に戻《もど》り、見たものすべてを報告した。

鼻の奥《おく》に腐臭がこびりついていると文句《もんく》を垂れるルビーウルフのために、エリカが煎《い》れてくれたのはカモミールの花の茶。林檎《りんご》に似《に》た甘《あま》い香《かお》りが部屋に充満《じゅうまん》し、飲むと少しだけ苦い。けれど気分はだいぶ楽になった。

「彼の家族にはルビーウルフの名で国外退去《たいきょ》を命じてくれ。トライアン王家に保護《ほご》してもらえれば、一番安全なのだが」

「それなら私が口利《き》きしましょう」

護衛《ごえい》の姿《すがた》に戻ったジェイドの言葉に応《おう》じてエリカが手紙をしたためる。そんなやりとりを聞きながら、ルビーウルフは茶を一気に飲み干《ほ》した。

「俄然《がぜん》、叩《たた》き潰《つぶ》すのが楽しみになってきたね」

二人には聞こえない程度《ていど》の声でつぶやく。聞き拾ったのは狼《おおかみ》たちだけだ。フロストとケーナは顔を見合わせて笑っている。

(あなたの今の顔、モルダにそっくりだわ)

(そういう顔をするときのモルダは容赦《ようしゃ》がなかったな)

懐《なつ》かしそうに、そんなことを言う。気難《きむずか》しいフロストでさえもモルダには一目置いていた。狼たちにとっても、彼は群《む》れの頭《かしら》だったのだ。

(やっぱりあなたは彼の娘《むすめ》ね)

ケーナは嬉《うれ》しそうに笑った。人間の姿だから、その表情の変化はジェイドたちにも簡単《かんたん》に見分けられる。何事かと目を向けたジェイドとエリカに、ルビーウルフは愛想《あいそ》笑いを返しておいた。

「ちょっと昔の話をしてただけさ」

そう、昔の話だ。モルダのように泰然《たいぜん》としてかまえ、堂々とふるまうことができたなら、なんとかなるような気がする。

だからこそルビーウルフは、決して自信と誇《ほこ》りを失わないのだ。

†

ロベール・エルカインドの妻《つま》と子供《こども》たちは、謀反人《むほんにん》の家族として王女の怒《いか》りを買い、国外追放となった。というのは表向きの話。

アーディスに命じて手続きを取らせ、ルビーウルフはロベールの家族と面会した。直接《ちょくせつ》会って文句《もんく》を言いたい、などと言って。実際《じっさい》はそうすることによって手続きに介入《かいにゅう》し、アーディスの手からエルカインド一家を守るためだ。

エリカの手紙をこっそりタニア・エルカインドの懐《ふところ》にねじ込み、追い出すふりをしてトライアンへ向かわせた。トライアンの王城《おうじょう》で手紙を見せれば、ミレリーナが適切《てきせつ》に対処《たいしょ》してくれるだろう。

　家族をトライアンへ向かわせたと報告するため、そしてロベール自身の無事を確認《かくにん》するためにルビーウルフらは定期的に地下牢《ろう》へ通った。今度はジェイドをアーディスに化けさせないでも衛兵は何も言わずに通してくれた。

　アーディスへの漏洩《ろうえい》を防止《ぼうし》する策《さく》として、食事や水を運び込むことにしていた。中に入るのは許《ゆる》されているけど、食事を勝手に持っていくのは禁止《きんし》されてるから黙《だま》っててね、と衛兵たちには嘘《うそ》をつく。今までロベールが食事をほとんど拒《こば》んでいたことを衛兵たちも知っていたのか、そういうことでしたら、と協力的な態度《たいど》を見せてくれた。これでルビーウルフたちがここへ来ていることはアーディスに伝わらず、ロベールも食事が摂《と》れる。一石二鳥だ。

　その後の数日は城内散策《さんさく》に費やされ、結果、ルビーウルフが入れない場所はいくつも見つかった。敷地《しきち》の最南端《さいなんたん》の一郭《いっかく》は特に顕著《けんちょ》だ。幾人《いくにん》もの衛兵で、群れて建つ棟《とう》を護《まも》っている。衛兵らの中にもマリンベル派《は》とコルコット派がいるようで、ルビーウルフに対し、明らかな嫌悪《けんお》を含《ふく》んだ眼差《まなざ》しもあれば敬意《けいい》の籠《こも》った眼差しも感じる。

　ここは戦《いくさ》に使う武器《ぶき》や武具が納《おさ》められている武器庫だ、というのはジェイドの言葉だ。徴兵《ちょうへい》した者たちにここの武器を与《あた》えて捨《す》て駒《ごま》兵士とし、トライアンに近い町村で逗留《とうりゅう》させているらしい。たしかにここが、城内で最も重々しい空気に満ちていた。これだけ大量の殺人道具をグラディウスは所有しているのだと考えるだけで吐《は》き気がしてくる。地下牢に勝《まさ》るとも劣《おと》らない異臭だと、ルビーウルフは思った。

しかし、どこに行っても変わらないのが城内に漂《ただよ》う匂《にお》いだ。ルビーウルフの嫌《きら》いな、硬《こう》質《しつ》な匂い。しかも以前より濃《こ》くなっている気がする。

うんざりしながらも時は経《た》つ。戴冠式《たいかんしき》まで半月をきった。

第8章　ブラッディ・ファングのルビーウルフ

予定は未定だった。

各国の大使が到着《とうちゃく》するまで、式は始められない。一か月後と言われていたルビーウルフの戴冠式予定日は、ずれにずれて半月近くも延期《えんき》になっていた。夏の短いグラディウスの季節はすでに秋である。農地では金色になった麦の刈《か》り入れが始まっている頃《ころ》だろう。

ルビーウルフは到着した各国の大使に挨拶《あいさつ》回りをせねばならなかった。エリカに習った通り優雅《ゆうが》に礼をし、優美に微笑《ほほえ》む。時には恥《はじ》らうように俯《うつむ》き、乙女《おとめ》っぽさを演出《えんしゅつ》する。こういう所作《しょさ》は狩《か》りの時にもやっていたので慣《な》れたものだ。

大使の多くは宰相《さいしょう》、または王位継承権《けいしょうけん》の低い王子だった。ルビーウルフが若《わか》い姫《ひめ》であることを知り、婿《むこ》入りして国交を深めようという腹積もりなのだろう。グラディウスがまだ金鉱山《きんこうざん》を隠《かく》していると思っているらしい。神国の王が国内での婚姻《こんいん》を慣例《かんれい》としているのを知っていてもこれだ。うんざりする。

王子らは気に入られようと必死だった。葡萄酒《ワイン》色の髪《かみ》を褒《ほ》め、紅玉《こうぎょく》の瞳《ひとみ》を賛美《さんび》し、ドレスの着こなしに感嘆《かんたん》の声を上げた。

逆《ぎゃく》に女性《じょせい》大使は態度《たいど》がどこか刺々《とげとげ》しかった。若《わか》くて可愛《かわい》らしいことねとか、お召《め》し物がお美しいですわとか、明らかに嫌味《いやみ》っぽかった。

原因《げんいん》は、たぶんエリカ。侍従《じじゅう》としてルビーウルフに付き従《したが》っている彼女の服はいつものように体型くっきりなものだ。加えて堂々たる態度。豊満《ほうまん》な胸《むね》を反らせて立てば、それだけで高慢《こうまん》に見える。いや、実際高慢なのだが。

女性大使の中には直接《ちょくせつ》エリカに嫌味を飛ばす者もいた。けれども彼女の老獪《ろうかい》さの前には誰《だれ》も敵《かな》わない。逆に嫌味を応酬《おうしゅう》され、客室を辞したあとにルビーウルフはキィィィ！という悔《くや》しそうな女の声を何度も聞いた。

そうした中で、未《いま》だ到着《とうちゃく》していないのはただ一国となった。他ならぬトライアンである。

待ちぼうけを食らいつつ、今日のルビーウルフは戴冠式用と称《しょう》したドレスを新調していた。これで三着目だ。ルビーウルフ自身は色だの袖《そで》の形だの、どうでもいいことなのだが、アーリアたちは面白《おもしろ》がってルビーウルフを着せ替《か》え人形にしていたのだった。

とはいえ、文句《もんく》は言えない。コルセットなしでも着れるもの、軽くて動きやすいもの等々、ルビーウルフの我《わ》がままをデザインに組み込んでもらっている。多少遊ばせてやらないと申し訳《わけ》ない。

仮縫《かりぬ》いのドレスに袖を通している時だった。ここ一か月ほどで何度か見た顔の女官がしずしずと部屋に入ってきて、トライアンの大使が到着したことを告げた。

仮縫いの様子を見ていたエリカと目を見交《みか》わし、さっそく挨拶《あいさつ》に向かおうとした。しかし。

「動いちゃだめです！　縫い目が裂《さ》けちゃいます！」

「あぁっ、ごめん」

キャスに怒《おこ》られたので、不自然な体勢のまま静止しなければならなかった。

✝

既製《きせい》のドレスに着替えてから、部屋の外で待機していた護衛姿《ごえいすがた》のジェイドらを引き連れ、ルビーウルフはトライアンの大使が待つ客室へと赴《おもむ》いた。扉《とびら》を開けると、パイル織《お》りのソファに腰掛《こしか》けた少女が女官や護衛を背後《はいご》に従え、優雅に微笑んで出迎《でむか》えてくれた。

「遅《おそ》かったね」

「お待たせして申し訳ありません。なにぶんトライアンにはわたくしより有能な者がおりませんので、政務《せいむ》が滞《とどこお》らないよう采配《さいはい》を振《ふ》るのに必死でした」

以前と変わらないミレリーナの調子に、ルビーウルフは吹《ふ》き出した。彼女がエリカに懐《なつ》いた理由が、なんとなくわかる気がする。

「そりゃあご苦労さん。来てくれて嬉《うれ》しいよ」

「いいえ。大使として正式に他国へお邪魔《じゃま》するのは初めてですから、貴重《きちょう》な経験《けいけん》になります。トライアンの発展《はってん》にも役立つかもしれませんわ。どうぞ、お掛けになって」

促《うなが》され、ルビーウルフとエリカはミレリーナに対座してソファに腰を下ろした。豪華《ごうか》な客間とはいえ護衛まで座《すわ》るだけの場所はない。ジェイドたちはルビーウルフらの背後に立ったままになる。

ミレリーナと共にトライアンからやってきた女官が茶を煎《い》れてくれてから、ミレリーナが口を開いた。

「エルカインド御《ご》一家はトライアン王城《おうじょう》が保護《ほご》いたしました。皆《みな》さん、泣いてらっしゃいましたわ。ルビーさんたちに感謝《かんしゃ》して」

「そうか。世話かけて悪かったね」

ルビーウルフの言葉にミレリーナは穏《おだ》やかな調子で、お気になさらないでと微笑んだ。それから話題を変えようと、他の国賓《こくひん》と同じようにルビーウルフへの賛辞《さんじ》を述《の》べる。

「ドレス姿のルビーさんも可愛らしいですけど、わたくしは以前のルビーさんのほうがすてきだと思いますわ。盗賊《とうぞく》の首領《しゅりょう》のようで」

姫君《ひめぎみ》に対しての賛辞とは到底思えない言葉だが、ルビーウルフは破顔《はがん》した。紅《べに》を引いた唇《くちびる》を割《わ》り、大胆《だいたん》に白い歯を見せる。

「やっぱりそういう褒《ほ》め方が一番嬉しいな。さすがトライアンの要《かなめ》は見る目が正しい」

「まぁ、要とは身に余《あま》る光栄です。わたくしなど、せいぜい礎程度《いしずえていど》ですわ。──後ろの方々は初めて拝見《はいけん》するお顔ですが、ジェイドさんとわんちゃんたちですわよね？」

わんちゃんと言われてフロストは複雑《ふくざつ》そうに唸《うな》った。ミレリーナはかまわず微笑《ほほえ》む。

「エリカ様が術《じゅつ》を施《ほどこ》しただけあって見事な変化ですわ。けれど、ジェイドさんの姿が変わってしまってルビーさんは寂《さび》しいのではなくて？」

「姫様、はしたのうございます」

女官が小声でたしなめたが、トライアンの姫は愉快《ゆかい》そうに笑う。

「あら、いいではないの。お姫様にすてきな騎士《きし》は付き物でしてよ。ねぇ、ロヴィン？」

「さようで」

ミレリーナの背後で無言、不動のまま控《ひか》えていた黒髪《くろかみ》の青年が短く答えた。彼が着る煉《れん》瓦《が》色の制服《せいふく》の胸元《むなもと》には、金糸でトライアンの国章が刺繍《ししゅう》されている。ミレリーナを護《まも》る騎士なのだろう。

「ルビーウルフ、あまり長居をしては……」

話が妙《みょう》な方向へ流れているのを察し、居心地《いごこち》悪く感じたのかジェイドが小声で囁《ささや》いた。本当の彼の声より、わずかに高い声質《こえしつ》。この一月半で慣《な》れはしたものの、どこか物足りなさを感じてしまうのは否定《ひてい》できなかった。ミレリーナの言う通り、寂しいのかもしれない。

──ジェイドはここにいるのに寂しいというのもおかしな話だが。

「そうだね。ミレリーナ、あれは？」

「お持ちしています。ここに」

言ってミレリーナは傍《かたわ》らに置いてあった小さな箱を取り上げた。細やかな銀の彫《ほ》り物で孔雀《くじゃく》の尾羽《おばね》を描《えが》いた蓋《ふた》を開けると、そこには両手に収《おさ》まるほどの水晶玉《すいしょうだま》が絹に包まれて鎮《ちん》座《ざ》していた。

「これが？」

眉根《まゆね》を寄せて問うたルビーウルフに、答えたのはエリカだ。

「意外でしょう？　私も初めて見た時は驚《おどろ》いたわ。〈裁《さば》きの天秤《てんびん》〉なんていうから、そういう形だと思っていたのだけど」

「たしかに、グラディウスの神具に比《くら》べれば地味かもしれませんね。ですが、これのおかげでトライアンには凶悪犯罪《きょうあくはんざい》など滅多《めった》に起きないんですのよ」

言って微笑むミレリーナはどこか誇《ほこ》らしげだった。背後に控える女官も、騎士も。

「それは頼《たの》もしいな」

「そう言っていただけると働き甲斐《がい》があります。鼠狩《ねずみが》りの日が楽しみですわね」

†

部屋に戻ったルビーウルフはベッドで大の字になって転がった。

トライアンの大使が到着《とうちゃく》し、国賓《こくひん》が揃《そろ》ったということで式の日取りが決まったのはつい先ほどのことだ。

「三日後だってさ」

呟《つぶや》き、体を半回転させてうつ伏《ぶ》せになった。ブーツを履《は》いたままの足をばたつかせる。

「やめなさい、ルビー。埃《ほこり》が立つし、下着が見えるわよ」

茶を淹《い》れていたエリカに叱《しか》られ、うぃー、という返事だか呻《うめ》きだかわからない声で答えてルビーウルフは足を止めた。ジェイドはルビーウルフのドレスの裾《すそ》が捲《まく》れているのを見ないように目を逸《そ》らし、狼《おおかみ》たちはベッドの端《はし》に腰掛《こしか》けてくつろいでいる。

「いよいよ、だな」

エリカが茶器を置く音に、ジェイドの重々しい声が重なった。

「何も仕掛けてこない、というのが逆《ぎゃく》に薄気味《うすきみ》悪いのよね。もしかしたら、式の最中に何か大掛かりな罠《わな》を用意しているのかもしれない」

椅子《いす》に座って愛用の杖《つえ》を膝《ひざ》に置き、片手《かたて》にカップを持ったエリカが神妙な表情《ひょうじょう》で言う。

ベッドの上でルビーウルフは身を起こした。胡座《あぐら》をかき、一同を見渡《みわた》して口元に不敵《ふてき》な笑《え》みを昇《のぼ》らせる。

「鬼《おに》が出るか蛇《じゃ》が出るか。先のことはわからないさ。けど、どこの世界に負ける気で勝負に挑《いど》む奴《やつ》がいる。あたしは勝つよ。絶対《ぜったい》にね」

(それでこそルビーウルフだ)

(信じているわ。あなたならきっと大丈夫《だいじょうぶ》)

うぉんうぉんと狼たちが同意の声を上げた。しばしの間を置き、エリカとジェイドが苦笑《くしょう》する。

「本当にたくましいこと。あなたの肝《きも》っ玉には私ですら敵《かな》わないわね」

「確《たし》かに、ここは鷹揚《おうよう》に構《かま》えておくべきかもしれない。雑念《ざつねん》を捨《す》て、身軽でいれば、どんな事態《じたい》にも臨機《りんき》応変《おうへん》に対応できるだろうからな」

「そういうこと」

勝算はある。式に参列した人々の前で、マリンベル派《は》の罪《つみ》を暴《あば》くのだ。各国の大使には証人《しょうにん》になってもらう。

駒《こま》は揃《そろ》っている。あとはルビーウルフの、采配《さいはい》の腕次第《うでしだい》だ。瞼《まぶた》を伏《ふ》せ、闇《やみ》に浮《う》かんだ仲間の顔にルビーウルフは声なく語りかけた。

あたし、勝てるよね。モルダ。みんな。――ヴィアンカ。

――あなたなら、きっと――

いつか夢《ゆめ》で見たヴィアンカの声が甦《よみがえ》る。

彼女がモルダを愛したように、自分もいつか誰かを愛するのだろうか。あまり想像《そうぞう》はできない。だけど。

――心配いらないわ――

あの穏《おだ》やかな微笑《びしょう》を、いつか自分も誰かに。そのために生きるんだ。

「ここまできたからには、勝たなければな」

「あぁ」

ジェイドの呟きに相槌《あいづち》を打ち、にやりと強気に笑ってみせる。今はまだ、こういうのも悪くない。でも、いつかは――

†

城下都市《じょうかとし》ベイタスはここ数年にないほどの賑《にぎ》わいを見せていた。折りしも収穫《しゅうかく》の季節である。痩《や》せた土地の乏《とぼ》しい恵《めぐ》みに、それでも人々は感謝《かんしゃ》する。万物の精霊《せいれい》に敬意《けいい》を示《しめ》し、そして精霊の母であるロウヴァースを称《たた》えて謡《うた》う。

しかし今年はそればかりではない。このグラディウスに、新王が誕生《たんじょう》する。十五年前に行方《ゆくえ》不明となった王女が戻《もど》って来たのだ。今日は彼女の戴冠式《たいかんしき》である。

死亡《しぼう》説まで流れていた王女の帰還《きかん》は、瞬《また》く間に国中に知れ渡った。神の血を引くといわれる神国の王族だ。絶望に支配《しはい》された貧《まず》しい者にとって、それは神そのものの降臨《こうりん》にも思えたことだろう。

新王となる王女の名はシャティナ・レイ・スカーレット・グラディウス。ただし、それは表向きの名前。王城前の広場に集まった者たちは、彼女の本当の名を知っている。

見知らぬ者同士、目が合った。そして互《たが》いの手の甲《こう》に、赤い顔料で描《えが》かれた狼の印を見つけ、笑みを交《か》わす。

「我ら、盗賊団《とうぞくだん》ブラッディ・ファング」

その囁《ささや》きは人が集まるにつれ、徐々《じょじょ》に広まりつつあった。

†

玉座《ぎょくざ》の間には着飾《きかざ》った各国の大使、そしてグラディウスの貴族《きぞく》たちが煌《きら》びやかさを競《きそ》い合い、しかしおもてでは微笑みあって談笑《だんしょう》を交わしていた。

玉座はグラディウスの国花である唐菖蒲《グラジオラス》で飾りつけられていた。『小さな剣《けん》』の異名《いみょう》を持つ夏の花であるが、季節はずれで咲《さ》いているのは気温を調節した部屋で栽培《さいばい》したからであろう。花一輪とっても贅沢《ぜいたく》な空間だ。

赤や黄、白の花に囲まれた玉座の下には十数人の甲冑兵《かっちゅう》が並《なら》んでいる。古くは戴冠を妨《さまた》げる者を排除《はいじょ》する役目であったが、今は形骸《けいがい》化して厳《おごそ》かな雰囲気《ふんいき》を演出《えんしゅつ》する飾りの一部になっていた。

「殿下《でんか》、準備《じゅんび》はよろしいですか？」

「うん。いつでもいいよ――じゃなくて、いつでもよろしくてよ」

控《ひか》えの間で、アーディスの問いかけにルビーウルフはおどけて見せた。ついでにドレスの裾《すそ》を摘《つま》んで会釈《えしゃく》までしてやる。

桃《もも》色の生地《きじ》に金の刺繍《ししゅう》、裾《すそ》には白いレースをあしらったドレスが本日の衣裳《いしょう》だ。靴《くつ》は履《は》き口の浅い白のハイヒール。すでに爪先《つまさき》が痛《いた》い。

女官らは似合《にあ》う似合うと言ってくれたが、ルビーウルフ自身はいつもより濃《こ》い化粧《けしょう》も手伝って軽くへコんでいた。髪《かみ》に飾られた真珠《しんじゅ》の粒《つぶ》も、ぶっちゃけゴミがついてるみたいだ。今の姿をモルダたちが見たら、豚《ぶた》に真珠だと大爆笑《ばくしょう》したことだろう。

玉座の間には多くの人間が集まっている。そのため、それぞれに許《ゆる》された侍従《じじゅう》の人数は一人に限《かぎ》られていた。ルビーウルフにはガーディアンがついているから、その他は認《みと》められていない。

つまりジェイドと狼《おおかみ》たち、教師《きょうし》という名目のエリカは締《し》め出しだ。――表向きは。

慣れない靴によろめきながら、ルビーウルフは玉座の間へ踏《ふ》み入った。アーディスに教えられた式の段取《だんど》りを何度も反芻《はんすう》する。

〈導《みちび》きの剣〉を胸《むね》に抱《いだ》き、集まった人々へ挨拶《あいさつ》をしていく。そして玉座の下で司祭に宝冠《ほうかん》を被《かぶ》せられ、玉座に着いて〈導きの剣〉を掲《かか》げ上げるのだ。その後は城《しろ》の外に集まった民《みん》衆《しゅう》に対し、テラスに出て新王の演説《えんぜつ》という手筈《てはず》になっている。

美しく着飾ったルビーウルフの登場に、大使の王子たちは感嘆《かんたん》の溜《た》め息を漏《も》らす。緋《ひ》の絨毯《じゅうたん》を取り巻《ま》いて並び、歩を進めるルビーウルフに祝辞《しゅくじ》と賛美《さんび》を浴びせ掛けた。

「うふふ皆《みな》さんどうもありがとうございます、おほほほ」

大使たちの前では『自分が王族とは知らずに村娘《むらむすめ》として育った内気な姫《ひめ》』を演じていたせいか、気さくさをアピールしようと挨拶ついでに軽く手を握《にぎ》ってくる輩《やから》もいた。今なら、やたら威嚇《いかく》してくる護衛《ごえい》に睨《にら》まれる心配もないし、まさか当の姫がアッパーカットで殴《なぐ》りてぇとか思っているなど想像《そうぞう》すらしていないだろう。

〈導きの剣〉を抱《かか》え直すふりをして、握られた手をこっそりドレスの腹《はら》あたりで拭《ぬぐ》いつつ、玉座へと向かう。

国賓の群《む》れは王子たちから宰相《さいしょう》、少数の将軍《しょうぐん》、そして女性大使《じょせいたいし》や貴族らと見事に階層《かいそう》分かれしていた。女たちは若《わか》くして女王となる娘のこれからの輝《かがや》かしい未来を思い、妬《ねた》ましげな視線《しせん》を投げていた。どんなに笑顔で隠《かく》しても、ルビーウルフには匂《にお》いでわかる。

ちりちりと焼けつくような視線《しせん》に不快《ふかい》感を感じる中、一人の少女が優雅《ゆうが》に礼をした。精《せい》悍《かん》な騎士《きし》を背後《はいご》に従《したが》え、勿忘草《わすれなぐさ》色の青をしたドレスを纏《まと》い、異彩《いさい》を放つ美貌《びぼう》の姫君。

「ご機嫌麗《きげんうるわ》しゅう、シャティナ様。わたくしのような世間知らずが大切な式にお招《まね》きいただけるなんて夢《ゆめ》にも思いませんでした。それなのに、わたくしの体調が優《すぐ》れないばかりに式を遅《おく》らせてしまって……なんとお詫《わ》びを申し上げたらいいか」

「お気になさらないで、ミレリーナ様。市井《しせい》の娘として育ったわたくしは、国のことなど何もわからない未熟者《みじゅくもの》です。隣国《りんごく》の姫君が同じ年頃《としごろ》と知って、お会いしたいと我《わ》がままを言ったのはこちらなんですもの」

聞こえよがしに挨拶を交《か》わし、微笑《ほほえ》み合う。仲良さげに見せかけて、打ち合わせの最終確認《かくにん》をするために。

「あれは持ってきてるね？」

「袖《そで》の中に隠《かく》しています」

小声の囁きも、周囲には微笑ましい少女たちの語らいに見えたことだろう。もう一度笑みを交わし、二人は離れた。

玉座の下、ルビーウルフの正面には年老いた司祭が宝冠を恭《うやうや》しく抱えて待機していた。その周囲に侍《はべ》るのは、全身鎧《よろい》の兵士たちとガーディアン一同。そして宰相であるウォルク。先ほどまでルビーウルフと共にいたアーディスも直立の姿勢《しせい》でルビーウルフを見つめていた。その口元には、――かすかな冷笑。

背筋《せすじ》に悪寒《おかん》が走った。

何だ。

何をするつもりだ。

匂《にお》いは？

わからない。いつもの鼻につく硬質《こうしつ》な匂いが、強すぎて。

動揺《どうよう》を隠し、歩調を緩《ゆる》めずに進む。胸《むね》を張《は》って堂々と。

あちらの真意がわからない以上、こちらは予定通りに進めるまで。口火を切るのは戴冠《たいかん》までのわずかな時間――今この時だ。ルビーウルフの一声で、すべてが始まる。

一歩進む間にもタイミングを推《お》し量《はか》る。一度大きく息を吸《す》い、細く長く吐《は》き出した。その時だった。

ゆらり、と影《かげ》が動く。

つい先ほどまで視界《しかい》の隅《すみ》に捉《とら》えていたウォルクの姿《すがた》が、そこにはなかった。

「殿下《でんか》！」

アーディスが叫《さけ》び、駆《か》ける。そちらに目を向ければ、眼前《がんぜん》にウォルクの姿があった。その手には鋭《するど》く光る短剣《たんけん》。

ルビーウルフは反射《はんしゃ》的に足を引き、構《かま》えを取ろうとした。が、踵《かかと》の高い慣《な》れない靴《くつ》が災《わざわ》いして足首をひねり、バランスを崩《くず》す。

受身も取れない体勢《たいせい》だ。このまま倒《たお》れれば背《せ》を強く打つだろう。その衝撃《しょうげき》を予測《よそく》し、ルビーウルフはぎりっと奥歯《おくば》を噛《か》み締《し》めて——

衝撃はこなかった。かわりに、硬《かた》い金属《きんぞく》の感触《かんしょく》がドレス越《ご》しに体を包む。

「……っ」

顔を上げ、状況《じょうきょう》を把握《はあく》したルビーウルフは思わず小さく呻《うめ》いた。

甲冑《かっちゅう》を着た兵士に、ルビーウルフは抱《かか》えられていた。彼女が倒れる寸前《すんぜん》、駆け寄って滑《すべ》り込み、抱《だ》きとめてくれたらしい。

しかし、それより何よりルビーウルフを混乱《こんらん》させたもの——アーディスによって取り押さえられたウォルクが、緋《ひ》の絨毯《じゅうたん》に顔を擦《こす》りつけながら喚《わめ》き散らしていた。

「閣下《かっか》、何を血迷《ちまよ》っておられるのですか！」

「放せアーディス！　私は聞いてしまったんだ！　この娘《むすめ》はグラディウスの王になる気などないのだと！　魔導《まどう》の女神《めがみ》と共謀《きょうぼう》し、コルコットの息子《むすこ》を城内《じょうない》に招《まね》き入れ、我《われ》らの命を狙《ねら》っているのだ！」

ウォルクの叫《さけ》びに、呆気《あっけ》に取られていた観衆がざわめき始めた。女たちは恐怖《きょうふ》して悲鳴をあげている。場をとりなすように、アーディスはご安心を、と声を張り上げた。朗々《ろうろう》と響《ひび》くその声に、玉座の間は静寂《せいじゃく》を取り戻す。

「殿下《でんか》は立派《りっぱ》なお方です。それなのに、なぜそのようなことを……。以前より体調が思わしくなかったようですが、どうやら精神《せいしん》も病《や》んでおられたのですね」

気の狂《くる》った父親を哀《あわ》れむように慈《いつく》しむように、アーディスは目を伏《ふ》せた。そして気丈《きじょう》な態度《たいど》で、甲冑兵たちにウォルクを連行するよう命じる。

玉座の間から連れ出されるウォルクから目を逸《そ》らし、アーディスはルビーウルフに向き合った。兵に抱えられ、床《ゆか》にへたり込んだままの彼女に目線を合わせるように、膝《ひざ》をついて微笑みを見せる。

「お怪我《けが》はございませんか、殿下」

ルビーウルフは答えない。じっと正面からアーディスを見据《みす》え、〈導きの剣〉を抱く腕に力をこめた。アーディスは困《こま》ったように苦笑《くしょう》し、彼女を抱きかかえる甲冑兵に目を向ける。

「殿下は怯《おび》えていらっしゃるが、お怪我はないようだ。とっさのことに、よく動いてくれたな。感謝《かんしゃ》する」

兵に頭を下げるアーディスの姿に、観衆から賞賛《しょうさん》の声が上がった。部下の功績《こうせき》を正当に評価《ひょうか》し、新王に忠誠《ちゅうせい》を尽《つ》くす騎士《きし》の鑑《かがみ》だと。彼こそまさしく英雄《えいゆう》だ、と。

大逆《たいぎゃく》の罪《つみ》を犯《おか》そうとしたウォルクは、まだこの場にとどまって喚いている。兵士に引きずられていく、その姿とはあまりに対照的なアーディスの態度。観衆の目に、それは清らかな傑物《けつぶつ》として映《うつ》っていた。しかし。

ゆっくりと、アーディスの口角が吊《つ》りあがる。悪意の匂いを纏《まと》った冷笑を、彼はルビーウルフと兵士に向けた。

「殿下の御身《おんみ》を守った功を称《たた》えよう。兜《かぶと》を脱《ぬ》いで名乗りを上げるといい」

ルビーウルフを抱える兵士の腕《うで》がわずかに強張《こわば》る。同時にルビーウルフも歯噛みした。アーディスは鎧の中にいるのが誰《だれ》なのか、知っていたのだ。

「何をしている。そう謙虚《けんきょ》になるな。名誉《めいよ》なことだぞ」

嘲笑《あざわら》うような言葉。ここで兜を脱がなければ、賓客《ひんきゃく》に対する無礼になる。けれど脱いだなら、その顔を晒《さら》すことになってしまう。——謀反人《むほんにん》、ジェイド・コルコットの顔を。式の直前、甲冑を着て参列する予定だった兵士を捕《つか》まえて入れ替《か》わり、ジェイドは潜《もぐ》り込んでいたのだ。それも護衛《ごえい》の姿ではなく、ジェイド本来の姿で。もともとはこの場で、彼が父親の無実を主張《しゅちょう》するはずだったのだ。

しかし、アーディスはなぜ、甲冑兵が入れ替わっていることに気がついたのだろうか。直前までの彼の目線の動かし方、注意を向ける方向などを思い出してみる。それのどれをとっても、はじめから入れ替わりに気づいていたとは思えなかった。

ならば、考えられることはひとつ。ルビーウルフとジェイドはアーディスの罠《わな》に掛《か》かったのだ。

ジェイドがこの式に紛《まぎ》れ込《こ》んでいると踏《ふ》んだアーディスは、彼をおびき出すためにウォルクを使い、ルビーウルフの命を狙《ねら》った。もしジェイドが飛び出してこなくても、自分が騎士としてルビーウルフを守ればいい。国賓の前で王女の身を守れば、それだけで名を上げられる。

そしてジェイドが罠に掛かったら、正体を暴《あば》いて罰《ばっ》する。そういう筋書《すじが》きだったのだろう。

兜を脱ぐことに躊躇《ちゅうちょ》している兵に対し、観衆は不審《ふしん》そうな眼差《まなざ》しを向け始めた。

「さぁ、早く」

もう一度、アーディスが言う。今度は明らかな嘲笑《ちょうしょう》を含《ふく》んで。

観念したように、兵士――ジェイドは兜に手を添《そ》えた。

「待ちな」

立ち上がり、ルビーウルフは声を張《は》り上げた。作戦も何もない。ただ、人々の注意をジェイドから自分に移《うつ》すことが目的だ。

「こんな奴《やつ》に助けられなくたって、あたしは自分の身くらい自分で守れた。もっと動きやすい服と靴《くつ》なら楽勝だったのに、嫌《いや》になるね。何もかも嫌だ。もうお姫様《ひめさま》ごっこなんて飽《あ》き飽きなんだよ、窮屈《きゅうくつ》でダルくて飯だってたいして美味《うま》くない。長老の蜂蜜酒《はちみつしゅ》と料理のほうが、あたしの口には合ってたんだ。もうこんな所にいたくない。女王になんかなりたくない。あたしはやっぱり盗賊《とうぞく》なんだ！」

何も考えずにしゃべり出したら、たまっていた鬱憤《うっぷん》まで吐《は》き出してしまった。かなりすっきりした。

〈導《みちび》きの剣《けん》〉を肩《かた》に担《かつ》ぎ、この際だから傲然《ごうぜん》と笑ってみせる。

本性《ほんしょう》を見せたルビーウルフの態度に満場騒然《そうぜん》となった。注意をジェイドからこちらに移すという目的は達せられた。盗賊、盗賊、という囁《ささや》きが細波《さざなみ》のように広がる。その中でも一番衝撃を受けているのが王子たちだ。ルビーウルフの可憐《かれん》な演技《えんぎ》にすっかり騙《だま》されていただけに、眩暈《めまい》を起こして膝《ひざ》を折る者もいる。

「そ、そんな……シャティナ姫が盗賊だなんて、嘘《うそ》だ……！」

「シャティナじゃない。あたしは盗賊団《だん》ブラッディ・ファングのルビーウルフ。狼ヴィアンカの娘、ルビーウルフだ！」

王子の言葉に名乗りを上げる。それでも信じられない王子らは、姫が偽者《にせもの》ではないのかと囁《ささや》き始めた。けれどルビーウルフが肩に担ぐのは神具〈導きの剣〉。グラディウスの血を引く者にのみ持つことが許《ゆる》されるロウヴァースの右腕だ。

すぃ、とアーディスはルビーウルフの傍《かたわら》に歩み寄《よ》る。

「あなたの負けです、殿下《でんか》。国賓の前で盗賊の名乗りを上げた以上、あなたは王には成り得ない。けれどご安心を。次期王をお産みになるまでは、命の保障《ほしょう》はいたしましょう」

アーディスの囁き。それはつまり、次の王を産まされた時点でルビーウルフは廃棄《はいき》されるということだ。

「式は中止です。大人しくなさってください。痛《いた》い思いはしたくないでしょう？　そこの兵士にはここにとどまってもらい、改めて話を聞くことにしましょう」

ジェイドに冷笑を向けつつ、アーディスはルビーウルフを玉座《ぎょくざ》の間から退出《たいしゅつ》させようと

「触《さわ》るんじゃないよ、親殺しが！」

　その手を振《ふ》り払《はら》い、ルビーウルフが叫《さけ》んだ。途端《とたん》、場は静まり返る。誰もが彼女の言葉の意味を理解《りかい》できずに、訝《いぶか》しげな視線《しせん》を二人に注いでいた。

　一瞬《いっしゅん》、アーディスの鉄仮面《てっかめん》に動揺《どうよう》が滲《にじ》んだ。しかしすぐ、それを隠《かく》すように悲しげな苦笑を浮《う》かべる。

「一体、どこでお知りになったのか……。たしかに私の母は生まれつき病弱で、私を産んだことがもとになって体を壊《こわ》し、亡《な》くなりました。親殺しと言われても、否定《ひてい》は……」

「誰がお前の身の上話を聞きたいと言った。あたしが言ってるのはウォルクのことだ」

「何をおっしゃいます。父はこのように、生きておいでではないですか」

　言いながら、アーディスはまだ玉座の間にとどまっているウォルクを目線で示《しめ》す。

　ウォルクは無言だ。喚き散らして暴れて兵士を振り払おうとはしていない。兵士たちは何が起こっているのか、このままウォルクを連れて行っていいのかと状況判断《じょうきょうはんだん》に困っている様子だ。ウォルクはじっとアーディスへ目を向けている。まるで主人の指示《しじ》を待つ、訓練された犬のように。

　ルビーウルフはそんなウォルクを一瞥《いちべつ》する。そして嗤《わら》った。紅玉《こうぎょく》の眼《め》を煌《きらめ》かせて。

肩《かた》に触《ふ》れ――

「あのウォルクが本物だったらね」

アーディスが何かを言う、その前に。

ルビーウルフは吼《ほ》えた。合図の咆哮《ほうこう》だ。少々予定は狂《くる》ったが、この程度《ていど》なら作戦に支障はない。

玉座の間の扉《とびら》は勢《いきお》いよく開かれ、全員の視線に迎《むか》えられて現《あらわ》れたのは――

「父上……」

掠《かす》れた声をアーディスが漏《も》らした。

現れた男は確かにウォルクだった。襤褸《ぼろ》を纏《まと》い、足を引きずり、傷《きず》だらけの体を布《ぬの》で包んだ杖《つえ》に預《あず》けているが、息子《むすこ》と同じ青い瞳《ひとみ》と灰色《はいいろ》の総髪《そうはつ》は間違《まちが》いなくグラディウスの宰相《さいしょう》、ウォルク・マリンベルその人だ。彼の進路を確保《かくほ》するように、二頭の狼《おおかみ》――フロストとケーナが一同に睨《にら》みを利《き》かせる。

物乞《ものご》いが押《お》しかけて来たような男と猛獣《もうじゅう》の姿《すがた》に貴族《きぞく》の女たちは悲鳴を上げた。その悲鳴さえも掻《か》き消すように、現れた二人目のウォルクは声を張り上げる。

「アーディス、なぜだ!? なぜ父を裏切《うらぎ》った？　飾《かざ》りの王を据《す》えた玉座が私の物になれば、いずれお前が国主ではないか！」

アーディスは答えない。表情《ひょうじょう》の失《う》せた冷たい目を満身創痍《そうい》のウォルクに向けている。けれど、彼の細い顎《あご》から滴《したた》る汗《あせ》の雫《しずく》をルビーウルフは見逃《みのが》さなかった。

「仕留《しと》め損《そこ》ねてたのか、って顔だね」

ルビーウルフの言葉に、アーディスは首を巡《めぐ》らせた。氷のような冷たい鋭《するど》さを持つ青い瞳《ひとみ》が彼女を射抜《いぬ》く。

「あなただ。盗賊《とうぞく》であるあなたが父をあのような目に……！　父が政権《せいけん》を握《にぎ》ろうとしていることを知って……なんと酷《ひど》い……！」

「じゃあ、そっちのウォルクは偽者だって認《みと》めるんだね？」

笑んだ口元でルビーウルフは言った。はっとして、アーディスは式典用の礼装《れいそう》をしたウォルクを見る。兵士に拘束《こうそく》され、それでも彼の指示を待っている男を。

ふっ、と。アーディスはその口元に笑みを戻した。どこか自嘲《じちょう》めいて、なのに余裕《よゆう》を感じさせ、それでいて自棄《じき》的な——

その複雑な匂いが何なのか気づいた時、ルビーウルフは己《おのれ》の失策《しっさく》を悟《さと》った。彼が求めているのはグラディウスの政権でも富でもない。だからこそ、彼は何も恐《おそ》れないのだ。

「ウォルクから離《はな》れろ！」

兵士たちに向かってルビーウルフは叫んだ。けれどウォルクは二人いる。混乱《こんらん》した頭に新たな指示を与《あた》えられ、兵士たちは動けずにいた。

そんな兵の様子をもどかしく感じてルビーウルフが行動を起こそうとした、その時。アーディスがぱきりと指を鳴らした。途端《とたん》、ウォルクが膝《ひざ》を折って崩《くず》れる。兵たちはとっさにその肩を支えて――

「ひっ……」

掠《かす》れた悲鳴を上げて飛びのいた。支えを失ったウォルクは緋《ひ》の絨毯《じゅうたん》に倒《たお》れ伏《ふ》す。その絨毯から、ゆっくりと煙《けむり》が立ち始めた。死体が急速に腐食《ふしょく》するように、礼装姿《れいそうすがた》のウォルクは人の形を失って崩れていく。絨毯と大理石の床《ゆか》を溶《と》かしながら。

甲冑《かっちゅう》を着ていた二人の兵士は慌《あわ》てて鎧を脱《ぬ》ぎ捨《す》てた。酸《さん》の触《ふ》れた部分が溶けたのだ。彼らが鎧を着ていなければ、今頃《いまごろ》は大火傷《やけど》を負っていただろう。

場には悲鳴が渦巻《うずま》いた。女たちは卒倒《そっとう》し、気の弱い王子たちは腰《こし》を抜《ぬ》かす。動ける者は逃《に》げ出そうと出口に殺到《さっとう》した。けれど扉《とびら》の前では狼を従《したが》えたもう一人のウォルクが立ちふさがっている。

国賓《こくひん》は証人《しょうにん》だ。そう指示されていた狼たちは誰一人逃がさないよう、牙《きば》を剥《む》いて唸《うな》り、吠《ほ》える。それをなだめたのは背後《はいご》に控《ひか》えた満身創痍のウォルクだった。

ウォルクはつまらなそうに何事か囁いた。彼の体を光が覆《おお》う。光が失《う》せ、そこに立っていたのは女。襤褸の服はそのままに、純白《じゅんぱく》の長い髪《かみ》が背に流れる。菫色《すみれいろ》の瞳《ひとみ》を半眼《はんがん》にして艶《つや》やかな唇《くちびる》を突《つ》き出し、拗《す》ねた子供《こども》のような顔つきだ。それでもその美貌《びぼう》に、観衆からは驚《おどろ》きと感嘆《かんたん》の溜《た》め息が湧《わ》く。

「やっぱり予定どおりにはいかないものね」

エリカの言葉を受け、アーディスは肩《かた》をすくめた。冷静になって考えてみれば、彼女がウォルクに化けるなど造作《ぞうさ》ないと想像《そうぞう》できること。一瞬《いっしゅん》の動揺を誘《さそ》うことには成功したが、それで彼の余裕を崩すまでには至《いた》らなかった。

「お見事です、女神殿《めがみどの》。臨場感溢《りんじようかんあふ》れる演技《えんぎ》、本当に父上かと思いましたよ」

「あら、ありがとう。劇場《げきじよう》の女優《じよゆう》にでもなってみようかしらね」

エリカはすっかり投げやりな態度だ。正体があっさりばれてしまって、心底つまらないのだろう。今にも『もう帰る』などと言い出しそうだ。

「しかし、なぜ父が偽者とわかったのです？　こちらとしても、完璧《かんぺき》に作ったと自負していたのですが」

「気づいたのは私だけでなく、ルビーもだけど……。彼、私に会った時に私を女神と呼んだでしょう？　二十五年前のことをあなたが知るわけないでしょうけど、魔導《まどう》研究評議会の席で私、彼と口論《こうろん》したことがあるのよ。完全に言い負かされたのがよほど悔《くや》しかったのでしょうね。彼、私を指差してこう言ったわ。『白魔女《しろまじよ》』ってね。それ以来、その通り名が浸透《しんとう》してしまって大迷惑《めいわく》なの」

「なるほど。それは計算外でした」

再《ふたた》びアーディスは自嘲めいた苦笑《くしょう》を浮《う》かべる。空寒くなるようなその匂《にお》いに、ルビーウルフは吐《は》き気すら覚えた。

「父親の偽者を魔導兵器で作っておいて、よくもそんなこと言ってられるね。どういう神《しん》経《けい》してんだか」

きつくアーディスを睨《にら》み、ルビーウルフはさらに続ける。

「本物のウォルクをどうした？　自分で言えないんなら、あたしが話してやろうか。お前のやったことを、全部」

「そう熱くなることもないでしょう。私はただ、先王と王后《おうこう》、両陛下《へいか》を手に掛《か》けた父を罰《ばっ》したに過ぎません。宰相を失っては国に混乱《こんらん》を招《まね》くゆえ、アシッド・ドールで代理を立てましたが、はたしてそれが罪《つみ》と言えましょうか。父とはいえ、大逆の罪人を罰しないわけにはまいりません。それとも、殿下はご両親の命を奪《うば》った者に対し、寛大《かんだい》にも無罪放免《むざいほうめん》を認めるのですか？」

「そういうことを言ってんじゃない。やり口が気に食わないんだよ」

観衆が見守る中、広い玉座の間に二人の声が反響《はんきょう》する。ほんの少し声を張り上げただけで隅々《すみずみ》まで響《ひび》くのだ。怒気を含んだルビーウルフの声は、痛みさえ伴《ともな》うほどの鋭さをもって人々の耳に届く。

「では、お聞かせ願えますか？　私がやったということを、すべて。もちろん、証拠《しょうこ》と共に。何もないとおっしゃるのでしたら、それは単なる空想です。盗賊《とうぞく》の戯言《ざれごと》ですよ」

見守る人々の心はどちらにも偏《かたよ》らない。父親の偽者《にせもの》を操《あやつ》っていたアーディスと、盗賊の荒々《あらあら》しさを発露《はつろ》したルビーウルフ。どちらも恐《おそ》ろしい存在《そんざい》だった。

「じゃあ聞くけど、なんで偽者のウォルクをあたしにけしかけたんだ」

「それは殿下もすでにお気づきでしょう？　そこにいる曲者《くせもの》をおびき出すためですよ。

――お前なんだろう？　ジェイド・コルコット」

名を呼ばれ、ジェイドは兜《かぶと》を脱《ぬ》ぎ捨《す》てた。今度はルビーウルフも止めない。もうこれ以上は隠《かく》したところで無駄《むだ》だ。

「曲者に曲者呼ばわりされるのは心外だ。こちらはすでに、すべてを把《は》握《あく》している」

翠《みどり》の瞳に鋭い光を宿し、ジェイドはアーディスを睨み据える。

「すべてを、か。見てもいないことを堂々と言えるものだな」

アーディスは余裕の態度を崩さない。そこでようやく、ルビーウルフは笑った。にたりと勝気に。

「だったら、今から見ればいい。――ミレリーナ！」

ルビーウルフの呼び声に応じ、人海を割《わ》って歩み出たのはトライアンの王女。精悍《せいかん》な騎《き》士《し》を従《したが》え、勿忘草《わすれなぐさ》色のドレスを翻《ひるがえ》すミレリーナの手には虹《にじ》の渦《うず》を内に抱《かか》えた水晶《すいしょう》が包まれている。

ミレリーナが応《おう》じたということは、彼女の目から見て状況《じょうきょう》は悪くない。最低でも五分五分だ。ルビーウルフらが劣勢《れっせい》であったなら、彼女は気《き》絶《ぜつ》したふりでもして干渉《かんしょう》を避《さ》けていただろう。

「我《わ》がトライアンの神具はロゥヴァースの左脚《ひだりあし》、〈裁《さば》きの天秤《てんびん》〉。その審判《しんぱん》からは誰《だれ》であろうと逃《のが》れられません。よろしいですね、被《ひ》告人《こくにん》アーディス・マリンベル」

ミレリーナが言うと同時、〈裁きの天秤〉から光が放射《ほうしゃ》され、虚空《こくう》に絵が浮《う》かび上がった。動く絵だ。そこに描《えが》き出されているのは地下らしき薄暗《うすぐら》い場所にいるアーディスとウォルク、そして数人のガーディアンの姿《すがた》。

『どうしてこやつを生かしておるのだ、アーディス』

絵の中のウォルクが言う。彼が見つめるその先には、衰弱《すいじゃく》しきった男が鉄格子《てつごうし》の中でうずくまっていた。意識《いしき》の有無《うむ》は確認《かくにん》できない。

『確かに、彼は本当にジェイドの師《し》の名を知らないようです。けれど、だからと言って殺してしまってはつまらないでしょう。ジェイドはいずれ、必ず戻《もど》って来ます。父親の無念を晴らすために。その時に、奴《やつ》の目の前で彼の首を落としてやれば、志気《しき》は削《そ》がれると思いますが』

絵の中で冷徹《れいてつ》に嗤《わら》う自分を、アーディスは唖然《あぜん》と眺《なが》めている。国賓と貴族《きぞく》を観衆に、絵の中の会話は続いた。

『軍備《ぐんび》のほうはどうなのだ？　徴兵《ちょうへい》した者の訓練はどうなっている。本当に大丈夫《だいじょうぶ》なんだろうな』

『滞《とどこお》りなく。冬には間に合いましょう』

『うむ。我《わ》が国の民《たみ》は雪に強いからな。トライアンの民が寒さに震《ふる》えているところを襲《おそ》えば簡単《かんたん》に土地を得られるということだな』

『……そのような消極的なことで、戦《いくさ》に勝てましょうか』

『どういうことだ？』

『父上、あなたが欲《ほっ》するものはいつも小さ過《す》ぎる。十五年前は形ばかりの玉座を望み、王と王后を手にかけた。その結果、傾《かたむ》きかけた国に焦《あせ》り、隣国《りんごく》からわずかの土地を削《けず》り盗《と》ろうとお考えになっている。兵を集め、他国を攻《せ》めると言うのなら、どうしてその領土《りょうど》すべてを望まないのですか』

絵の中で、ウォルクは愕然《がくぜん》と呻《うめ》いた。そして気づく。ガーディアンたちに詰《つ》め寄られ、空いた独房《どくぼう》の中へ追いやられていることに。

『な……いきなり何を言い出すんだ。いくら若《わか》い王の国とはいえ、トライアンは我《わ》が国と同じ神国だぞ？　それを潰《つぶ》しては残り二つの神国が黙《だま》ってはおるまい』

『侵略《しんりゃく》も同じことです。他国の圧力《あつりょく》を恐《おそ》れていて、何ができましょうか。私は父上の小物ぶりに、辟易《へきえき》しているのです』

言って、絵の中のアーディスは独房の鍵《かぎ》を閉《し》めた。ウォルクとガーディアンを中に入れたままで。

『何をするんだアーディス！　ふざけたことはやめないか！　こいつらは何なんだ！』

絵の中で、アーディスは嗤う。

『お忘《わす》れですか？　父上が考案なされた、可愛《かわい》いお人形ですよ』

その言葉の意味を察したウォルクは慌《あわ》てて呪文《じゅもん》を唱える。ガーディアンの隊長だった彼には鉄の格子を切り裂《さ》くことも出来るはずだったが、何も起こらなかった。そして足元に描《えが》かれた印に気づき、悲壮《ひそう》な声で訴《うった》える。

『助けてくれ、アーディス。お前の言う通りにする。だから……』

ウォルクの両脇《りょうわき》をガーディアンたちが固めた。その恐怖《きょうふ》で、ウォルクは声を詰まらせる。

『父上、あなたが破《やぶ》り捨《す》てたものの代償《だいしょう》です。お受け取りください』

言い置き、絵の中のアーディスは歩き出した。ぱきりと指を鳴らす音が乾《かわ》いて響《ひび》く。

薄暗い地下では、すぐにウォルクの姿は見えなくなった。その闇《やみ》の中で悲鳴が轟《とどろ》く。じゅぶじゅぶと何かが焼け、溶《と》ける音を混《ま》じらせて。悲鳴はいつしか細くなり――消えた。

絵は光となった。そして弾《はじ》け散る。美しいとさえ思えるその光景の中でアーディスはただ呆然《ぼうぜん》と立っていた。ミレリーナが朗々《ろうろう》と告げる。

「アーディス・マリンベル。あなたは非道《ひどう》なる手法によって父親を討《う》ち、あまつさえ我が母国トライアンの領土を蹂躙《じゅうりん》しようとしましたね。その罪はもはや明白。謹《つつし》んで罰を受けなさい」

アーディスは無言で膝《ひざ》を折った。緋《ひ》の絨毯《じゅうたん》に手をついた彼に、雪を連想させるような光の粒《つぶ》が触《ふ》れては消えていく。

「父、ゲイリーの無実、確かに証明させてもらった。弁明《べんめい》は法廷《ほうてい》で聞こう――引き立てろ」

ジェイドが元部下であるガーディアンたちに命じる。けれどガーディアンたちはためらっていた。もともと彼らはジェイドのことを上司と認識《にんしき》していなかった節があるから、仕方ないことかもしれない。

代わりに動こうとしたのは甲冑兵《かっちゅう》たちだ。彼らは上司も部下も関係なく、事が収《おさ》まったあとに身の安全を保障《ほしょう》してくれると踏《ふ》んだほうに従う。蝙蝠《こうもり》のようだが、それが一番かしこい考え方だ。

兵の一人がアーディスの肩《かた》に触《ふ》れようとした、その時。

狼《おおかみ》たちが猛然《もうぜん》と駆《か》けてきた。獣《けもの》の勘《かん》が異変《いへん》を察知したのだ。そしてルビーウルフも気づく。アーディスの手がほのかに光っていた。

一瞬遅《いっしゅんおく》れて気がついたのはジェイドとエリカだ。ルビーウルフにはアーディスが唱えている呪文の正体はわからないが、二人はその道の専門家《せんもんか》。すでに対抗《たいこう》する呪文の詠唱《えいしょう》に入っている。しかし間に合わない。

ガーディアンが四人、青ざめた顔でその場から逃げだした。

アーディスは顔を上げた。口元には弧《こ》を描いて。

「導くのはアーディス・マリンベル！　呼ばれしものは薔薇《ばら》の鳥籠《とりかご》！」

・

アーディスを中心に、光の文様が床《ゆか》を走る。魔方陣《まほうじん》だ。蛇《へび》のように床を這《は》う光に驚《おどろ》き、観衆は逃《に》げ惑《まど》う。

玉座《ぎょくざ》の間の半分を占《し》める巨大《きょだい》な魔方陣だった。その外郭《がいかく》から紗《しゃ》のような薄《うす》い壁《かべ》が伸《の》び、天井《てんじょう》まで達して空間を分断《ぶんだん》する。狼たちが駆け込んだ直後、エリカがたどり着く直前だった。エリカは悔《くや》しげに舌打《したう》ちする。

壁の中に閉《と》じ込《こ》められたのはルビーウルフとジェイド、狼たち、三人のガーディアン、兵士たち、呆然としたまま動けずにいた高齢《こうれい》の司祭、そしてアーディス。

「どういうつもりだ！」

ルビーウルフをその背《せ》に庇《かば》い、ジェイドが叫《さけ》んだ。フロストとケーナもルビーウルフの足元にまとわりつき、ガーディアンたちを威嚇《いかく》する。

「あいつ、考えてることが普通《ふつう》じゃない。あいつが求めてるのは『今』の名誉《めいよ》じゃないんだ」

言う間にルビーウルフは靴《くつ》を脱《ぬ》ぎ捨てて裸足《はだし》になり、ドレスのスカートを太腿《ふともも》まで裂く。たぶんあとでキャスやアーリアたちが泣きながら説教するのだろうけど、生き残れたのなら喜んで癇癪《かんしゃく》に付き合って、いくらでも謝《あやま》ってやる。

アーディスはゆっくり立ち上がった。頽廃《たいはい》的な匂《にお》いのする、薄汚《うすよご》れた笑《え》みを浮かべて。

「英雄譚《えいゆうたん》に憧《あこが》れていたんだ」

独《ひと》り言のように語り始める。その青い瞳《ひとみ》はまっすぐジェイドとルビーウルフに向けられているけれど、きっと今の彼が見ているものは現実《げんじつ》ではない。ルビーウルフが感じる匂いは今までにないほど異様だった。

「子供《こども》の頃《ころ》の話だ」

自嘲《じちょう》的に笑う。アーディスの目の前には、王女であるルビーウルフと騎士のジェイドが立っている。

「愚《おろ》かな夢《ゆめ》物語だと、わかっていた。なのに、なぜだ。あの頃、私が憧れた所に、なぜお前が立っているんだ。ジェイド」

理不尽《りふじん》な憎《にく》しみだ。アーディスの言っている意味がわからずとも、鳥肌《とりはだ》が立つような彼の雰囲気《ふんいき》にジェイドの緊張《きんちょう》が高まる。無意識《むいしき》にアーディスの目からルビーウルフを隠《かく》そうと立ち位置をずらした。いかにも騎士らしく。――それが着火剤《ちゃっかざい》となった。

狭《せま》く切り取られた空間の中で、アーディスはサーベルを抜刀《ばっとう》して駆けた。振《ふ》りかざした切っ先はジェイドに向けられている。

同時に動いたガーディアンたちはルビーウルフに狙《ねら》いを定めた。全員が抜刀している。ルビーウルフも〈導《みちび》きの剣《けん》〉の鞘《さや》を払《はら》い、迎《むか》え撃《う》つ。

「フロストっ、ケーナっ、お前たちは動くな！」

相手は魔法《まほう》を使うのだ。レターナでの記憶《きおく》が甦《よみがえ》る。あの時、いち早く逃《に》げるように指示《しじ》を出していたら、死なずに済《す》んだ仲間もいたかもしれない。ルビーウルフは強く唇《くちびる》を噛《か》んだ。

り抜ける。

アーディスの剣をジェイドが受け、ガーディアンたちの剣戟《けんげき》の隙間《すきま》をルビーウルフがす

妙《みょう》だと思った。ガーディアンたちは得意にしているはずの魔法はいっさい使わず、剣のみでルビーウルフを仕留《しと》めようとしている。アーディスも、そしてジェイドも呪文《じゅもん》を唱える様子はない――いや、慎重《しんちょう》になっているのだ。密閉《みっぺい》された空間で殺傷能力《さつしょうのうりょく》の高い術《じゅつ》を使ったら、仲間を、そして自分自身を傷《きず》つける可能性《かのうせい》がある。

反撃方法が剣のみというルビーウルフにとってそれは好転材料だったが、同時に急所でもあった。誰かが魔法を放てば、彼女に身を守る術《すべ》はただひとつ。とにかく避《よ》けるしかない。ここには身を隠す場所などないのだから。

壁の外でも一騒動《そうどう》起きていた。薄い壁の向こうから、声や物音は筒抜《つつぬ》けだ。狼という関門を失った出口に人々が殺到《さっとう》している。そこに立ちふさがっているのはトライアンの王女ミレリーナと騎士の青年だ。

「式はまだ終わっていませんわ。ここはグラディウス王城《おうじょう》ですわよ。城主の許可《きょか》なしに途《と》中退席《ちゅうたいせき》とは失礼ではなくて？」

「状況《じょうきょう》を見て発言なさい、トライアンのミレリーナ姫《ひめ》！　彼らは普通《ふつう》ではありません。こんな所にいては、我々《われわれ》にも危険《きけん》が及《およ》びます！」

どこかの国の将軍《しょうぐん》がミレリーナに詰め寄る。今にも彼女の胸倉《むなぐら》を掴《つか》み上げそうな勢いに、騎士の青年は二人の間に割《わ》って入る。眉《まゆ》ひとつ動かさず、唇は横一文字に結ばれたまま。無感情な表情の中、黒曜石《こくようせき》のような漆黒《しっこく》の瞳《ひとみ》にだけ強い信念の光が宿っていた。将軍は気《け》圧《お》され、後退《あとずさ》る。

「おやめなさい、ロヴィン。皆《みな》さんが怯《おび》えていらっしゃるわ」

ミレリーナにたしなめられ、ロヴィンは無言のまま引き下がった。彼女の背後《はいご》につき、それでも臨戦態勢《りんせんたいせい》は保《たも》っている。

「ここにお集まりの皆さんは、各国の代表なのでしょう？　わたくしは何も、底意地が悪くて通せんぼしているわけではありません。皆さんと、そして皆さんのお国の名誉を守りたいのです。わたくしは女で、まだ十四歳《さい》です。それでも、逃げませんわ。皆さんは、どうなさいます？」

明らかな挑発《ちょうはつ》だった。たかだか二人に道を塞《ふさ》がれたところで、突破《とっぱ》するのは容易《たやす》いこと。

それでも、誰も動けなかった。国の名誉に関《かか》わると言われれば、すたこらと逃げ出すわけにはいかない。誰か一人が動けば連鎖《れんさ》して大脱出《だっしゅつ》となるのだろうけれど、そういった勇気を見せる者はいなかった。目の前にいる十四歳の少女は、たとえ護衛《ごえい》の騎士がいなくとも充分《じゅうぶん》に威圧《いあつ》的で恐《おそ》ろしい。触れれば一瞬で蒸発《じょうはつ》してしまいそうで、近寄ることもできない。

「これでトライアンへの畏敬《いけい》が深まりましたわね。もちろん、状況がこれ以上悪くなるようでしたらエリカ様を引きずってトライアンへ逃げ帰りますわよ」

ミレリーナの囁《ささや》きはロヴィンにだけ聞こえていた。こういう性格《せいかく》だからこそ、ロヴィンは命がけで彼女を守りたいと思っている。わずかに、本当に少しだけ、ロヴィンは口角を吊《つ》り上げた。

引きずっていくと宣言《せんげん》されたエリカは魔方陣《まほうじん》の壁《かべ》に杖《つえ》をかざし、呪文《じゅもん》を唱え続けていた。杖の先は松明《たいまつ》のように輝《かがや》き、壁には波紋《はもん》が広がっている。わずかだが、壁にはひびが入りはじめていた。それでもエリカは憎々《にくにく》しげに壁を睨《にら》みつけている。

「まったく、強情《ごうじょう》ね。本当に生意気だわ」

そんな彼女の不機嫌《ふきげん》な呟《つぶや》きを、ルビーウルフは壁の内側で聞いていた。〈導きの剣〉の封印《ふういん》を解《と》くのに一晩《ばん》かかったのだから、今回ばかりはエリカの助けは期待できない。

サーベルの切っ先が胸元をかすり、ルビーウルフは大きく後ろへ跳《と》んで避けた。そこには甲冑を着た兵士たちがおろおろと群《む》れていて、逃げ道を奪《うば》われる。追撃《ついげき》のガーディアンは正面から来た。仕方なしにルビーウルフは前に飛び出して転がり、追撃を回避《かいひ》する。

「働く気がないんなら隅《すみ》に寄《よ》ってろ！　邪魔《じゃま》だよ！」

ルビーウルフの一喝《いっかつ》に兵たちはびくりと震《ふる》え、壁際《かべぎわ》に寄り――

「だめだ！　この壁に触《ふ》れるな！」

アーディスと切り結びながらジェイドが叫《さけ》ぶ。兵たちは何をどうしていいのかわからなくて、もう動くことができない。

どういうことなのか問いたいが、それでジェイドの集中を削《そ》ぐわけにはいかない。とりあえず忠告《ちゅうこく》を聞いて壁には触れないようにする。なのに追い詰められているのが現状だ。動きやすいようにとスカートを裂《さ》いたはいいが、そのぶん生地《きじ》が足に絡《から》まって動きを制《せい》限《げん》する。これはかなりの痛手《いたで》だった。ルビーウルフの持ち味は素早《すばや》さなのだから。

三人を相手に、ドレスの足枷《あしかせ》。さらに刀身の長い〈導きの剣〉では、不用意に振るえば周囲の人間を傷つけてしまう。魔法の使用を制限されているガーディアン同様、ルビーウルフも有利とは言えない状況だ。

ガーディアンたちはルビーウルフを壁際に追い込もうとしていた。

「マクレイとディスレーリが帰ってこない！　お前が殺したんだろう！」

切りかかりながら、ガーディアンの一人はそんなことを言った。

三人が執拗《しつよう》にルビーウルフを狙う理由がそれだった。仲間を奪《うば》われた憎《にく》しみ。けれど、その怒《いか》りはお互《たが》い様だ。

「だったらどうした！　お前たちがあたしの仲間にやったことは棚《たな》に上げるってのか！」

正面でサーベルを振りかぶったガーディアンに切っ先を向け、狙いを定めた。足元ががら空きだ。突《つ》きの攻撃《こうげき》で相手の大腿部《だいたいぶ》を深々と切り裂き、悲鳴を上げて膝《ひざ》を折ったところで頭に蹴《け》りを叩《たた》き込み、気絶《きぜつ》させた。

（ルビーウルフ、後ろだ！）

背後《はいご》に気配を感じると同時にフロストの声が耳に届《とど》いた。飛び退《の》きながら振り返ってみれば、手に魔力の光を宿したガーディアンがいた。流れ弾《だま》が仲間にいかないよう、至近距離《しきんきょり》からルビーウルフを仕留《しと》めるつもりだったらしい。

フロストは背後からガーディアンに飛び掛かった。狙うのは首。獣《けもの》の狩《か》りの基本《きほん》だ。一度喰《く》らいつかれれば、狼の顎《あご》の力に人間の骨《ほね》など容易《たやす》く噛《か》み砕《くだ》かれる。それをわかっていたのか本能的に危険《きけん》を察したのか、ガーディアンは背中を丸めてフロストを払《はら》いのけた。フロストは軽《かろ》やかに着地する。

そこへ、甲冑兵《かっちゅう》たちが飛び出してきた。ガーディアンが魔法を使おうとしたことで恐怖《きょうふ》が頂点《ちょうてん》に達したのか、雄《お》たけびを上げ、一塊《ひとかたまり》になってガーディアンに突進《とっしん》する。

その勢いに怯《ひる》んだガーディアンは目を見開いて後退った。兵たちはガーディアンに組み付き、勢いのままに壁際へ彼を押していく。魔方陣の壁と自分たちの間に挟《はさ》みこむつもりだ。

「やめろっ！」

ガーディアンが恐怖の声を上げた。もう一人のガーディアンは仲間を助けようとはしない。悔《くや》しそうに表情《ひょうじょう》を歪《ゆが》めているものの、巻《ま》き込まれるのを防ぐように、その場を離《はな》れた。

兵たちに担《かつ》ぎ上げられ、ガーディアンの背が壁に触れ——

電撃に似《に》た爆音《ばくおん》と悲鳴が轟《とどろ》いた。赤い火花と血が散って舞《ま》う。

この壁の名は『薔《ば》薇《ら》の鳥籠《とりかご》』だという。なるほど、あの凄惨《せいさん》な赤はたしかに薔薇のようだ。

爆風に吹《ふ》き飛ばされ、兵たちは折り重なるようにして倒《たお》れ伏《ふ》した。その上には、背中から後頭部にかけて火傷《やけど》を負ったガーディアンがうつ伏《ふせ》せに覆《おお》いかぶさっている。衣服は焼け焦《こ》げ、赤く焼け爛《ただ》れた皮膚《ひふ》からは血が滲《にじ》んでいた。

壁の外では怒濤《どとう》のような悲鳴が上がる。壁の内側でも、甲高《かんだか》い悲鳴を上げた者がいた。王の宝冠《ほうかん》を抱《だ》きかかえたまま、腰《こし》を抜《ぬ》かして動けなくなっている司祭だ。戦闘《せんとう》が始まったときから、彼はぎゃあぎゃあと喚《わめ》いて恐怖に慄《おのの》いている。

その声が耳障《みみざわ》りだというように、残った最後のガーディアンは司祭に手をかざして呪文を唱え始めた。慌《あわ》ててルビーウルフはそちらに駆ける。

ガーディアンは口角を吊《つ》り上げた。目線はルビーウルフに向けて。彼女の目の前で司祭を殺し、動揺《どうよう》を誘《さそ》うつもりだ。

ガーディアンの手に光が灯《とも》る。間に合わない。

ルビーウルフが歯嚙みした時だった。彼女の脇《わき》をすり抜けて、ガーディアンの腕《うで》に食らいついたのは——ケーナ。

温和な性格《せいかく》のケーナが必死になって司祭を守っている。仲間を殺された心の傷は、若《わか》い彼女にも深く刻《きざ》まれていたのだ。

狼の牙《きば》に捕《と》らわれた腕を、ガーディアンは懸命《けんめい》に奪《うば》い返そうとして引っ張る。けれど引けば引くほどに、牙は食いこんで皮膚が裂けてしまう。恐怖と怒りでガーディアンは雄たけびを上げ、食らいついたケーナを担《かつ》ぎ上げた。

狼の中では小柄《こがら》なケーナだが、それでも体重はルビーウルフとたいして変わらない。そのケーナを軽々と持ち上げ、ガーディアンは壁に向かって投げ飛ばした。

「ケーナ！」

ガーディアンに向かっていたルビーウルフは軌道修正《きどうしゅうせい》し、ケーナのもとへ駆《か》ける。足に絡むドレスがもどかしい。〈導きの剣〉も邪魔だ。こんな長い刃《やいば》を握《にぎ》っていては、ケーナを抱きとめた時に彼女を傷つけてしまう可能性がある。

そう思い至《いた》った瞬間《しゅんかん》、ルビーウルフは迷《まよ》わず剣から手を離《はな》した。どうせ自分以外の者には扱《あつか》えないのだから、奪われる心配もない。

身軽になったルビーウルフは空中でケーナを受け止めた。けれど勢《いきお》いは殺せない。背後《はいご》には壁《かべ》が迫《せま》っている。

ルビーウルフに迷いはなかった。裸足《はだし》の右足を差し出し、思いっきり壁を蹴《け》る。赤い火花と爆音が炸裂《さくれつ》し、ルビーウルフとケーナは床《ゆか》に叩《たた》きつけられた。

「ルビーウルフ！」

悲鳴に近い声を上げたのはジェイドだ。アーディスの剣を受けつつ、こちらの様子を気にかけている。

「馬鹿《ばか》っ、自分のことに集中しろ！」

そんな彼にルビーウルフの叱責《しっせき》が飛ぶ。

痛《いた》みより、衝撃《しょうげき》のほうが凄《すさ》まじかった。体が痺《しび》れて動けない。痺れているから痛みが鈍《にぶ》いのかもしれない。足の火傷はなかなか酷《ひど》い状態《じょうたい》だ。けれど壁を蹴って離れたぶん、火傷の範囲《はんい》は最小限に抑《おさ》えられている。膝から下が赤く爛《ただ》れて、つま先が黒く焦《こ》げている程度《ていど》。そう、その程度だ。そう思って自分を騙《だま》すしか、意識《いしき》を保《たも》つ術《すべ》はない。

倒れ伏したルビーウルフに剣が向けられた。ケーナを投げ飛ばしたガーディアンだ。腕からは血が溢《あふ》れ、怒《いか》りに表情を歪《ゆが》めている。

無傷だったケーナがすばやく立ち上がって牙を剝《む》き、唸《うな》る。

標的はケーナに変わった。白刃《はくじん》を翻《ひるがえ》し、ガーディアンは剣を振り上げ――

「っ!?」

彼は前のめりに倒れ、手をついた。彼の足にフロストが食いつき、引きずり倒したのだ。ケーナより断然《だんぜん》大きな体軀《たいく》をしているフロストだ。力も比《くら》べ物にならない。倒れ伏したガーディアンの首へ、白い牙は食い込んだ。紅《あか》い飛沫《しぶき》が白の被毛《ひもう》に映《は》える。

ガーディアンが事切れたのを悟《さと》り、ケーナは気弱そうな声で鼻を鳴らした。耳をぴったりと伏せ、申し訳《わけ》なさそうな目でルビーウルフを見つめる。

(ごめんなさい、わたしのせいね)

ルビーウルフはかぶりを振った。

「いいや、お前は悪くない。お前が無事でよかった」

痺れが少しずつ抜けてきて、ルビーウルフはケーナの頭を撫《な》でてやった。しかし痺れが抜けるのに反比例して足の痛みは増《ま》してくる。それでもどうにか上体を起こし、周囲を見《み》渡《わた》した。

三人のガーディアンたちに動くものはなく、兵士たちも折り重なって倒れたままだ。司祭はいつの間にか泡《あわ》を吹いて気絶している。

激《はげ》しい剣戟《けんげき》の音だけが響《ひび》いていた。立っているのはジェイドとアーディス、二人だけ。

ジェイドが大きく後ろへ跳《と》んだ。アーディスも同じく、間合いを取って機を窺《うかが》う。

「ルビーウルフ、平気なのか⁉」

目線はアーディスに向けたまま、ジェイドが問う。

「焼き加減《かげん》でいうとレアとミディアムの間くらいかな」

軽口で答えたのは決して状況《じょうきょう》を軽く見ているからではない。ジェイドを動揺《どうよう》させないためだ。だったら大丈夫《だいじょうぶ》だと言えば済《す》むことかもしれないが、それではルビーウルフの怪我《けが》の具合がわからずに、よけい気になってしまうだろう。ある程度の状況説明は必要だった。

「悪いけど戦線離脱《りだつ》だ。負けんな、がんばれ」

他人事《ひとごと》のような声援《せいえん》を送る。脈打つ痛みが足から全身に広がって、声を出すのもつらい。

今も、ケーナとフロストに支《ささ》えられて身を起こしている状態だ。それでも最後に一声だけ、ジェイドの背中に投げかけた。勝気な笑いを含《ふく》んで。

「預《あず》けたよ」

命運を。そして未来を。

力強く頷《うなず》き、ジェイドは隙《すき》なく構《かま》えた。

鎧《よろい》を着ているぶん防御力《ぼうぎょ》はジェイドが勝《まさ》っているが、素早《すばや》さに関してはアーディスが上になる。さらに鎧の重みで体力の消耗《しょうもう》が激しい。どちらが不利でも有利でもない。

間合いを取ったまま、二人はしばし睨《にら》み合った。

「今すぐこの壁を消すんだ、アーディス。これ以上やったところで、お前の罪《つみ》は明白。無《む》駄《だ》な殺し合いだ」

「無駄なものか」

ジェイドの説得をアーディスは一蹴《いっしゅう》する。

「英雄譚《えいゆうたん》に憧《あこが》れていたと、さっきお前が言っていたではないか。ならば、なぜそのように振《ふ》る舞《ま》おうとしない？　これではまるで……」

「物語に登場する奸臣《かんしん》か、それとも魔王《まおう》か？　私はどちらでもかまわない。たとえ今は悪魔だと罵《ののし》られようと、百年後の世界では国のために戦った騎士《きし》として、グラディウスに富《とみ》をもたらすために苦心した英雄だと呼《よ》ばれていればそれでいいんだ」

それこそが、彼の持つ異様《いよう》な匂《にお》いの正体。彼は生き残るつもりなどないのだ。ジェイドを討《う》ち取ったあとのことなど考えていない。計画が狂《くる》いはじめたときから、相打ちを覚悟《かくご》していたのだ。

アーディスは駆《か》けた。同時にジェイドも。二人の刃が交差し、離れる。

先に膝を折ったのはジェイドだ。肩口、鎧の関節《かんせつ》部分から血が流れ落ちる。取り落としたサーベルの刀身は真っ赤に染《そ》まっていた。

ジェイドに遅《おく》れて膝をついたアーディスは、そのまま床に倒《たお》れ伏《ふ》した。脇腹《わきばら》から流れる血は緋《ひ》の絨毯《じゅうたん》に吸《す》われてどす黒く広がっていく。

勝敗は決した。

「私は、ただ……この国に富をもたらしたかっただけだ……」

咳《せ》き込み、血を吐《は》きながらアーディスは呟《つぶや》く。

「金も採《と》れず、痩《や》せた土地で……あと何代グラディウスは持つ……？　この国には、もう何も、残っていないんだ。だったら、奪《うば》うしかない……。他に方法があるというなら言ってみろ、ジェイド……ルビーウルフ」

血で染まった口元は嘲笑《ちょうしょう》を浮《う》かべていた。

「そんなこと知るわけないだろう。あたしは一介《いっかい》の盗賊《とうぞく》なんだ」

痛《いた》みをこらえ、ルビーウルフは答える。それから笑った。勝負を挑《いど》むように。

「賭《か》けをしようか、アーディス。お前の言う百年後の世界で、あたしたちとお前と、どっちが英雄扱《あつか》いされているのか」

アーディスは笑った。血を吐いて咽《む》せながら、それでも愉快《ゆかい》そうに。弱々しく震《ふる》えていた肩《かた》は、いつしかその動きを止めた。

彼は事切れていた。口元には穏《おだ》やかな笑《え》みを浮《う》かべて。

「ルビーウルフ、傷《きず》を見せろ」

斬《き》られた肩を押《お》さえながら、ジェイドが駆け寄る。ずいぶん息が上がっていた。もう限《げん》界《かい》が近かったようだ。

「おぉ、自慢《じまん》のデコが汗《あせ》でキラリと」

「馬鹿《ばか》なことを言ってないで、早く見せろ」

そう言いながらも前髪《まえがみ》を調整して隠《かく》そうとするものだから、ルビーウルフは吹《ふ》き出した。

観念して大人しく足を差し出す。

「これは……酷《ひど》いな。よくこれで平気な顔を……」

「平気じゃないよ。痛いよこれ。すんごい痛い。いっそ笑っちゃうくらい痛い」

冗談《じょうだん》を言う気力はあるものの、全身から脂汗《あぶらあせ》が滲《にじ》む。だんだん意識《いしき》も朦朧《もうろう》としてきた。

「それよりさ、先にこの壁《かべ》なんとかしないとヤバくないか？　空気とかなくなるんじゃないの？」

エリカが翳《かざ》す杖《つえ》の先から、ひびは広がっているものの、このままでは本当に一晩《ばん》かかりそうだ。けれど壁に切り取られた空間の空気が、それまで保《たも》たれている保障《ほしょう》はない。

「ルビーさん、〈導《みちび》きの剣《けん》〉を使ってください！」

壁の外からミレリーナが声を張《は》り上げた。壁に遮《さえぎ》られた声は、少しこもり気味だ。

「岩さえ切り裂《さ》くのがグラディウスの神具の能力《のうりょく》ですわよ」

トライアンの王女は他の神国の神具について、よく知っているようだ。さすが国益の鬼《おに》、その知識《ちしき》は計り知れない。

ジェイドに支《ささ》えられ、ルビーウルフは〈導きの剣〉を拾い上げた。そしてそれを床へと突《つ》き立てる。

ばきりぴしりと音が響《ひび》き、亀裂《きれつ》が大理石の床を縦横無尽《じゅうおうむじん》に駆け抜ける。魔方陣《まほうじん》の文様を完全に崩《くず》し、壁は薄《うす》まって消えた。

「うわ、これってこんなんだったんだ」

はじめて見た愛刀の能力に、ルビーウルフは地味な感嘆《かんたん》を漏《も》らした。だって能力の派手さでいったらトライアンの天秤《てんびん》のほうが上だ。外見は向こうのほうが地味なのに。

亀裂が走って砕《くだ》けた床を慎重《しんちょう》に歩きながら、エリカがそばに寄ってきた。それに合わせてジェイドはルビーウルフを横に寝《ね》かせる。

エリカが呪文《じゅもん》を唱え、杖の先に柔《やわ》らかな緑の光が灯《とも》った。

「沁《し》みるわよ」

予告した直後、傷へ無遠慮《ぶえんりょ》に光が当てられた。塩水に突っ込んだような痛みにルビーウルフは飛び上がる。無意識に両手をばたつかせ、手近なところにあったジェイドの手を取って握《にぎ》り締《し》め、懸命《けんめい》にこらえた。

治療《ちりょう》は短かったけれど、ルビーウルフには長く感じられた。それほど痛かった。ちょっと泣きそうだ。

「消毒と細胞《さいぼう》の再生《さいせい》を同時に、しかも急速にやるにはこの術《じゅつ》しかないのよ。よく我慢《がまん》できたわね、普通《ふつう》の人なら気絶《きぜつ》しているわよ」

「そりゃあどうも、ありがとう」

投げやり口調で礼を言い、元通りになった足を撫《な》でようとして、自分がジェイドの手を握り締めていることに気づく。邪魔《じゃま》なのでさっさと離《はな》した。ぺいっ、と。

「……まぁ、元気になってよかった」

なんだか不服そうな声をジェイドが上げたが、とりあえず気にしないでおく。ルビーウルフには、まだやることが残っているのだ。

「どこに行くんだ、貴族《きぞく》ども」

ミレリーナの監視《かんし》を失った出口から抜《ぬ》け出そうとしていたのは、ウォルクに与《くみ》していた貴族たちだ。呼び止められ、怯《おび》えた顔をルビーウルフに向けている。

「わ、我々《われわれ》は関係ない！　マリンベルに脅《おど》されて、協力を強《し》いられていただけなんだ！」

「彼ら親子の支配から解《と》き放ってくださった殿下《でんか》に、心から御礼《おんれい》申し上げます！」

醜《みにく》い言い逃《のが》れをはじめる貴族らに、国賓《こくひん》の冷ややかな視線《しせん》が突き刺《さ》さる。ルビーウルフは立ち上がり、ふんっと鼻から息を吐いた。そして意地の悪い笑《え》みを浮《う》かべてみせる。

「どこに逃《に》げようと勝手だけど、無事にこの国から出られるか、わからないよ？」

ルビーウルフはテラスの外に顔を向ける。射《さ》しこんだ秋の西日が眼《め》を灼《や》くほどに眩《まぶ》しい。

王城外《おうじょうがい》に集まった、民《たみ》の声が玉座《ぎょくざ》の間に届《とど》く。よく耳を澄《す》ましてみれば、同じ言葉を繰《く》り返し繰り返し、合唱している。

『我ら盗賊団《とうぞくだん》ブラッディ・ファング！　我らの主はルビーウルフ！』

その声に、ルビーウルフはかすかに照れ笑いを浮かべた。

「ねぇ、お前たちはここから何を見ていた？　山と森、町や畑の穂《ほ》。そういうものしか見ていなかったんじゃないか？　その風景の中に人がいて、はじめて国と呼べるんだとあたしは思うよ。どんなに町が整備《せいび》されて、実りの多い畑があっても、人が幸福でなければ国が潤《うるお》うことはない」

「……何の解決《かいけつ》にもなっていないな」

呟《つぶや》いた男の名は、たしかクライス将軍《しょうぐん》だったとルビーウルフは記憶《きおく》している。彼らは彼らなりに、国のことを考えていたのかもしれない。だけど。

「それでいいのさ、今は」

「……そうか」

彼らの身柄《みがら》は城《しろ》に駐在《ちゅうざい》していた兵士たちに引き立てられた。全員がうな垂《だ》れ、抵抗《ていこう》する様子もない。

民衆の声は、尚《なお》も轟《とどろ》き続けていた。

†

吐いた息は白い。軽く身震《みぶる》いし、ルビーウルフは外套《がいとう》を掻《か》き合わせた。

「大丈夫《だいじょうぶ》か？」

問うジェイドに頷《うなず》いて答える。

あれからさらに一月経《た》ち、グラディウスには冷たい北風が吹いていた。とうに刈《か》り入れが終わったあとの麦畑が目に寂《さび》しい。

あの件《けん》で戴冠式《たいかんしき》はうやむやになってしまった。やり直す状況《じょうきょう》でもなかったし、大使を長く引き止めておくこともできなかったからだが、ルビーウルフにとっては面倒《めんどう》がなくて好都合だった。

ミレリーナはトライアンに、エリカを引き連れて帰っていった。少しだけ寂しいけれど、仕方がない。

起伏《きふく》に富《と》んだ山の稜線《りようせん》をルビーウルフは見上げ、目をすがめた。この山脈に遮《さえぎ》られた向こうの世界を垣間見《かいまみ》ようとするように。

「雪が降《ふ》って、解《と》けたら工事着工だな」

「まったく、女王自ら土木工事の先頭に立つとはな。それに、一体何十年かかることか」

「あはは、あたしが歳《とし》食ってよぼよぼになっても終わらなかったりして。まぁ、それなら次の代に託《たく》すさ。『ごめんねー』とか遺言《ゆいごん》に遺《のこ》して」

「……次の代ということは、あんたの子か？」

ためらいがちにジェイドが言うと、ルビーウルフはきょとんとした。そして合点がいったようにぽんと手を打つ。

「ああそっか、〈導《みちび》きの剣《けん》〉使えなきゃだめだもんな。えー、でも困《こま》ったな。相手がいない」

風がふいに強まって、足元を駆《か》け抜《ぬ》ける。ルビーウルフはしゃがみ込《こ》み、足元に伏《ふ》せていたフロストとケーナを抱《だ》きかかえた。ふかふかの冬毛が温かい。男物の服はスカートよりましだけれど、吹く風は痛いほど冷たい。

意を決したようにジェイドは切り出す。

「俺《おれ》でよければ……」

フロストが牙《きば》を剝《む》いて唸《うな》った。

「……相手探しに、協力する」

言ってからジェイドは深く溜《た》め息をつく。自分が情《なさ》けなくてたまらない、といった匂《にお》いを感じる。フロストは勝ち誇《ほこ》ったように目をすがめ、ルビーウルフはケーナと一緒《いっしょ》に笑った。

二人と二頭がこの場に来たのは山をよく見たいから。春には山道を切り開くための工事が始まる。

きっかけはルビーウルフの一言。アーディスが言ったように、グラディウスには何も残ってはいない。だからルビーウルフは提案《ていあん》したのだ。『山を切って海に繫《つな》げて、そこから恵《めぐ》みをちょうだいしよう』と。

グラディウスの古き王は〈導きの剣〉をもって金脈を掘《ほ》り当てたという。だから道を切り開くのも同じことだと言ってルビーウルフは笑った。

山脈の向こうは荒海《あらうみ》と聞く。けれど、それを怖《おそ》れていては何も始まらないのだ。やってみて、結果を見届ける。嘆《なげ》くのはそれからでも遅《おそ》くはない。

気を取り直したジェイドが言う。

「レターナの森に石碑《せきひ》が建ったそうだ。今度、花を供《そな》えに行こう」

「……うん」

ルビーウルフの失ったものは大きい。そして同時に、一人では抱《かか》えきれないほどのものを背負《せお》い込むことになった。けれど、それでもいいと思えるのは、腕《うで》の中にいる狼《おおかみ》たちと頼《たよ》れる騎士《きし》がいるからだ。

「あ、そういやお前さっき女王って言ったな」

「いけないか？」

「当たり前だろ。あたしは女王になんかならない。この国は新生ブラッディ・ファング。そんでもって、あたしがその頭領《とうりょう》」

ジェイドは一瞬《いっしゅん》呆《あき》れ、そして笑った。腹《はら》を抱えて苦しそうに。

「とんでもない屁理屈《へりくつ》だな」

「でも、理屈は理屈だ」

「そうか……そうだな。——ルビーウルフ。あの件以来、あんたに通り名が付いたのを知っているか？」

「いいや。何？」

「グラディウスに夜明けをもたらす、『暁《あかつき》の女傑《じょけつ》』と」

「そいつぁ大層《たいそう》だね」

グラディウスはまだ始まったばかり。たしかに暁と言われれば、その通りだ。

マリンベル派《は》の貴族《きぞく》らは法で裁《さば》かれることになる。生き残ったガーディアンたちも同じく。牢《ろう》から救出されたロベールは、衰弱《すいじゃく》は激《はげ》しかったが命に別状はなく、トライアンから戻《もど》ってきた家族のいる自宅《じたく》で現在《げんざい》は療養《りようよう》中。徴兵《ちょうへい》され、国境《こっきょう》で逗留《とうりゅう》していた男たちも全員、故郷《ふるさと》に帰した。

現在グラディウスの公務《こうむ》はジェイドが幾人《いくにん》かのコルコット派と共にこなしている。城内に漂《ただよ》っていた硬質《こうしつ》な匂いも徐々《じょじょ》に薄《うす》らいでいっていた。

「ところで、玉座の間の件だが」

「何さ、また小言？　だってあれはミレリーナがやれって言ったんだよ。あたしのせいじゃないよ」

ルビーウルフが切り裂《さ》いた玉座の間はもう使いものにならない。改装《かいそう》するといってもルビーウルフが華美《かび》なものを拒《こば》み、結局今も玉座の間には瓦礫《がれき》がそのまま残されている。

「いいや、玉座の間が必要なのは王だ。だが、あんたは盗賊の頭領だろう？」

悪戯《いたずら》っぽく笑ってジェイドは踵《きびす》を返し、歩き出す。ルビーウルフも潑剌《はつらつ》と笑い、立ち上がってジェイドの背を追った。狼たちもついてくる。

ルビーウルフにできることは少ない。けれど、少ないながらやるべきことはある。それは幸せなことだ。

来年の実りを待つ畑。延《の》びる道。その先には城下都市があって、王城がある。その風景の中では民《たみ》が生き、生活している。

ルビーウルフは空を見上げた。低く厚《あつ》い雲は鈍色《にびいろ》。

冷たい北風の中に、雪の匂いが混《ま》じっていた。

あとがき

皆様、初めまして。淡路帆希《あわみちほまれ》と申す者です。この度は本作をお手に取ってくださり、ありがとうございます。お気に召していただけましたら幸《さいわ》いです。

本作は第十七回富士見ファンタジア長編小説大賞にて、準入選を頂いた作品です。初めてお電話でその旨《むね》を伝えられた時、脳《のう》みそがポップコーンのように弾《はじ》けるかと思いました。リアルに想像するとグロテスクですね。すいません。

それから数か月経《た》ち、こうしてあとがきを書いているわけですが、いまだに半信半疑《はんしんはんぎ》だったりします。

なにせ、王道ファンタジー。るんるんらんらん楽しく書いた、趣味《しゅみ》に走りまくりの話ですから。それがこうして本になるなんて、人生最大のミラクルです。一生分の運を使い果たしたのではないでしょうか。でもサマージャンボは買おうかな。バラで一枚。

そしてこの作品、応募時とタイトルが違います。とてももったいないタイトルで応募したわけです。『盗賊娘《とうぞくむすめ》はお国のために』ですよ。まじめに考えたタイトルなんですけどね。当時の自分が何を考えていたのか、さっぱりわかりません。応募《おうぼ》前に友人数人に読んでもらったのですが、みんな言うことは一緒《いっしょ》でした。

「あんた、ネーミングセンスどうにかならんの？」

ほんと、その通りです。しかもウケを狙《ねら》ってるわけじゃない、というのが困りもの。素でやっちゃうあたり、救いようがありません。

そんなこんなで改題《かいだい》し、『紅牙《こうが》のルビーウルフ』となりました。『紅牙』は『ブラッディ・ファング』という意味《いみ》で受け取って頂けるとありがたいです。作中でヒロインが連呼している言葉ですから、これがタイトルにふさわしいかと。

キャラクター作りに関しては、育《そだ》った環境《かんきょう》が大きく影響《えいきょう》していると思われます。高校・短大と五年間、女ばかりの学生生活だったので。それも、友人は揃《そろ》いも揃って男前なのです。女の子なんですけども。

特に短大では豪快《ごうかい》な人が多かったです。キャンパス内の枇杷《びわ》の木によじ登《のぼ》って、実をむさぼり食《く》ってる子たちもいました。十九歳と二十歳が何やってるの。講義《こうぎ》のない空き時間では、プレステ2を空《あ》き教室に持ち込んで遊んだり。女性向け恋愛《れんあい》シミュレーションゲームの告白《こくはく》シーンで大爆笑《だいばくしょう》という、ちょっと間違った楽しみ方をしていました。あと、ホラーゲームをプレイする時は暗幕《あんまく》引いて電気《でんき》を消してたり。真っ暗《くら》な教室の中からゾンビの声とか若い女の「うぎゃあ！　死ね死ね！」とかいう声が聞こえてくるんですから、事情を知らない他の学生さんには、それこそホラーだったかもしれません。申し訳ないです。お菓子《かし》食べて爆笑しつつ見ていた私もどうかと思いますけど（ゲームは苦手なので、傍観《ぼうかん》専門でした）。

あとは、食べ物系のエピソードが多いですね。これまた空き教室にたこ焼き機《き》を持ち込んで、たこ焼きパーティーやってみたり。スプリンクラーが作動しないようにベランダで焼きましたよ、夏の暑い最中に日傘《ひがさ》を差《さ》して。たこ焼きはチーズを混《ま》ぜると美味です。秋には栗拾《くりひろ》いもしましたね。拾った栗を給湯室《きゅうとうしつ》で茹《ゆ》でて食べました。山の上の学校だったので、そういう遊びしかできなかったのですよ。

皆さん、女子大ってこういう所です。夢《ゆめ》ぶち壊《こわ》しですいません。

そう考えると、高校時代はまだ女の子らしく生きてた気がします。便秘《べんぴ》で肌荒《はだあ》れになって困るわー、とか。バストアップの体操を体育の授業で教えてもらって、ひゃっほうと大喜びで実践《じっせん》したりとか。

あれ？　女の子らしいけど、なんか……。

皆さん、女子高ってこういう所です（やっぱりか）。

こういったことの積《つ》み重ねで、生まれたキャラクターがルビーウルフだったりエリカだったりミレリーナだったりします。健気《けなげ》で可愛いくて儚《はかな》い女の子なんて、どこ探してもいませんでしたから（また夢のないことを！）。

でも、いつかそういうヒロインも書いてみたいですね。無謀《むぼう》とか言われそうですが。

ジェイドに関しては、完全に私の趣味で。男前なのにいまいちぱっとしない人って哀れで可愛いと思うんですが、いかがでしょう。


それでは遅くなりましたが、謝辞《しゃじ》を。

担当様はじめ、編集部の皆様。こんな私に良くしてくださってありがとうございます。先日、編集部へお邪魔《じゃま》した際、せっかくお食事に誘《さそ》っていただいたのにあんまり食べられなくて申し訳ありません。変だなぁと思い、家に帰って測ってみたら微熱《びねつ》がありました。風邪《かぜ》を感染《うつ》してしまってたら更に申し訳ありません……！

この作品を栄《は》えある賞に選んでくださった審査《しんさ》委員《いいん》の先生方、本当にありがとうございます。二十歳という人生の節目に、大きな記念になりました。いえ、もちろん記念で終わらせず、もっとたくさんの物語を書いていきたいと思います。精進《しょうじん》します。

イラストを担当してくださる、椎名優様。担当様からお名前を伺《うかが》った時、聞き間違いかと思ってしまいました。キャララフを拝見《はいけん》して、ようやく現実を理解《りかい》したほど。ジェイドの男前っぷりには、思わず手を合わせて拝《おが》んだり家族に自慢《じまん》したり大騒《おおさわ》ぎでした。ありがとうございます。

私以上に本の発売を楽しみにしてくれている家族、親戚《しんせき》、友人様方。これからも大いに迷惑をかけると思いますが、その海のように大きな懐《ふところ》でドスコイと受け止めてくだされば幸いです。

そして、最後まで読んでくださった皆様。この物語はいかがでしたでしょうか。笑えたり、どきどきしたり、少しでも何か感じるところがあった、と思ってくださったなら光栄です。できれば今回限りでなく、二度三度とお目に掛かりたいと切に願っております。

では、またいつかどこかでお会いしましょう。

八月一日　よく晴れた蟬時雨《せみしぐれ》の大阪より　淡路帆希

解説

富士見ファンタジア文庫編集部

——嫌《いや》な匂《にお》いが来る。

ルビーウルフは、言います。動物的な嗅覚《きゅうかく》で、敵の接近《せっきん》を察知《さっち》して。自分に危害を加えてこない人たちから漂《ただよ》うのは「いい匂い」、居心地の悪い王城の中で敏感に嗅《か》ぎとった違和感は、「なんだか硬質《こうしつ》な匂い」。そう、ルビーウルフの行動の基準《きじゅん》になっているのは、「いい匂い」=好き、「嫌な匂い」=嫌い、という野性的な直感です。

そんな、自分の気持ちに正直なルビーウルフの生き方は、潔くてすごく格好いい。この物語を読んだ人はみんな、ルビーウルフのことが大好きになってくれたんじゃないかと思います。

葡萄酒《ワイン》色の髪《かみ》と紅玉《ルビー》の瞳《ひとみ》をもつ美少女、、、でありながら、狼たちを引き連れて戦う姿は凜々《りり》しく、逞《たくま》しく。必要とあらば可憐な乙女を演じる狡猾《こうかつ》さを持ち合わせつつも、根はストレート過ぎるくらい正義感が強くて、仲間思い。

この物語のヒロイン、ルビーウルフはそんな女のコ。

もし自分の彼女だったら、扱いがとても大変なじゃじゃ馬タイプ。でも、同じクラスにいたら、間違いなく男のコにも女のコにも人気のリーダー格タイプ。天は二物を与えず——なんてコトバはありますが、「可愛い」だけじゃなくて「強い」、万人に愛される魅力的なキャラクターがここに誕生したのです。


第十七回ファンタジア長編小説大賞で、本作「紅牙《こうが》のルビーウルフ（応募時タイトル「盗賊娘はお国のために」）は満場一致の中、準入選《じゅんにゅうせん》を果たしました。選考会で審査員の先生方から評価された点は、ヒロインのルビーウルフを始め、個性的で生き生きとしたキャラクターたちの造形、物語の中にぐいぐいと読者を引き込んで一瞬《いっしゅん》たりとも飽きさせないテンポの良いストーリーテリング、そして読んでいて風景がありありと目に浮かぶ群を抜いた描写力。「とにかく面白くて完成度が高い」との絶賛《ぜっさん》を受けました。

「久々に、本当に面白い王道ファンタジーに出会えた」と、編集部も当然、熱く沸《わ》きました。読み終わると、なんだかすごく元気になれて、体中から勇気《ゆうき》が湧《わ》いてくる。そんな、ありふれているようでなかなか出会うことのできないポジティブな魅力《みりょく》を、この作品はもっていました。奇を衒《てら》わずに「王道」を行くという、実は一番難しいコトを、この作品はやってのけているのです。

ここで、未読の方のために、この物語を彩るサブキャラクターたちの紹介を少々。いやいや、そんなの必要ない！　という貴方は、今すぐ本編を読み始めて下さって構《かま》いません。

ルビーの旅の伴《とも》であるジェイドは、ちょっと頼りないけれど、生真面目《きまじめ》で優しい魔導騎《まどうき》士《し》。ルビーがごくたまに見せる女らしさに、分かりやすくドギマギしているジェイドも可《お》笑《か》しいけれど、そんな彼の動揺《どうよう》なんてお見通しの上でからかっているルビーの小悪魔《こあくま》っぷりもなかなかのもの。今後、この二人の関係が進展することはあるのでしょうか？

山奥に住む白髪の美しき老師・エリカも素敵《すてき》です。いわゆる「姐御《あねご》」タイプで自分のことを「天才」と呼んで憚《はばか》らない、そんなサバけた性格に惚《ほ》れてしまう読者は多いはず。

エリカと対照的に愛らしい容姿なのは、トライアンの王女・ミレリーナ。ルビーが連れている狼たちを見てはしゃいでいる姿は無邪気《むじゃき》そのものですが、ひとたび国政のことを語らせると、打って変わってキレ者の一面が垣間見えて――そんなギャップがたまりません。

ルビーを赤ん坊の時から育ててくれたのが、盗賊団ブラッディ・ファングの頭・モルダ。

盗賊らしい粗野な性格ながら、愛娘のルビーに注ぐ愛は本物でした。だからこそ、モルダが殺されてからも、ルビーは彼のことをずっと慕《した》いつづけます。

そして、忘れてはいけないのが、雌狼《めす》のケーナと雄狼《おす》のフロスト。彼らはルビーの育て親である雌狼・ヴィアンカの子孫です。時にルビーを優しく諭してくれる細やかなケーナも、ルビーのことが大好きなあまりジェイドに本気で嫉妬してしまうフロストも、いつもルビーの傍らに居て彼女を支えてくれるかけがえのない兄弟なのです。

最後に、本作の著者である淡路帆希について。初めてお会いした時の印象は、鮮烈でした。こんなダイナミックな物語を書かれたとは、とても想像がつかないような可憐な姿に、担当二人は深々と溜息を漏らしたものです。弱冠二十歳《じゃっかんはたち》の新星、これからもっともっと成長して、素晴らしい小説を書きつづけてくれるに違いありません。皆さんも、ぜひ熱い応援をよろしくお願いします。感想や、激励のお手紙をどしどしお送りください。

ファンレターの宛先

〒一〇二—八一四四
東京都千代田区富士見一—十二—十四
富士見書房　ファンタジア編集部　気付
淡路帆希（様）
椎名　優（様）

富士見ファンタジア文庫

紅牙《こうが》のルビーウルフ

平成17年9月25日　初版発行

著者――淡路帆希《あわみちほまれ》

発行者――小川　洋

発行所――富士見書房
〒102-8144
東京都千代田区富士見1-12-14
電話　営業　03(3238)8531
　　　編集　03(3238)8585
振替　00170-5-86044

印刷所――旭印刷

製本所――本間製本

落丁乱丁本はおとりかえいたします
定価はカバーに明記してあります
2005 Fujimishobo, Printed in Japan
ISBN4-8291-1751-6 C0193

富士見ファンタジア文庫

トウヤのホムラ

小泉八束

祟神の生まれ変わりであるため〈船津〉一族により厳重な封印を施され、古びた社に10年間も閉じ込められていた少年・船津東哉。

ある日、従姉妹の麻里が訪ねてきて取引を持ちかけてきた。解放する代わりに船津に力を貸して欲しいと。いやいやながら引き受ける東哉だったが……。"神"と人間の危険な遊技が始まる！第16回ファンタジア長編小説大賞準入選。新時代の伝奇アクション登場！

ムーンスペル!!

尼野ゆたか

子供向け詠唱教室の教師をしながら、王国詠唱士を目指す青年クラウス。ある日、彼は雨の中で倒れている少女を見つける。一晩たって目を覚ました少女は、エルリーと名乗った。尊大で時代がかった口調の、不思議な雰囲気を持つ美少女。彼女と関わるうちにクラウスの中で何かが変わり始めた……。

第16回ファンタジア大賞佳作受賞作。優しさ溢れるアットホーム・ファンタジー。

富士見ファンタジア文庫

ご愁傷さま二ノ宮くん

鈴木大輔

ごくフツーの高校生・二ノ宮俊護の家へやってきたのは超絶美形の災害だった。兄は変態、妹の真由は美少女。

実は真由、男性の精気を糧に生きるサキュバスだった！　しかも重度の男性恐怖症。触れば天国、吸われて地獄。二ノ宮くんのどきどきムラムラな受難の日々は始まった!?

第16回ファンタジア長編小説大賞佳作のときめき吸愛ファンタジー！

富士見ファンタジア文庫

まおうとゆびきり

六甲月千春

賠償金代わりに「まお」を押しつけられた(自称)町でいちばんの美少女堂嶋硝子。「魔王」だけに、何をやらせてみても、まさに完璧——だけど、言ってることはちんぷんかんぷんで、硝子はあたまが痛い毎日。しかし、魔界から魔王の命を狙う刺客が次々とあらわれ……。第16回ファンタジア長編小説大賞審査員特別賞受賞作。新感覚学園コメディ!

眠り姫

貴子潤一郎

彼女は『眠り姫』と呼ばれていた。

成績優秀で美人だった彼女の唯一の欠点である“居眠り”癖を、同級生たちがからかい半分で付けた渾名だ。

　私は彼女との幸せな日々が何時までも続くものと思っていた。彼女が本当に『眠り姫』になってしまうまでは……。

　あまりにも静謐な純愛を描いた表題作ほか大賞受賞作家の珠玉の短編7本を収録!!